阅读之前 没有真相

午夜文库

安东尼·霍洛维茨作品

安东尼·霍洛维茨
Anthony Horowitz (1955—)

安东尼·霍洛维茨，英国知名侦探小说作家、编剧。

一九五五年四月，霍洛维茨出生于伦敦一个富裕的犹太家庭。童年时期虽生活优渥，但并不快乐。据他回忆，作为一个超重又内向的孩子，经常遭到校长体罚，在学校的经历也被他描述成"残酷的体验"。八岁时，他就意识到自己会成为一名作家；他说："只有在写作时，我才会感到由衷的快乐。"母亲是霍洛维茨在文学世界的启蒙者，不仅引导他阅读大量书籍，甚至在他十三岁生日时送给他一副人类骸骨。他表示，这件礼物让他意识到"所有人的最终结局都不过是白骨一具"。其父因与时任英国首相哈罗德·威尔逊的政客圈子过从甚密，为了自保，将财产秘密转入瑞士的隐秘账户。结果在霍洛维茨二十二岁时，父亲因癌症去世，大额财产下落不明，使霍洛维茨与母亲陷入困境，自此家境一落千丈。

一九七七年，霍洛维茨毕业于约克大学英国文学与艺术史专业。之后他果然朝着作家之路迈进：先以"少年间谍"系列享誉国际文坛，全球畅销千万册，继而成为众人皆知的福尔摩斯专家，是柯南·道尔产权会有史以来唯一授权续写福尔摩斯故事的作家。代表作《丝之屋》畅销全球三十五个国家。此外，之后创作的《莫里亚蒂》和《关键词是谋杀》

也广受好评。还被伊恩·弗莱明产权会选为"007系列"的续写者，二〇一五年出版了《触发死亡》一书。

同时，对侦探女王阿加莎·克里斯蒂的热爱，也给了霍洛维茨接连不断的创作灵感。他曾为独立电视台（ITV）的《大侦探波洛》系列多部剧集担纲编剧。二〇一六年，他向阿加莎致敬的小说《喜鹊谋杀案》，一经面世就在欧美文坛引起巨大轰动。荣获亚马逊、美国国家公共电台、《华盛顿邮报》、*Esquire* 年度最佳图书，被《纽约时报》《时代周刊》等媒体盛赞为"一场为黄金时代侦探小说爱好者而设的盛宴"。在日本更是史无前例地横扫五大推理榜单，均以绝对优势荣登第一名的宝座。

作为知名电视编剧，霍洛维茨还撰写了大量剧本。除波洛系列外，他的编剧作品《战地神探》（*Foyle's War*）获得英国电影和电视艺术学院奖（BAFTA）。

二〇一四年，他因在文学领域的杰出贡献而获颁大英帝国官佐勋章（OBE）；二〇二〇年，获颁大英帝国司令勋章（CBE）。

安东尼·霍洛维茨　重要作品年表

歇洛克·福尔摩斯系列

2011 The House of Silk《丝之屋》

2014 Moriarty《莫里亚蒂》

苏珊·赖兰系列

2016 Magpie Murders《喜鹊谋杀案》

2020 Moonflower Murders《猫头鹰谋杀案》

丹尼尔·霍桑系列

2017 The Word Is Murder《关键词是谋杀》

2018 The Sentence Is Death《关键句是死亡》

2021 A Line To Kill《一行杀人的台词》

2022 The Twist of a knife《一把扭曲的匕首》

詹姆斯·邦德系列

2015 Trigger Mortis《触发死亡》

2018 Forever and a Day《比永恒多一天》

格罗沙姆庄园系列

1988 Groosham Grange《格洛沙姆庄园》

1990 The Unholy Grail《被污染的圣杯》

少年间谍系列

2000 Stormbreaker《风暴突击者》

2001 Point Blanc《直射点》

2002 Skeleton Key《万能钥匙》

2003 Eagle Strike《鹰击》

2004 Scorpia《毒蝎党》

2005 Ark Angel《天使飞船》

2007 Snakehead《蛇头》

2009 Crocodile Tears《鳄鱼之泪》

2011 Scorpia Rising《毒蝎党崛起》

2013 Russian Roulette《俄罗斯轮盘赌》

2017 Never Say Die《永不言败》

2020 Nightshade《夜幕》

安东尼·霍洛维茨 重要作品年表

钻石兄弟系列

1986 The Falcon's Malteser《鹰之马耳他》
1987 Public Enemy Number Two《二号公敌》
1991 South By South East《东南偏南》
2003 The Blurred Man《模糊的人》
2003 The French Confection《法国甜点》
2003 I Know What You Did Last Wednesday《周三谎言》
2007 The Greek Who Stole Christmas《偷走圣诞的希腊人》
2021 Where Seagulls Dare《海鸥奋起的地方》

五角星系列

1983 The Devil's Door-Bell《恶魔的门铃》
1983 The Night of the Scorpion《毒蝎之夜》
1986 The Silver Citadel《白银之城》
1986 Day of the Dragon《巨龙之日》

守门人系列

2005 Raven's Gate《乌鸦之门》
2006 Evil Star《邪恶之星》
2007 Nightrise《夜幕升起》
2008 Necropolis《大墓场》
2012 Oblivion《遗忘之地》

一把扭曲的匕首
The Twist of a Knife

[英]安东尼·霍洛维茨 著
高喻鑫 译

新 星 出 版 社　NEW STAR PRESS

主要人物表

安东尼·霍洛维茨　　　　　作者
丹尼尔·霍桑　　　　　　　侦探
吉尔·霍洛维茨　　　　　　安东尼的夫人
罗兰·霍桑　　　　　　　　丹尼尔的兄弟
凯文·查克拉博蒂　　　　　霍桑的邻居，技术宅
希尔达·斯塔克　　　　　　霍洛维茨作品经纪人
阿赫梅特·尤尔达库尔　　　《心理游戏》制片人
莫琳·贝茨　　　　　　　　阿赫梅特的助手
伊万·劳埃德　　　　　　　《心理游戏》导演
乔丹·威廉姆斯　　　　　　《心理游戏》主演，美国原著民
提里安·柯克　　　　　　　《心理游戏》主演
斯凯·帕尔默　　　　　　　《心理游戏》主演
哈丽特·斯罗索比　　　　　《星期日泰晤士报》戏剧评论家
奥利维亚·斯罗索比　　　　哈丽特的女儿
亚瑟·斯罗索比　　　　　　哈丽特的丈夫
弗兰克·海伍德　　　　　　《阿古斯报》戏剧评论家
基思　　　　　　　　　　　杂耍剧院代理后台门经理
索尼娅·奇尔兹　　　　　　《圣女贞德》主演
罗伯特·瑟克尔　　　　　　布里斯托尔的医生
特雷弗·朗赫斯特　　　　　热衷政治的富豪
安娜贝尔·朗赫斯特　　　　特雷弗的妻子

马丁·朗赫斯特	朗赫斯特夫妇的长子，阿赫梅特的会计师
斯蒂芬·朗赫斯特	朗赫斯特夫妇的次子
韦恩·霍华德	斯蒂芬的好友
菲利普·奥尔登	退伍少校，斯蒂芬和韦恩的老师
罗斯玛丽·奥尔登	菲利普的夫人
海伦·温特斯	莫克翰希思小学现校长
约翰·兰普里	莫克翰庄园看守者
卡拉·格伦肖	警探
德里克·米尔斯	警探助手

目录

1	第一章　分道扬镳
10	第二章　《心理游戏》
24	第三章　首演夜
38	第四章　第一篇评论
49	第五章　剑拔弩张
58	第六章　一通电话
68	第七章　拘留时间
78	第八章　帕尔格罗夫花园
92	第九章　七个嫌疑人
104	第十章　五号化妆间
114	第十一章　明星气质
124	第十二章　另一把刀
135	第十三章　祸不单行
144	第十四章　不祥之兆
154	第十五章　克莱肯威尔夜遇
167	第十六章　弗罗斯特和朗赫斯特事务所
184	第十七章　《坏男孩》节选
188	第十八章　莫克翰庄园
199	第十九章　阴魂不散
207	第二十章　过去的罪行

目录

217	第二十一章	贾玛哈尔
223	第二十二章	安全屋
233	第二十三章	对事不对人
244	第二十四章	重返杂耍剧院
253	第二十五章	最后一幕
268	第二十六章	虚线处签字
275	致谢	

第一章　分道扬镳

"很抱歉，霍桑，这件事不行。我们的合约结束了。"

我讨厌跟霍桑争论。不仅因为我总是败下阵来，还有，他会让我觉得就连我试图去赢的这个想法都是错的。在他咄咄逼人的时候，暗褐色的眼睛会显得非常凶猛；但当我反驳时，那双眼睛就会突然变得受伤而戒备重重，这让我瞬间溃不成军。尽管我确定自己是对的，也会不由自主地反思和道歉。我之前也说过，他的情绪有股孩子气。我从来不知道他的真实想法，这就导致我基本没法写他的故事。这正是我们眼下在讨论的话题。

我跟随霍桑探案总共三次，这三次调查正好成就了三本书。第一本已经出版；第二本我的经纪人正在评估（已经评估两周半了还没有任何反馈）。我将在年底开始着手第三本，这对我来说不是什么难事，因为我亲历了案件的全过程，对最后的结局也了然于胸。我已经接受了三本书的合约。对我来说，三本就够了。

我有一段时间没有见到霍桑了。书店和电视里总是充斥着大量的犯罪小说，让人以为每天每时每刻都会有人被谋杀。幸运的是，现实生活并非如此。距离我们留下三具尸体，离开奥尔德尼岛，已经过去了几个月。我不知道他这段时间在忙什么。事实上，我都没有怎么想到他。

突然间，他就出现了，打电话邀请我去他在伦敦的公寓。进入那个地方可不是什么容易的事——我得按别人的门铃，还要假称自己是奥卡多（Ocado）[①]的配送员。瑞沃考特是一栋七十年代的低层公寓楼，在黑衣修士桥附近，霍桑在那儿的顶层置办了一个空间。用空间这个词实在再恰当不过了。没有家具，也没有挂画，空空如也的屋里，只摆了一些他热衷组装的Airfix模型[②]和一台电脑。那台电脑是他黑进警局数据库的工具。当然，这件事要仰赖住在楼下的那个少年。

我第一次无意间走进凯文·查克拉博蒂的卧室时，他就得意扬扬地向我展示如何把一张我和我儿子的私人照片设置为电脑屏保，这让我目瞪口呆。凯文承认照片是从我手机里窃取的，他还告诉我，他帮助霍桑侵入了汉普郡警方使用的自动车牌识别系统。我没有教训他，一方面因为他确实给我们提供了很多有用的信息；另一方面，不管怎么说，谁会和一个坐在轮椅上的青少年一般见识呢？我从来没有跟霍桑提过这件事。毕竟，他是因为将一个恋童癖推下楼梯而被开除出警察部门的。他可能拥有一枚道德指南针，但指针指向哪个方向由他自己决定。

顺便说一下，这套公寓不是霍桑的，他甚至连租客都不是。他跟我说过他是房子的看管方，雇用他的是伦敦的一个房地产经纪人，他跟那个经纪人的关系"有点像同父异母的兄弟"。霍桑就是这样，他没有像嫂子、表兄妹这种关系简单明了的亲戚。他跟妻子同样如此，两个人虽然分开了，但还是不清不楚的。他的一切都错综复杂，因此我问什么问题并不重要，因为根本得不出

[①] 奥卡多（Ocado），一家英国的电商网站，成立于二〇〇〇年，除了售卖生鲜之外，也卖其他食品、玩具、医药和家居用品等商品。
[②] Airfix，英国品牌，曾是一家生产注塑塑料的等比例模型的制造公司。在英国，用Airfix泛指各类厂商制造的此类塑料模型。

个所以然。想想真是让人沮丧。

此刻，我们俩坐在他公寓的厨房里，周围崭新的铬合金操作台闪着亮光。我是从克莱肯威尔的公寓走路过来的。我俩的住处只有大约十五分钟的步行路程，跟我们之间的情感距离形成了鲜明对比。霍桑还是通常的装束：西装搭配一件白衬衫，不过这次他把西装外套换成了一件灰色的圆领毛衣，看起来很休闲的样子。他给我倒好了茶，还贴心地准备了几块甜点：准确地说，是四块，两块两牙的奇巧巧克力交叉地摆在盘子里，像是圈叉游戏的棋盘。他自己喝着黑咖啡，旁边放着一包从不离身的香烟。

他想让我写第四本书，这就是本次见面的缘由。而我，已经下定决心不写了。为什么不写？就算不提我在伦敦住的那两次院，霍桑对我也一向不太好。他从一开始就明确表示我们只是工作关系。他需要有人写他的故事，因为他要赚钱。更过分的是：他还告诉我，我并不是他的首选。我来之前就已经铁了心。真是够了，我又不是他的仆人。我想写的是我全权掌控的故事，我也有的是选择，这点他永远都不会懂。作家不是为别人写书的，我们为自己创作。

"你不能现在停下来。"霍桑想了一会儿，接着说，"《关键词是谋杀》真的很不错。"

"你读了？"我问。

"读了一部分。但评论都说很棒！你应该对自己感到满意，《每日邮报》都说它非常有趣。"

"我不看书评。还有，那个是《快报》。"

"出版商也想让你多写点。"

"你怎么知道？"

"希尔达说的。"

"希尔达？"我简直不敢相信他的话。希尔达·斯塔克是我的作品经纪人——就是那个一开始就劝我不要掺和进来的经纪人。我还记得当她听到我说会和霍桑平分利润时的表情。我知道他俩最近在企鹅兰登书屋见过，我也看得出来她对他有点迷恋。但我完全没有想到，他们居然一直背着我联系。"她什么时候告诉你的？"我问。

"上周。"

"什么？你给她打电话了？"

"不是打电话，我们一起吃了午饭。"

听到这儿，我感到头晕目眩。"你都不吃午饭！"我喊道，"不管怎样，你为什么要去见希尔达？她是我的经纪人。"

"现在也是我的了。"

"你说真的？你同意给她百分之十五的报酬？"

"事实上，我讲了一点价。"他急匆匆地继续说，"她认为我们可以再签三本书的合约，还可以拿到更大的一笔预付款！"

"我写作不是为了钱。"这话听起来有点老套，但是真心话。对我来说，写作一直是一个很自我的过程，是我的生活，让我感到快乐。"不过，无所谓了。"我接着说，"我没法再写你的故事，你现在连新案子都没有。"

"现在是没有，"他承认道，"但我可以给你讲一些过去的事啊。"

"你在警局时候的？"

"离开警局之后的。比如在里士满的河滨克洛斯的那件事，一个人在富人区的巷子里被锤死了。你会喜欢这个故事的，托尼！这是我的第一起私人调查案件。"

我想起在奥尔德尼岛时，他谈起过这件事。①"这可能是个很棒的故事，"我说，"但我写不了，因为我根本没有参与。"

"我可以告诉你发生了什么。"

"对不起，我不感兴趣。"我伸手想去拿一块饼干，随即又改了主意。一想到巧克力，我就觉得有点倒胃口。"好吧，这不仅仅是罪案方面的事，霍桑。我对你几乎一无所知，让我怎么写呢？"

"我是个侦探。你还需要知道什么？"

"我们早就聊过这个。我知道你是一个非常注重隐私的人。但你应该换位思考替我想想，对你三缄其口的人，你怎么以他为主角写出一个故事。坦白说，和你在一起，我觉得处处碰壁。"

"你想知道什么？"

"你是认真的吗？"

"直接问我！"

"好。"我的脑子里一下子涌出二十几个问题，但我张口问出了第一个闪现在眼前的那个："在里斯到底发生了什么事？"

"我都不知道那是哪儿。"

"我们在约克郡的酒吧时，一个叫迈克·卡莱尔的人说他知道你是从里斯来的，虽然他管你叫比利。"

"他认错人了，不是我。"

"我还有件事没有告诉你。"我停顿了一下，"我从奥尔德尼岛回来后，收到了一张明信片。明信片的发件人是德里克·艾伯特。"

艾伯特是我们在奥尔德尼岛上遇到的已被定罪的色情文学作

---

① 关于奥尔德尼岛上的故事，可参考《一行杀人的台词》（新星出版社，2023.5）。

家。他就是那个据说在警方羁押期间被推下楼梯的人。

"他从地狱给你写的信?"霍桑问。

"他死之前写给我的。他让我问你里斯的事。"

"我不知道里斯的什么事,我只知道那是个地名,我也没去过。"

我清楚他在撒谎,但质问他毫无意义。"那好吧。"我说,"那就说说你的妻子、你的儿子,或者说说你那个做房地产经纪人的兄弟?你到底多大了?在奥尔德尼岛的时候,你说你三十九岁,但我认为你肯定不止。"

"你这样不好。"

我没有理会他的评价。"为什么你要搞这么多模型?究竟是怎么回事?为什么你从不吃东西?"

霍桑看起来很不自在,他伸手去拿烟盒,我明白他是想点支烟。"你不需要知道这些。"他抱怨道,"这又不是书的主题。你的书是关于谋杀的!"他有意想让谋杀两个字听起来很有吸引力,好像暴力死亡是大家翘首以待的内容。"如果你真的想在书中掺入一些关于我的事,为什么不直接编一些呢?"

"我也是这么想的!"我叫道,"我宁愿编造,也不喜欢写不知道结局的书。我不喜欢像玩神秘谋杀游戏似的,一直跟在你的屁股后。对不起,霍桑。但这对我来说毫无乐趣。我被刺了两次!却从来没有做对过任何事。就算我想继续,也没有案子可以让我们一起调查了——除此之外,我在书名上也犯了错误。"

"你就应该给第一本书起名为《霍桑探案》。"

"我不是那个意思。"我还是抓起一块奇巧巧克力。我并不想吃,只是想打破那个棋盘的布局。"这是一个概念。它行不通。"

我早就决定,所有书名都要带有某种文学含义。毕竟,我是一个作家；他是一位侦探。《关键词是谋杀》《关键句是死亡》《一行杀人的台词》——这想法当时觉得妙极了，但在语法典故方面，我却江郎才尽了。《生命全停止》？"全停止"的双关语在美国行不通①。《失踪冒号案件》？只有在太平间里身体的结肠部位失踪了才能奏效②。不行，甚至连书名都在告诉我，三部曲的合约就是终点了。

"你可以找别人。"我略显无力地提议说。

他耸了耸肩："老兄，我喜欢和你一起工作。说不太好……但我们相处得不错，我们之间有种理解。"

"有些东西我并不理解。"我说。感觉有点怪怪的，这次见面会变得这么伤感是我没有想到的，我本以为只是一次单纯的分道扬镳。"我们又不是永别，"我继续说，"还有两本书要出版呢。我们会在出版社见面，也许还有其他艺术节之类的场合——虽然上一次之后，可能大家会对邀请我们都心有余悸。"

"我还以为我们做得很好呢。"

"三个人被杀了耶！"

我从未见过霍桑如此受挫。这一刻，我意识到，无论我嘴上怎么说，我们之间都已经有了某种联系。在一同调查了七个人的死亡之后，不可能不亲近。我钦佩霍桑，也喜欢他，每次写他的时候我总是尽力让他的形象可爱讨喜起来。我突然想离开。

我并没有吃那块奇巧，但喝光了杯里的茶，然后站起身。

---

①原文是 *Life Comes to a Full Stop*，这句话是一个双关语的梗。在英国英语中，full stop 是指句号。因此，Life Comes to a Full Stop 在英国有双重含义，既指生命的终结，也指句子的结束。然而，在美国这个双关语就不成立了，因为他们不用 full stop 表达"句号"，而是用 period。

②原文是 *The Case of the Missing Colon*，"colon"一词在英语中既有"冒号"的意思，又有"结肠"的含义。句子中的意思是，只有在太平间里发生结肠失踪的案件时，这个标题的双关语才能起作用。

"那个，"我说，"如果发生了什么事，比如有新的调查，再跟我说吧，也许我会重新考虑。"虽然话这么说，但我心里清楚我根本不会重新考虑。同时，我笃定他也不会联系我。

"我会的。"他说。

我向外走去，但还没到门口又转过身来，我想以更愉快的基调结束这次会面。"我的话剧下周开演。"我说，"你要不要来看首演？"

"什么话剧？"

我确定我之前跟他提过。"《心理游戏》，惊悚题材。乔丹·威廉姆斯和提里安·柯克主演。"他们都是著名演员，但霍桑似乎从未听过。"你会喜欢的。在杂耍剧院上演。"

"那是哪儿？"

"在河岸街上……萨沃伊酒店对面。演出结束之后还会有一个派对，希尔达也会参加。"

"哪天晚上？"

"星期二。"

"不好意思，老兄。"霍桑毫不迟疑地回复道，"那天晚上我没空。"

算了，他这副样子，我就不用劝他回心转意了。"太糟糕了。"说完我便离开了。

在返回克莱肯威尔公寓的路上，我一边沿着泰晤士河朝着桥走，一边觉得稍许沮丧。对于写书这件事，我知道我做出了正确的决定，但我仍然有一种未完成任务和错失机会的感觉。我确实想多了解霍桑一些，甚至一直在考虑要不要去一趟里斯。现在，我再见到他的机会已经微乎其微了。

真是让人恼火的事……

尽管说了这么多，你也猜到了，显然还会有另一起谋杀案。如果没有，我为什么要写这些呢？你手里握着这本书，封面上还有一个标志性的血迹符号，已经破坏了惊喜。这就证明，作家在应对真相、处理真实发生的事时有多么无能。

然而，有一件事是我没想到的。前三本书已经给我带来了很多困扰，但这一本还会更加、更加糟糕。

第二章 《心理游戏》

我热爱戏剧。回顾往昔，那些极度快乐的夜晚都还历历在目。当表演、音乐、服装、导演（当然也包括剧本），共同创造出一种体验，我知道那会让我永远铭记在心。国家剧院一九八二年的《红男绿女》、皇家莎士比亚剧团的《尼克拉斯·尼克尔比》、迈克尔·弗雷恩才华横溢的喜剧《糊涂戏班》。在约翰·巴顿执导的《理查二世》中，伊恩·理查森和理查德·帕斯科每晚交换角色。虽然看那场戏时我只有十八岁，但直至今日，我依然能看见他俩共同手持"空王冠"，凝视着它转变成镜子的画面。最好的戏剧就像一支永不熄灭的蜡烛，所有这些剧目以及其他更多的作品，仍然在我的记忆中燃烧。

二十岁出头时，我在国家剧院当引座员。那段时间里，我把哈罗德·品特尔的《背叛》、彼得·谢弗①的《阿玛迪斯》、亚瑟·米勒的《推销员之死》、艾伦·艾克博恩的《卧室闹剧》都不厌其烦地看了十几次。每天晚上早些时候，我就会穿上灰色的尼龙衬衫、戴上淡紫色的领巾，坐在后台的餐厅里。我可能离像约翰·吉尔古德或拉尔夫·理查森这样的人物只有几个座位的距

---

① 彼得·谢弗（Sir. Peter Shaffer，1926—2016），"二战"后英国当代著名剧作家。

离,他们即使穿着运动服和运动鞋也仍然显得威严非凡。当然,我从未和他们说过话,他们对我来说是神一样的存在。我在国家剧院寄物处工作时,有一次唐纳德·萨瑟兰给了我二十便士的小费。至今我依然保存着那些硬币。

开始写小说之前,我的理想是在剧院工作。我在学校里参演过戏剧,在大学期间还执导了一些戏剧。我每周有三四个晚上都会泡在剧院,通常站在观众席的后面——票价只要两英镑。我曾尝试去读戏剧学校,还申请过助理舞台经理的工作,在那时,这些都是公认的入行途径。但最终以失败告终。我开始明白,我身上的一些特质,对于我渴望进入的那个世界,不仅不适合,而且是阻力和绊脚石。一九七一年,我在皇家莎士比亚剧团首次观看了韦伯斯特的《玛尔菲公爵夫人》,由朱迪·丹奇主演。剧中安东尼奥有一句台词:"夫人,野心,会让伟大的人物变得疯狂。"但是,接受自己永远无法实现自己的野心,才是让人疯狂的。

或许,这就是我创作《心理游戏》的原因之一,我在维护心中燃烧的火焰。

《心理游戏》实际上是受到了另一部戏剧的启发,我在十几岁时看过那部戏之后就一直念念不忘。《侦探》(*Sleuth*)是安东尼·谢弗(彼得·谢弗的哥哥)的作品,既是对阿加莎·克里斯蒂的戏仿,也是一部原创的谋杀悬疑小说,像阿加莎的作品一样极具创新精神。剧中只有三个角色——一个富有的作家、他妻子的情人和一个叫作多普勒探长的悲惨侦探,但在两幕的空间里,这部戏带来了一系列精彩绝伦的惊喜,完成了许多舞台上史无前例的呈现,让观众大呼过瘾。这是一部大获成功的剧目,演出了两千多场,赢得了许多重大奖项,还被拍成了电影……直到今天,它仍然是戏剧史上的一座里程碑。

自不待言，无数人试图复制《侦探》的成功，但除了艾拉·莱文（《致命陷阱》）之外，所有人都望尘莫及。仔细想想，舞台上能做的事少之又少。魔术和幻术可能有一些施展空间，但戏剧的大部分内容都是文字：演员在空间中移动，彼此交谈。谢弗却打破了物理规则。他弟弟的《黑暗喜剧》也是如此，这部闹剧的背景设定在停电期间，舞台的灯光在断电时才会亮起来。问题来了，规则已经打破，其他人再去效仿时，就没人觉得兴奋了。独一无二的只有一个。

尽管如此，我却一直有一个执念：写一部小阵容的剧本，在传统的谋杀悬疑里融入重重反转，用标新立异、出人意料的方式编排舞台效果。每次写书或创作电视剧本的间隙，我都会草草写下一些想法，这几年我写了三部剧本，然后终于有了《心理游戏》的构思。顺便说一下，我的努力事倍功半。三部作品里，只有单幕剧《手提包》在一个地方艺术节上演过，另外两部都无人问津。

要不是因为我的姐姐卡罗琳，《心理游戏》可能永远无法登上舞台。卡罗琳那时经营一家戏剧代理机构，规模虽然不大，但小有成就，旗下有不少演员。她读了《心理游戏》的剧本之后非常喜欢，就背着我拿给了她熟识的一个制片人：阿赫梅特·尤尔达库尔。几天后，阿赫梅特给我打了电话，邀请我去谈谈。

我永远不会忘记那次会面。阿赫梅特的办公室就在尤斯顿车站旁边，离铁轨非常近，近到每次列车经过时，房间都会跟着震动起来，就像那些黑白喜剧老电影中的情节。阿赫梅特给我准备了茶和饼干，那杯茶喝起来有股机油的味道；每次房间震动时，几块饼干也随之在盘子上舞动起来。阿赫梅特身材矮小，有着一头乌黑的头发，穿着整齐干净。语速很快，喜欢咬指甲。他的西装外套上缺了一颗扣子，悬着三根线头，在讨论过程中，我总是忍不住盯着那儿看。他有一名助手，叫莫琳·贝茨。她穿着针织开衫，满头银发，眼镜系着链子挂在脖子上。莫琳围着阿赫梅特忙得团团转，看起来像是他的一位姨亲，也可能只是年纪较大的保镖。她似乎总是疑神疑鬼，一直用很小的字记着笔记，却一言不发。阿赫梅特和莫琳的年纪相仿，都是五十多岁。

这间办公室看起来并不怎么正规。它位于一栋三层小楼的地下，窗外灰蒙蒙的，什么都看不清楚；屋里的家具也是既难看又突兀。我扫视了一圈墙上的海报，思索着为自己的作品找到未来的一席之地。墙上有：《幸福重婚生活》（*Run for Your Wife*），雷·库尼创作的一部闹剧，曾在诺里奇上演；《妈妈不是半热》（*It Ain't Half Hot Mum*），改编自BBC的长寿情景喜剧，在马恩岛的盖蒂剧院上演；《罗宾汉》（*Robin Hood*），由罗尔夫·哈里斯主演，在埃普索姆剧院上演；《麦克白（节选）》（*Macbeth*），曾在米德尔汉姆城堡由六人阵容进行过露天演出。

实事求是地说，阿赫梅特非常喜欢我的剧本。我一走进房间，他就马上站起来拥抱我，我能闻到他身上须后水和烟草混杂的气味。坐下后，我看到他的桌上摆着一包美国香烟和一只分量很重的玛瑙打火机。

"这可真是好剧本，非常好！"这几乎是他对我说的第一句话，他用手背敲着面前的打字稿。他戴着一枚图章戒指，厚重的戒指在稿子的第一页上留下了浅浅的痕迹。"你说是不是，莫琳？"

莫琳没有说话。

"别理她！她不看书，什么也不知道。安东尼，听我说，我们会先将这出戏在伦敦以外巡演，然后再回到城里驻演。我太爱你姐姐了，多亏了她，我才能看到这个剧本。见到你，我高兴得都想哭了。"

阿赫梅特是土耳其人。能感觉到他对这个身份相当得意，故意使用着华丽的措辞，好像在展示他的"与众不同"。当对他有了更多了解后，我发现他其实英语讲得非常好。他的父母是土耳其裔塞浦路斯人，为了躲避种族斗争和恐怖主义，在二十世纪七十年代移民英国，那时候阿赫梅特才十岁。他们全家住在伦敦北部恩菲尔德区的一套小公寓里。阿赫梅特每天乘公共汽车去当地的一家综合学校，他的父母则做起了服装生意。他给我讲过他在罗汉普顿大学读的计算机科学，还说过他在恩菲尔德区的社会服务机构做了十年软件开发工作。那时，他一直和父母住在一起。每次见面，他都会给我讲述一些自己的事，我觉得他是希望我能像对霍桑那样，为他也写一本书。我礼貌地听着，但说实话，我更感兴趣的是他关于我的剧本的规划，以及是否能够将其诉诸实现。

莫琳已经打印好巡演的计划提纲，并放在我面前。巴斯、南安普敦、科尔切斯特、约克——都是拥有出色剧院的大城市。我必须得说，阿赫梅特真是言出必行。他不仅成功邀请著名导演伊万·劳埃德的加入，而且接下来的几周进展都径情直遂——资金筹集到位，乔丹·威廉姆斯对法夸尔医生一角很感兴趣，剧院顺利签约，剧场开始进行舞台设计，乔丹·威廉姆斯接受出演法夸尔医生，排练场地预订完成。几个月的事件被我一笔带过，是因为我想好好讲讲那件发生在伦敦的事。虽然没有浓墨重彩，但这一切对我来说却无比欢欣鼓舞。这是我最早的梦想，是我始终不忘的初心所在。

《心理游戏》的剧情梗概如下：

马克·斯泰勒是一名记者,也是记录"真实犯罪"的作家,他正在拜访一家名为费尔菲尔德的疯人院。为了准备一本新书,他希望可以采访住在那里的一位病人——臭名昭著的连环杀手伊斯特曼。但疯人院院长法夸尔医生却不太愿意帮这个忙,斯泰勒的首要任务就是得先说服院长,才能获得探访病人的权利。很快,斯泰勒意识到费尔菲尔德并不是他想的那样。法夸尔医生办公室里莫名悬放着一副完整的人体骨架。他的助手普林普顿护士看起来总是惊恐万分,一直在力劝斯泰勒尽量赶紧逃离。随着情节的发展,不安终于演变成了暴力。原来,精神病人已经控制了整个疯人院,真正的法夸尔医生早就死了。最终斯泰勒也被囚禁其中。

我的宏大构想——也是致敬谢弗,让观众亲身体验到一切都不是表面所见。

因此,随着剧情发展,舞台布景会呈现一系列小把戏。原本通往储藏室的门突然到了走廊,又忽而转向浴室。窗外的砖墙层层叠加,逐渐挡住了视线。墙壁上的画变了主题,窗帘变了颜色,家具也暗暗换了款式。这部剧最开始的名字叫《心灵转变》(Metanoia),这个词在心理学中用来描述抛弃虚假自我的状态……但很快就被莫琳否决了。"我为什么要花钱去看一个我都不知道是什么意思的东西?"

《心理游戏》在科尔切斯特首演,好评如潮,获得当地媒体和观众的盛赞。我可以充满自信地说这些,因为我在第一周观看了几场演出,并养成了在中场休息时溜进酒吧听人们说话的习惯。上半场以悬念落幕。伊斯特曼逃脱了,并假扮成法夸尔医生,杀害了普林普顿护士,正握着手术刀,向束缚在紧身衣中无助的马克·斯泰勒步步逼近。马克看起来无处可逃。然后,幕布降下。一切的设计都奏效了。我听到人们交谈,他们真的很投入,想知道接下来会发生什么。没有人退场。

接下来十一月到次年三月的五个月里,随着巡演进行,这部剧逐渐淡出了人们的视线,而我也继续着其他的工作。只有当阿赫梅特偶尔打电话来跟我交流时,我才会想起这部戏。然而,二月底传来了重大消息。阿赫梅特在和会计师一起核算票房收入后,决定将剧目移师伦敦西区。不知道他是怎么做到的,但已经筹集到了资金,可以支持我们在杂耍剧院进行为期十二周的演出。宏伟壮观的杂耍剧院始建于十九世纪,坐落在河岸街上,离特拉法加广场不远。我们只剩下三周的排练时间,而且还有一个演员已经决定退出,好在伊万·劳埃德仍然担任导演。我们将在四月的第二周开演。

大家开始在达尔斯顿的一个改建仓库里进行排练,而这次我也有幸参与其中。排练室正是我想象中的样子:三层高的天花板和斑驳的墙壁构成一片宽敞空旷的场地,厨房区摆着马克杯、水壶、茶和饼干。供导演和演员使用的四把塑料椅摆成一个圈,让我不禁联想到戒酒互助会。光秃秃的地板上用粉笔画出舞台轮廓,还放了几个锥形路标示意门窗位置。各种道具放在架子上,栏杆上挂着斯泰勒的紧身衣。房间的墙边还有一些椅子,是助理导演、灯光设计师、服装助理和其他后台工作人员用的。排练室里弥漫着紧张的气氛。

就是在这段时间里,我对伊万·劳埃德和演员们有了进一步了解。不敢说我成了团队的一部分,我只是坐在外圈的旁观者。但是当结束了一天的排练,大家偶尔会一起喝一杯,我们之间产生了一些类似友谊的东西。

第一次见到伊万时,我以为他是同性恋。他有种阴柔的气质,戴着奥斯卡·王尔德一样的宽边帽和围巾。我能想象如果他抽烟的话肯定要用乌木烟嘴。当阿赫梅特告诉我,伊万离过婚、他的前妻是一位女演员、他们还有四个孩子时,我简直大吃一惊。

伊万将近五十岁,光头,看起来是剃掉了头发而不是一根一根掉光的。每每谈到工作,他都会非常挑剔,几乎有些神经质,而且讲话时有轻微口吃。他戴着一副细框眼镜,阐述观点时,有时会用眼镜敲打剧本或者戳我,就好像那是一根指挥棒。莫琳给我看过他的简历,虽然这几年的工作量骤减,但他曾在许多享有盛誉的剧院工作过。他跟一个小众的剧院公司在安特卫普一起上演过几部作品,为了执导阿赫梅特的《麦克白》而回到了英国。

一天晚上,我们两人一起去吃中餐。在讲述了一些他执导的剧目和获得的奖项后,伊万突然愤慨起来。也许是酒精惹的祸。他说自己在世界各地工作过,在比利时是个有头有脸的人物;但在自己的国家,却被低估了,从未得到应有的赞誉。他本来希望找一家好的地方剧院担任艺术总监,但深知这愿望永远不会实现。所有人都对他有意见。

我们已经喝到第二瓶酒,我默默地坐着,他倾泻而出的痛苦让我觉得很不安。

"这一切都是因为奇切斯特。该死的奇切斯特!戏剧界的人是全世界最坏的人。整个圈子充满恶意,所有人都在互相攻击。他们总是伺机而动,一旦有机会,就会猛扑过来!"

根据伊万的说法,一切都源于八年前的奇切斯特节日剧院。当时他正在执导乔治·伯纳德·肖的《圣女贞德》,由索尼娅·奇尔兹饰演女主角。通常情况下,观众无法看到火刑柱燃烧的画面,这一幕不会搬上舞台。但是,伊万决定用那个惊人的画面开场——火焰、烟雾、巨大的柴火堆、赤裸上身的刽子手和人群,他希望以此预示着即将发生的事,来展现主角的命运。

在首演当晚,出了大事。

"不是我的问题。"他说,"太不公平了!所有的一切我都是照章办事……制作方的注意事项,控制和管理程序,应急预案。我们和警察、当地政府、当地消防部门都报备过……能做的我都做了。事后也进行了全面调查。我被盘问了几个小时,最终每个人都说我做得无可厚非。当然,剧目立刻就停演了……但这些都不重要。索尼娅的事我永远无法原谅自己,实在太可怕了。"

"她死了?"我问。

"没有。"他悲伤的眼神越过酒杯落在我身上,"但她伤得很重,她的事业完了。我的也完了!那件事之后,没人想跟我有瓜葛,即使已经签了合同,但两部剧还是取消了。就好像那该死的火是我点的似的!看看我现在,我是说……阿赫梅特也不错,但他毕竟不是卡梅隆·麦金托什[①]啊!"

再说说剧组的演员吧。

我前面提到了乔丹·威廉姆斯,那个同意出演法夸尔医生一角的演员,无疑是我们这部剧的大腕。他是我认识的第一个美国原住民,确切地说是拉科塔族人。我在维基百科上查了他的资料,得知他出生在美国南达科他州的罗斯布德保留地。他曾在洛杉矶工作过十年,凭借在《美国恐怖故事》中扮演精神变态的杀手而获得艾美奖提名。他的妻子是他的化妆师,是个英国人,于是他来了英国。刚到英国时,许多报纸都在说他可能会接替彼

[①] 卡梅隆·麦金托什(Cameron Mackintosh, 1946—),英国著名戏剧制作人。代表作《悲惨世界》《歌剧魅影二十五周年音乐会》。

得·卡帕尔蒂，成为第一位多元种族的《神秘博士》里的"博士"，但并未成行。他在戏剧、电影和电视剧中担任多个角色，虽然不算家喻户晓，但也是一位备受尊敬的演员。

我和演员相处时总会觉得不自在，跟乔丹尤为如此。他身材健壮、肩膀宽阔，眼神深邃；每次我们说话时，我都能感受到他的目光直视着我。他的五官带着一种数学精度的特点：直线的鼻子，正方形的下巴。他发白的头发虽然长不到绑成马尾，但在不上台时还是会用彩色的头带扎起来。他在剧组中年纪最长，但看起来不显年龄。他总是穿着运动服或牛仔裤懒洋洋地出现在排练现场，双手深深地插在口袋里，思绪飘忽。说话时，他会字斟句酌，不时流露出一丝美国口音。他仿佛一直在表演……这其实是他的特征。很难分辨他何时在戏里，何时在现实中——这有时会带来不幸的后果。

在达尔斯顿的第一周快要结束的时候，发生了一件相当不愉快的事。我们正在排练法夸尔医生袭击普林普顿护士的场景，乔丹和扮演普林普顿护士的女演员斯凯·帕尔默站在粉笔勾勒出的轮廓中间，其他人围在旁边。他紧紧地抓住她的手臂，脸几乎贴在她的脸上，怒气冲冲地对她吼叫。这个场景他们已经排练过不下百次，但突然斯凯开始尖叫。起初，我以为她是即兴发挥，想尝试一些新的东西。但接着我看到伊万满脸惊慌，才意识到问题的严重性，斯凯是真的很疼。那一瞬间，乔丹化身法夸尔医生。直到伊万嚷着让他停下，所有人都冲了上去，他才撒手。斯凯摔倒在地上，我看到她的手臂上一片瘀青。她受了伤，也受了惊吓。这一天的排练结束了。

离开时，伊万告诉我乔丹这样的行为已经不是第一次了。据说，他的敬业有口皆碑。他对待每一个角色都非常用心。当他被选中在 BBC 的一部戏中扮演路霸迪克·特平时，他不仅学会了骑马，还坚持重现从伦敦到约克郡的著名的两百英里骑行，在穿越 M1 高速公路时甚至险些丧命。在汉普斯特德剧院扮演李尔王时，他常常在希思公园露宿。

公正地说，他也是个宽厚的人。发生的事让他羞愧万分，于是下个周一我们都回来时，他给斯凯送了一大束花，花束大得要两个花瓶才能装下。

说到斯凯·帕尔默，她本身也是一个谜。

我曾看过多次她的表演，但还是不够了解她，这也很正常，毕竟她才二十多岁，比我小了近三十岁。在剧外，我们也没有什么交集。初见时，她深邃乌黑的眼睛和她的自信都惊艳了我，尤其是那头闪亮的粉红色头发。开始演出后她不得不洗掉了这个颜色，也摘掉了鼻钉，褪去了彩色指甲。她之前不吸烟，但在排练期间会抽电子烟，吐出一些立即蒸发的小云雾，在空气中留下淡淡的薄荷味。我一直担心普林普顿护士可能难以找到合适的演员。无可否认，我塑造这个人物的方式带有一定的性别歧视……但我故意以老式锤子电影①中的角色为蓝本，创造了普林普顿护士这个角色。斯凯似乎并不在意，她什么都没问过我。伊万跟她说的一切，她都照做。判断不出她是否享受这个过程。

主要是因为每当不工作时，她就插着耳机看她的苹果手机。那是最新的 iPhone 手机，通体呈玫瑰金色，罩着一个闪闪发光的水晶保护壳。她时常玩游戏——《我的世界》和《纪念碑谷》，或者时常查看自己的推特账号。我从没听过她和任何人讲话，但

---

① "锤子电影"，指英国的一家电影公司 Hammer Film Productions 制作的一系列恐怖电影。这些电影通常以怪物、吸血鬼、狼人和其他超自然元素为题材，对恐怖和惊悚进行了大胆而夸张的呈现。

她总在发短信，显然正在热恋中。排练时，她的手机有时候会响起来，令伊万·劳埃德心烦意乱。她会甜甜地道歉，同时敲着键盘发送回复。我从未见过有人的拇指活动得如此迅速。

她身上似乎混搭着各种不相关的元素。比如，她常穿着直接从 Sports Locker① 买的运动衫和紧身裤，但却戴着卡地亚手表，穿着 Jimmy Choo 的鞋子。她会谈论流行文化，比如《星球大战》和《饥饿游戏》，但却在读弗朗茨·卡夫卡的书。她苹果手机的播放列表里有比约克和麦当娜的歌，但坐在排练室里的钢琴前面，她弹奏的却是巴赫前奏曲的前几个小节。我笃定她对我们有所保留。

还没提到的是提里安·柯克，马克·斯泰勒的扮演者。他进剧组比较晚，之前的演员觉得五个月的巡演已经够了，决定辞演，才由提里安来接替。他是唯一一个我全无好感的演员——我俩之间有过过节。

提里安比斯凯大几岁，是个电视上的熟面孔，曾在电视剧《军情五处》中扮演初级案件官员，在《重任在肩》中饰演警察，以及在三季《唐顿庄园》中饰演男仆或类似管家的角色。虽然他还不算尽人皆知，但正在朝着成为名人的方向迈进，因此当他被选中出演我创作的《不公正》时，我非常高兴。这是一部由詹姆斯·普雷福伊主演的五集法律剧，于二〇一一年在ITV播出。巧的是，也是在这档节目上，我第一次遇见了霍桑。他是我们的技术顾问。

提里安要扮演的是一个因犯罪入狱并最终自杀的年轻人。这是一个极好的角色，有四五场重头戏、充足的出镜时间以及令人

---

① Sports Locker，英国的一家运动品牌商店。

难忘的死亡场面。他的试镜表现非常出色，几乎立即就得到了这个角色的邀约。他也接受了。然后开始起草合同。但是在最后一刻，他改了主意。据他的经纪人说，因为他觉得剧本不够好，这让我对他心生不悦。该角色最终由乔·科尔出演，他表现亮眼，后来成为大明星——但这并没有让我对提里安改观。他浪费了我们的时间和金钱，让人大失所望。

所以当伊万告诉我马克·斯泰勒的扮演者选了他时，我很紧张。首先，我担心之前的经历会重演；更重要的是，提里安给人的感觉过于自鸣得意，不适合出演这个角色。而且他极度自我，每天都精心打理好头发，穿着设计师品牌的衣服，甚至开着杜卡迪摩托车来排练。我不得不提醒自己，这些都是成功的标配，他本质上是一个非常优秀的演员，有他参与是我们的运气。初次看到他读剧本时的样子，简直就是我想象中的马克·斯泰勒：瘦削的身材，深邃的眼神，特色分明、棱角清晰的脸庞。他的鼻子有点弯，笑起来感觉很慵懒又有点痞气，跟许多英国年轻演员的花瓶形象迥然不同。他是那种你不由自主会注意到的演员，而事实也正是如此。他吸引到了好莱坞导演克里斯托弗·诺兰的注意，克里斯托弗·诺兰已经在大制作电影《信条》中为他安排了角色，该影片预计年底开始拍摄。

提里安即将大红，这可能会对伦敦的演出大有裨益。不幸的是，他也知道自己会走红。这没有让他人缘变好。相反，乔丹·威廉姆斯非常讨厌他，跟他的相处远远不如跟前任演员。乔丹常常抱怨提里安对台词不熟，抢戏，不跟他眼神交流。提里安反击说乔丹倚老卖老。斯凯则置身事外，保持中立。

总而言之，这就是在四月第一周进驻杂耍剧院的演出阵容。我没有去参加技术彩排，也没参加试装彩排。那时我已经没有太多的事缠身了，整个人却越来越紧张。很奇怪。这是我的野心，是我一直想要的。首演夜，当我和妻子、姐姐、两个儿子一起到达剧院时，我本应倍感兴奋。我的名字就在聚光灯下！（好吧，不是全名。安东尼中的"东"有一半没有显示出来。）但我没有感觉到一丁点儿兴奋，只感到干呕。

我告诉自己没事的。约克郡和南安普敦的观众都很喜欢。这里怎么会不行呢？

"你还好吗？"我妻子问。

"还好。"我撒谎道。

我们走进了剧院。

第三章　首演夜

杂耍剧院可谓美轮美奂。维多利亚时代的剧院设计者真心希望你能享受夜晚，所以他们在镀金、红色绒布、镜子和枝形吊灯上花了很多心思。早在你入座之前，戏剧氛围就已经营造充分。令人不解的是，他们对于腿部空间、视线范围和洗手间的关注却相对较少。不过，鱼和熊掌不能兼得。

大厅里已经人头攒动，人们都涌在这里然后朝不同的方向分流：有的去一楼座位，有的上楼，有的去酒吧，也有的去售票处领取门票。我们费了好大的力气，在迷宫一样的大厅里穿梭。随着前行的脚步，我认出了几张熟悉的面孔。阿赫梅特穿着一件黑色双面夹克，夹克上的纽扣是一排环圈。莫琳一如既往地跟在他旁边，身上挂满了装饰珠宝，颈上还戴着动物标本的饰品。阿赫梅特从未提过他的妻子或家人，让我不禁猜测他和莫琳之间是否有超越同事的关系。

我还看到了一些脸熟但记不得名字的演员：他们可能是导演或演出人员的朋友。我瞥见伊万·劳埃德正朝楼梯走去，他似乎是一个人。我在人群中继续找寻，虽然我不想承认，但我确实在想霍桑会不会出现。结果是否定的，他没有来。

我们穿过早就挤在大厅里的人群，找到一楼中央的座位，坐进了观众席。这时我产生了一种奇怪的感受，觉得自己一瞬间成了关注的焦点。当然这不是真的。我猜根本没什么人认识我。但与此同时，我感觉自己身处牢笼。今晚这里将会满是观众：三层的剧院总共将近七百人。我看到这些人都在我的周围，很多人坐在阴影中，因为距离的原因被缩到很小。他们不再是个体，而是一群观众……甚至是陪审团。我的胃仍然翻腾着。我觉得自己像一个等待宣判的人。

然后我看见了他们：我真正的法官。

评论家们。

这些评论家分散坐在一楼的观众席里，没有表情的脸庞轻而易举出卖了他们的身份。还有一些已经把笔记本电脑架在了膝盖上。有《卫报》的迈克尔·比林顿，《旗帜晚报》的亨利·希钦斯，《泰晤士报》的利比·普尔夫斯，《星期日泰晤士报》的哈丽特·斯罗索比，还有《电讯报》的多米尼克·卡文迪什。由于我最近加入了老维克剧院的董事会，不少评论家我都还算熟悉。他们有意没坐在一起，似乎还在避免跟其他人的眼神接触。他们尽管不是竞争对手，但我认为也不算朋友。他们都是独自坐在位子上。

我害怕他们吗？

是的，我害怕。

书籍和电视节目的评论家从来不会让我感到焦虑。他们可能很苛刻，但他们对人们观看或阅读什么的影响力是有限的。无论如何，他们伤害不到我。他们眼下在评论的都是我很久以前写的东西——电视剧的话一般都是几年前的剧本，而且我已经签好了下一份合同，手上有了新项目。他们可以告诉全世界我一无是处，但为时过晚。

眼前的这些评论家却迥然不同。他们就在这里,有些还和我坐在同一排。他们的评论可能会让我们关门大吉。当坐在那里等待幕布升起时,我开始对自己创作的东西产生了犹豫不决的想法。他们会觉得那个笑话有趣吗?第一幕结尾时对普林普顿护士的袭击他们会如何评价?提出法夸尔医生的性取向是不是个错误?之前,我一直担心首演观众,但他们并不是关键,而且不管怎样,他们都会站在我这边。谢天谢地,他们大部分拿到的都是免费票!决定我命运的是那些评论家。

妻子碰了碰我的胳膊。"开场晚了。"她说。

我看了眼手表,心跳漏了几拍。她说得对,已经七点三十五分了。怎么了?是提里安没来吗?还是有人病了?我四处张望,一切看起来还好,其他人似乎没有注意到延误这件事,只有我在焦急地等待着。

终于,灯光暗下。我深吸了一口气。幕布升起。

第一幕

费尔菲尔德是一家研究精神病人罪犯的实验性医院,该幕的剧情就发生在亚历克斯·法夸尔医生的办公室里。这间办公室看起来温暖舒适,装修复古,给人一种六十年代的感觉,很有锤子电影恐怖片的氛围感。

一张庞大而杂乱的办公桌占据了房间的大部分空间,窗外是田野、树木和一堵低矮的墙。房间的另一侧有一扇通往小储藏室的门。角落的架子上摆着一副完整的人体骨架,看起来极不和谐。

办公桌前的椅子上坐着的就是马克·斯泰勒,一位三十多岁的作家。他穿着随意,脸色苍白,发型有些奇怪……但不失为电视上典型的"专家"形象。

他坐在那儿等了很久。他看了看手表,然后拿出一台数字录音机,开始录音。

斯泰勒:开始录音。现在是七月二十二日,星期四,六点十五分。

故事拉开帷幕。

我几乎屏住了呼吸,看着斯泰勒像之前上百次的彩排一样,开始独白,在办公室里踱步,录制下自己的想法。我知道我在等待。《心理游戏》在某种程度上是一部喜剧,它必须要向观众证明这一点。巡回演出中的经验告诉我,第一次笑声至关重要。只有在那之后,大家才能放松下来。

当斯泰勒离开窗户,端详着书架,那个时刻终于来了。

斯泰勒:法夸尔医生的书是按字母顺序排列的。这……我能相信他吗?

这不是什么特别好笑的台词,但神奇的是,它总是能够打动观众,当下也不例外。我听到笑声在黑暗中蔓延,似乎有什么东西刺痛了我的后颈。我终于第一次感觉到,没事了。

接下来的一个小时飞快地过去了,在我看来,这场戏表现得尽善尽美。没有人忘词,设计的桥段也都见效了。观众的笑声此起彼伏,然后随着场景越来越暗,我能感觉到气氛也变得压抑起来。普林普顿护士遭到袭击。法夸尔医生诱骗马克·斯泰勒穿上紧身衣,正握着手术刀向他走去。帷幕落下。掌声响起。中场休息。

当剧场一亮灯,我就走了出去。在酒吧里逗留没有意义,这是首演,观众大多不会发表什么意见,所以没有什么值得偷听的。就算有人说了什么,我的家人也会留心再转述给我。经历了开场的紧张情绪之后,我急需一些新鲜空气。今晚天气一般,尽管已经四月份,河岸街上还是寒风阵阵,地面上一层闪闪发光的雨水。我看到伊万·劳埃德也出来了,站在剧院的拐角处。他穿着黑色羊皮大衣,衣领扣到脖子。我走了过去。

我问他:"你觉得怎么样?"

他皱了皱眉。"提里安在第一场戏里漏了两句台词。"他说,"该死的投影仪又卡住了。"

投影仪用来在表演中切换墙上的图像,但必须得慢慢推进,观众才不会注意。在我看来,那些都没有问题,而且我也没有察觉漏掉的台词。我突然意识到伊万比我更紧张,毕竟这是他很长一段时间以来第一次在伦敦制作剧目。

"不过,还好吧。"他继续说,"我觉得他们挺喜欢的。"

"你说评论家们?"

"我是说观众。那些评论家一直坐在那儿记笔记,你永远不知道他们的想法。你看见《星期日泰晤士报》的哈丽特·斯罗索比也在吗?"他声音中的敌意让我吃惊。

"那怎么了?有什么奇怪的?"

"我本以为她会派个助手,没想到她会亲自过来。我们只是一个外地剧团。"

"也许这是好事。"我在想,如果她亲自写评论,我们也许会备受关注。

"那个女人一无是处,根本不行!她就是个彻头彻尾的贱人,你应该知道她从来没说过我一句好话。"伊万虽然没有提高声调，但他的愤怒以这样一种压抑的方式表达出来更加惊人。他望向外面越下越大的雨。"她写的一些东西简直恶毒至极，"他继续说，"她用尽心机地遣词造句，刻薄的意见混杂着深深的人身攻击。听说她以前是个记者，但为了沽名钓誉转做了评论家。我觉得她根本不喜欢戏剧。"

"还有很多别的评论家呢。"

"她的影响力最大。人们看她的评价，就因为她的邪恶卑鄙更博眼球，就像围观车祸现场一样。"

"也许她会喜欢这出戏呢。"

他轻哼了一声，说道："她想的是一回事，写的是另一回事。"

第二幕开始时，我又想起了跟伊万的谈话，这让我一点儿也看不进去了。那些一直在我脑海中潜伏的疑惑和顾虑突然喷涌而出。我想起外地观众和伦敦观众截然不同。伦敦观众的期望值要高得多，座位价格也更贵。在伦敦城外，大家往往更加宽容，更能投入地去享受。我们能经受得住西区的考验吗？我眼中的舞台布景突然变得破烂起来，毕竟它们经历了数月的巡演，还在斯劳的仓库里堆积了好几周。下半场太长了。我忍不住偷瞄哈丽特·斯罗索比。舞台反射出来的光线映在她的脸上，她戴着眼镜，遮住了眼睛，但我能看到她面若冰霜。她没有表现出任何情绪。她会是我的敌人吗？能确定的是，她是伊万的敌人。

当落下的幕布再次升起、演员们走上舞台鞠躬时，我感到一阵宽慰。我看见乔丹·威廉姆斯朝我这边微笑。他在观众席中发现了我，这个行为让我感激不已。掌声响亮而持久，但它是否真诚呢？现在还是首演，很难分辨。观众站在我们这边，他们希望我们成功。但他们可能也是在演戏。

我走出剧院来到街上,与素未谋面的人握手,周围洋溢着笑容和祝贺。我用余光看到评论家们正悄然离开,我试着将他们从我的脑海中抛开。终于都结束了,一切都很好。到首演派对的时候了,我决定要好好享受。我要一醉方休!这是我的时刻!

虽然杂耍剧院对面的萨沃伊酒店就有不错的鸡尾酒酒吧和烧烤店,但阿赫梅特支付不起那么高的费用。他选了考文特花园边上的一家名为托普卡匹的土耳其餐厅,正好是他表兄的店。这是一家小餐馆,就在广场旁边,木质前门装饰得有些像拜占庭式的风格,延展出来的顶篷正好能遮雨。进门有个酒吧,里面是一张张桌子,还有很多镜子,只是灯光有点晃眼。我走进去时,听到音乐响起,看到三人乐队穿着传统服装,盘腿坐在地毯上:乐队里有鲁特琴、小提琴和鼓。穿着黑色紧身裤和马甲的服务员端着装满起泡酒的玻璃杯四处走动。多尔马[①]、薄饼、肉丸等食物摆在吧台上。

阿赫梅特站在门旁,拥抱着迎接我:"好兄弟!我太幸福了。你听到掌声了吗?一分三十二秒。我用手表计时了。"他指着那只我怀疑是假劳力士的手表,"我们成功了,我能感觉到。"

莫琳站在旁边,一副半信半疑的样子。

阿赫梅特对一名服务员打了个响指:"为我们的大作家倒一杯土耳其起泡酒!"他对我笑着说:"或者你想要恰尔卡拉西玫瑰葡萄酒?很棒的,最好的酒。"

屋里大约有一百人,房间里的落地镜子让人数看起来翻了一倍。演出人员还没到——迟到是他们惯有的传统,但是整个制作

[①] 多尔马,西亚和地中海地区的一种食物,类似中国的粽子,是用葡萄叶包米饭和菜等制作。

团队都在,还有我在剧院看到的那几个演员。他们正在和我姐姐聊天,她似乎跟他们很熟稔。

与此同时,阿赫梅特和莫琳已经走进了房间里面,正在和一个看起来紧张兮兮的男人交谈。那个男人高高瘦瘦的,穿着西装。不知道他为什么那么紧张。他可能是我们的一个赞助方。我对他有些印象,因为他的座位就在我身后,我坐下的时候看到了他,他那时候看起来也不太高兴。我喝了一口服务员拿给我的起泡酒。太甜了,好在是冰的。我开始觉得或许我不应该待太久。这儿距离我在克莱肯威尔的公寓只有几步路的距离,我应该回去跟家人一起庆祝。

但是随后,演出人员到了:提里安,乔丹和斯凯,他们三人穿着得体,面带微笑,充满自信。斯凯穿着粉色的泡泡裙,提里安的黑色皮夹克外套也看起来价格不菲。他们的出现让派对变得生机勃勃。突然之间,所有人变得更加轻松和开心。音乐的音量提高了,每个人都得大声说话才行。服务员端着更多的盛着食物的银盘从厨房里走出来,脚底加快了速度。

就在这时,我看到了一件不可思议的事,我难以置信地多看了一次。即便如此,我仍然不敢相信自己的眼睛,不得不看了一遍又一遍。

《星期日泰晤士报》的评论家哈丽特·斯罗索比从餐厅的前门走了进来,身旁跟着一位年轻女子,可能是她的助手或者女儿。这是怎么回事?难道是她在看完剧后,决定到土耳其餐厅吃一顿,无意中走进了派对地点?并不是。我看见她给自己倒了一杯酒,不以为意地闻了闻。身边的年轻女子看起来并不太愿意待在这儿,哈丽特对她轻声说了几句话。阿赫梅特看到了她们,走过去鞠了个躬,示意她们吃点东西。她们是应邀而来。

但这是不可能的，不是吗？评论家从来不会参加首演派对。这完全不合适，甚至可能被视为没有职业道德。我无法揣摩她在想什么，来到这里又要做什么。难道她是演员的朋友？鉴于伊万告诉我的情况，这种可能性微乎其微。而且无论如何，这都是不对的。她的工作应该是回家去写她要写的内容。她又不是制作团队的成员。尽管阿赫梅特一直保持微笑，但她仍是这里的不速之客——尤其是，如果她并不喜欢这部剧的话。

我看见阿赫梅特的身体倾向她，认真地讲着话。噪声太多了，听不清他在说什么。至于哈丽特，她已经感到百无聊赖了，正望着他的身后。我看到她的目光停留在刚才和阿赫梅特交谈的人身上——那个穿着西装的瘦削男子。她绕过阿赫梅特，微笑着向他走去，仿佛是一个老朋友。那个男人一脸惊恐地看着她。两个人有问有答地说了几句，但同样地，这些话在嘈杂的人群中消散了。

两人继续交谈着，我穿过十几个人，找到了站在提里安·柯克和斯凯·帕尔默旁边的伊万。"你看见了吗？"我问。

"什么？"

"哈丽特·斯罗索比！"

伊万皱皱眉，"阿赫梅特没有提前告诉你她会来吗？"他说，"她总是参加首演派对。她希望别人邀请她……其实，她坚持要求别人邀请她。你做什么都行，但千万别问她对剧本、表演、场景……这些的看法。最好就别过去。她不会告诉你她是怎么想的。她就那样。"

"那她为什么来这儿？"提里安问，他和我一样惊讶。

"谁知道！这对她的评论不会有任何影响，但却给了她一种权力感，她知道我们都怕她。"

"我就不怕她。"提里安说。

"那可能因为她从来没给过你差评。"

提里安思索了一会儿,说:"我演过的戏剧并不多——而且我不在乎她怎么想。我已经找好了下一份工作,她说什么都改变不了。"

"《信条》。"斯凯说。

"对。我们要在巴黎拍摄。我从来没去过法国,简直有点迫不及待了。我们可能还会去丹麦和意大利。"

"你演谁?"我问。

"一个间谍。这个角色没有名字,实际上,甚至没有性格。我上周收到了剧本,说实话,简直不可思议。有时间倒流的子弹,有一个叫作算法的东西,可能会毁灭世界也可能拯救世界——我也说不好——还有不同维度之间的门。这完全是胡说八道。克里斯托弗·诺兰是个大导演,但他太自以为是、不切实际了。不过我也无所谓,只是十一周的拍摄,我就会赚大把的钱。而且还能去法国。"

"嘘……!"斯凯警觉地说。

但还是晚了。哈丽特·斯罗索比已经走到我们旁边,清楚地听到了刚才的话。这显然不是提利安展现自我成就的最佳话术。当他看到哈丽特站在身后时,吓了一跳。她看了他一眼,眼中闪过一丝恶意。提里安尴尬地扭过头去。

"晚上好,哈丽特。"伊万漠然地说。

这位来自《星期日泰晤士报》的评论家站在那里打量着我们,仿佛打算评论的不仅是这场演出,还有这个派对。这也是我第一次有机会仔细地观察她。

她不算高大,但确实气场很强,身穿一件价格不菲、剪裁得宜的夹克，领子镶嵌着人造毛皮，颈间戴着珍珠项链。可能是特意选的角质框架眼镜，戴上有种来者不善的敌意。她手臂上挎着一个厚重的黑色皮革手提包，容量足以装下一台笔记本电脑。她的头发明显染过色，但颜色不太好看，介于棕色和姜黄色之间，看着很别扭。她剪着短发，前面留了一缕刘海，像二十世纪二十年代时髦女郎的造型，跟她的风格格格不入，完全不适合她。我猜她大约五十岁，皮肤苍白，涂着浓重的腮红、口红、眼影，这样的妆容不但没有突显，反而还掩盖了她的面部特征，看起来像戴着一副面具一样。

和她一起来的女孩也跟着她过来了。我坚信自己猜的是对的，那一定是哈丽特的女儿。她也梳着短发，眼睛和朝天鼻跟哈丽特一模一样。但除此以外，这两个女人可以说截然相反。她看上去压抑沮丧，有意选择了一身休闲装扮，牛仔夹克和一件宽松的T恤，上面印着《暮光之城》女主角克里斯汀·斯图尔特的照片。她也没有试图与房间里的任何人聊天，她的外貌和举止都透露出一个典型的叛逆少女形象，被讨厌的母亲支配着。问题在于，她实际上年纪不小了，估计已经二十出头。

"伊万，见到你真好。"哈丽特轻快地打着招呼，但在这句问候和她脸上冷冽的微笑里，我感到她好像在玩什么游戏。目睹我们的窘迫，似乎让她非常享受。我觉得她的嗓音带有美式的鼻音，但也有可能只是她极其自信的说话方式，"你近来可好？"

"我很好，谢谢，哈丽特。"伊万说道，比平常更频繁地眨着眼睛。

"虽然我对异国美食不怎么感兴趣，但在土耳其餐厅举办派对还真是个好主意。我和奥利维亚在萨沃伊酒店待了半个小时。尽管那种大酒店不太能燃起我的火焰，但那儿的鸡尾酒确实很棒。当然了，价格也贵得吓人。"随即，她没有任何停顿地就转变了话题，"我听说谢菲尔德找了新的艺术总监，我还以为你会竞聘呢。"

"没有，我不感兴趣。"

"真的吗？这我真没想到。所以，你开始涉猎喜剧惊悚题材了？这种类型很难拿捏。我几年前看过……是谁来着？几年前的《死亡陷阱》，哦对，西蒙·拉塞尔·比尔的！每个面孔都历历在目！我认为不错，尽管剧本有些老套。还有艾拉·利文。我以前也挺喜欢他的小说。其实，最近我读了你的一本小说。"过了一会儿，我才意识到哈丽特是在和我说话。说话时，她总是回避跟我的目光接触，奇怪地看向我背后，就好像更有趣的人走进了房间似的。

"谢谢。"我说。

"我一直钟爱犯罪小说。我以前写过犯罪方面的书。非虚构的，但不怎么满意。犯罪题材太无聊了。不是说所有犯罪都无聊，但大部分是这样。我读过的那本书是什么？想不起来了。但是奥利维亚以前也读过你的书。是吧，亲爱的？"

"'亚里克斯·莱德'系列。"那个女孩看起来有些尴尬。

"你以前挺喜欢那些书的，写的是一个年轻刺客的故事。"

"不是刺客，"我说，"他是间谍。"

"他杀了人。"奥利维亚反驳道。

她的母亲斜睨着我："现在你开始写剧本了。"

"是的。"我没忍住问道，"你喜欢这出戏吗？"

伊万瞪了我一眼，提里安和斯凯也一脸窘态。这是我被告知的禁区，但我还是偏向虎山行了。

哈丽特直接无视了我的问题，好像我根本没有说那句话。

"看来，你被选中参演大电影了。"她将话题转向提里安，"个人认为，我们的年轻才俊都去了大西洋彼岸，真是一件遗憾的事。"

"我只是跨越了海峡，"提里安回答说，"我们在巴黎拍摄。"

"你知道我是什么意思，亲爱的。我猜美国人支付的薪酬更高，但这对我们自己的剧院和电视产业有什么好处呢？"她又露出那种恶毒的笑容。

场面尴尬地沉默了下来，谁都不想跟哈丽特·斯罗索比说话，我想我们都希望她赶快离开。

斯凯打破了沉默。"很高兴见到你，奥利维亚。"她说。

"哦。你好，斯凯。"

"你们认识吗？"哈丽特问。

奥利维亚没有说话，于是斯凯解释道："我们在巴比肯剧院的《吟游诗人》首演派对上见过。我在剧里扮演梅西·路易斯。"

"对，我记得你。"

"你并不喜欢那个剧。"

哈丽特耸了耸肩，"有几处还有闪光点，可惜，那种时刻太少了，只是零星出现。"她又转向我，虽然她的眼睛还是拒绝与我对视，仿佛在提醒我，她根本没把我放在眼里。"很高兴碰到你。这个派对挺不错的！土耳其主题派对很别出心裁。走吧，奥利维亚。车在等我们了……"

她们转身离开，二人穿过餐厅走向出口，消失在雨中，身后的门缓缓关上。我们四个人愣在原地，努力回想着刚才都发生了什么。

"我得喝一大杯威士忌。"伊万说。他放下酒杯，又说："这个土耳其葡萄酒跟猫尿一样难喝。"

"我的化妆间有一瓶伏特加。"斯凯说。

"我有一些苏格兰威士忌。"提里安补充道。

"那我们回去吧?"伊万建议。

我们都不想再留在派对上了。虽然哈丽特·斯罗索比没有说任何关于剧本的坏话,但她已经破坏了我们所有人的心情,这正是她的本意。

伊万看了看手表。"我去接乔丹。十分钟后在那里见……"

我就不应该去的。我多希望当时听从自己的直觉,选择和家人一起回家。这样一切都会不同。但是,当然,你永远无法在当时预知一切。这就是生活与小说的差异。每一天都是一页,你没有机会翻到后面,看看未来会发生什么。

第四章　第一篇评论

前往剧院后台总是一种奇异的体验，就像踏入了一个秘密世界。

当你穿过后台入口的那一刻，观众享受和期待的舒适都消失了。在后台，一切都毫无感情地保持着老式传统和实用主义，仿佛是建筑师在特意提醒演员和工作人员：大家只是仆人，比起那些付费观众来说，实在微不足道。杂耍剧院建于十九世纪末，采用罗马式风格建造，亨利·欧文就是在这里取得了自己的首次凯旋。我之前描述过剧院里富丽堂皇的大厅和观众席，但镜子另一侧的走廊和化妆间则完全是另一番景象。在这里，地板上铺着油毡地毯，管道和电缆混乱地穿梭在墙壁上，蜿蜒曲折地绕过灭火器、警报器和晃眼的裸露灯泡。我很喜欢那些废弃的机械零件，它们一百年前就固定在那里，然后被逐渐遗忘。甚至那个贴满了破旧卡片和剪报的布告栏，可能来自警察局，或者一间已经倒闭的中学。我觉得这一切都很迷人。任何一家伦敦剧院的后台都可能成为一个很棒的布景。只需一瞥，你就能确切地知道自己身在何处。

当我回到杂耍剧院后门的梅登巷时，下起了倾盆大雨。剧院一般晚上十点关门，但剧院的代理后台门经理基思同意让我们在那里待到午夜。斯凯·帕尔默比我早到片刻,正在甩着一把古驰伞上的雨水,伞上印着标志性的菱形图案和标识。和阿赫梅特的手表不同,我认为这可不是假货。她能来让我感到有点惊讶,因为她不常和剧组其他成员社交。但也许因为这是首演夜,她不想扫了大家的兴致。

在派对上我几乎没和她说过话,于是趁这会儿恭喜她的表现,"我觉得你今晚表现得很精彩。"

"是吗?我也说不好……"

她为什么要这么冷淡呢?"我觉得观众很喜欢。"

"也许吧。"她的话听起来没什么把握。

所幸基思拯救了我俩的尴尬,他从他那个狭小的、形状奇怪的办公室走出来,手里拿着一个白色盒子。"这个是给你的。"他一边把盒子递给我,一边说道。

这是首演礼物,上面贴着一张阿赫梅特手写的祝好运便笺。斯凯狐疑地看着盒子,但不得不说,我是有些感动的。我打开外盒,取出里面用包装纸紧紧包裹的物品,撕开纸,是一把装饰匕首,大约二十厘米长,装在一个黑色的皮鞘里。刀刃是银色的,非常锋利。刀柄是木制的,带着一个金属圆形徽章的浮雕,上面有看起来是凯尔特编结工艺的装饰。这似乎是一把古老的苏格兰匕首,明显是仿制品,而且做工粗糙。当我触摸徽章时,它还晃动了一下。

"哇……看这个。"我把它拿给斯凯看。与此同时,我不禁觉得有些奇怪,"不知道它和这场戏有什么关系呢?"我补了一句。我说的是事实。《心理游戏》虽然暴力,但没有人死亡,当然也不会用到匕首。

"你得看看刀刃。"斯凯说。

我听从了她的建议,然后看到刀刃上的七个字:"这是一把匕首吗……?"

"他去年制作了《麦克白》,"斯凯一副就事论事的语气,我有点意外,她不像大多数演员那样迷信地称之为"苏格兰剧"(指《麦克白》)。这更加强化了我对她的既有印象,她并没有完全投身于演艺世界。"他把演出搬到了约克郡的一座城堡遗址上,但没有演几天。头三场演出都是瓢泼大雨,班克威摔到了泥里,于是到了周末就结束了。他给剧组人员搞了这些东西。"

"他是把剩下的给我们了?"

"没错。我的在化妆间里呢。我都不知道要怎么处理。"

"好吧,"我试着说,"我觉得心意是最重要的。"

"是啊。他以为我们不会发现他是一个彻头彻尾的小气鬼。"

我们在走廊的登记簿上签好自己的名字,并记录了进入时间,然后穿过推拉门,经过第一个化妆间。乔丹·威廉姆斯从里面走出来,看到我脸上滴着水,笑了起来。我不像斯凯那样带了雨伞。

"你看起来像一只淋湿的老鼠!"他大声说着,好像每个词都经过了排练似的。他递给我一条毛巾,同时,也看到了那把匕首。"看来,你已经拿到了你的首演礼物。"他拿出自己的匕首,向我挥舞着,"我也有。"他显然心情很好。对他来说,表演进行得很顺利,而且他喝了不少酒。"我们下去吧?"

在伦敦为数众多的维多利亚时期的剧院里,杂耍剧院很不寻常,因为它有一个供演员会面和放松的休息室。我们走下楼梯,沿着走廊来到一个狭小的正方形房间,伊万和提里安已经在里面等我们了。提里安像承诺的那样,开了一瓶威士忌。此刻他正坐在桌旁,面前的桌子上放着半杯酒,椅子上摆着他的背包。斯凯从她在休息室隔壁的化妆间取回了一瓶伏特加和一块巧克力蛋糕——这些都是朋友送她的礼物。乔丹穿着在演出之间经常穿的睡袍，手里拿着他的匕首，跃身扎进扶手椅里，还将一条腿垂到扶手的一侧。伊万给他倒了一杯威士忌，不小心洒了几滴在地毯上，为杂耍剧院的百场首演留下的液体痕迹又添了一笔。以往这个房间可能显得破旧不堪；但此刻，那些陈旧的桌子、椅子和沙发，还有一侧摆放的水槽和老式冰箱却显得无比温馨。室外雨点拍打着窗户，但室内温暖舒适，不仅开了双管的加热器，还放着诺埃尔·科沃德的音乐CD。每个人都放松下来，甚至乔丹和提里安两个人都相处得怡然自得。

当我回想《心理游戏》在伦敦上演的经历时，我觉得这是我唯一由衷快乐的晚上，它是从对这部剧胜券在握到明白只是南柯一梦之间的短暂间隔。在休息室的那一个小时里，我是团队的一部分；也是在那一个小时里，所有伴随排练的紧张和对峙都消失了——好像我们已经接受了无论发生什么，我们都会在一起。我们已经尽了最大的努力，不妨喝到烂醉，享受当下。我们聊天，我们欢笑，我们回顾排练和旅途中的故事。提里安惟妙惟肖地模仿着伊万，乔丹还用他的苏格兰匕首切了蛋糕。

大约晚上十一点半，阿赫梅特提着两瓶土耳其香槟出现了，毫不意外地，莫琳也跟着一起来了。为了首演，她把自己打扮得很时尚，除了皮草和珠宝外，她还去做了头发，头发卷得像刷锅的钢丝球。阿赫梅特心情格外好，尽管后台不允许吸烟，但他还是叼着一支难闻的香烟。他刚从派对出来，听到的赞美之词还在耳畔。他坚信这部戏已经成功了。进屋后他用双手抓住我。

"你是个天才！"他兴高采烈地喊道，"一个伟大的天才！"他的语气听起来如释重负，似乎直到现在才真正相信这部剧的成功。

每个人都为我干杯，大家都已经喝高了。

幸福总是无法持续的，它转瞬即逝。

午夜十二点整，斯凯突然从手机屏幕上抬起头来。

"网上有一个评论！"她叫道。

"这么早？"伊万说。他的表情有点难看，"是谁写的？"

"哈丽特·斯罗索比。"斯凯注视着屏幕，我们都看到了她脸上的表情。"我读不出口……"她低声说。

"让我们看看。"提里安夺过手机，放在桌子上，大家都围了过去。这就是我们看到的内容：

杂耍剧院－《心理游戏》

哈丽特·斯罗索比

"两头都不沾"的惊悚喜剧，既不搞笑也不刺激，还有什么比这更痛苦的折磨呢？是搞笑，还是刺激？这是个问题。在两者之间摇摆不定，结果是产生了另一种完全不同的问题。这就是安东尼·霍洛维茨在杂耍剧院贡献的演出。安东尼因"亚里克斯·莱德系列"而闻名，公正地说，这些书激励了一代男孩子阅读，但显然他的才华远不足在西区的舞台上为成年人提供一个旷心怡神的夜晚。他需要为这样的结果承担主要责任。话虽如此，我不得不问，是什么吸引了这么多人才来参与这场令人苦不堪言的乱局？

故事情节再简单不过：记者马克·斯泰勒（提里安·柯克饰）来到疯人院要采访一名囚犯——一个名叫伊斯特曼的连环杀手。但他必须要先说服疯人院院长法夸尔医生（乔丹·威廉姆斯饰），得到他的允许。很快大家就看出不对劲了。为什么法夸尔医生的办公室里有一具人体骨架？为什么B座总是传出奇怪的尖叫？为什么普林普顿护士（斯凯·帕尔默饰）一直胆战心惊？

疯子们已经控制了疯人院，这就是原因。没有什么是真实的。就像一场苍白无力的魔术表演，不仅主角的身份像扑克牌一样被洗牌，舞台布景也参与其中。门打开后一会儿是个壁橱，下一秒却变成了走廊，墙上的画也在缓慢变化。可能这些特效意在呈现疯狂和理智，想要表达我们不能相信自己的感知。但可悲的是，这个剧本的制作非常廉价，这些特效没有什么特别之处——除了告诫我们，应该去别的地方看戏。

随着剧情发展，无端暴力开始升级。最后，杀人犯伊斯特曼获得了自由身，并掌控了局面……而普林普顿护士则面临绑在椅子上被宰杀的命运，让整个情节变得越来越令人厌恶。这时，我自己都忍不住想揍一顿引座员，然后逃离现场。男性对女性随意施加伤害的剧情尤其引人不适。斯凯·帕尔默是一位才华横溢的演员，但她的角色处处受到贬低和矮化。与之相对的，乔丹·威廉姆斯在饰演法夸尔医生时自我感觉非常良好，但他没有注意到没有人喜欢这个角色。随着年龄增长，威廉姆斯先生却越发油腻，他的表演只是在取悦自己。他可能是对的。真的很想知道他到底还要再做多少糟糕的职业选择，才会意识到自己已经没的可选了，最后只能以失业收场。

最令我失望的莫过于提里安·柯克。第一次见他时，我就认为，他会是这一代最有前途的演员之一，但这个希望已经破灭。他的表演相当孩子气。难以置信的是，当事情变得暴力时，他演得太假了。柯克在电视剧《重任在肩》中的表演非常出色，但他的舞台首秀并不成功。导演实在没有给他任何帮助，伊万·劳埃德就像自动驾驶模式一样在执行任务。在他的手中，这部剧从未真正燃起来，在演出中场休息之前，我就已经猜到了结局。

我对霍洛维茨先生的建议是：还是专注写儿童读物吧，在那里或许有不那么苛刻，能够容忍无邪想法的观众。至于对观众的建议呢？我会说，如果你实在想看这部剧的话，那就奔跑起来去买票吧。毕竟我猜这部剧不会上演太久。

看完评论后，大家陷入了长时间的沉默。

伊万第一个开了口："至少她给了我们一个可引用的宣传语，'奔跑起来去买票吧'！我们可以把它张贴在剧院外面。"

我不知道他是否在开玩笑。

不可否认，这对于这部戏来说是当头一棒。这是第一篇评论——而且出现得这么快——更是雪上加霜。其他评论家会看到吗？这会是一连串口诛笔伐的开端吗？哈丽特·斯罗索比的评论几乎伤害了房间里的所有人，我可以想象每个人都会反复琢磨评论中提到自己的部分。伊万·劳埃德的自动驾驶模式，乔丹·威廉姆斯的油腻，提里安·柯克的孩子气，只有斯凯·帕尔默稍微轻松些。她是一位才华横溢的演员，却被愚蠢的作家贬低了。我呢？哈丽特给了我最多的笔墨，愉快地将"主要责任"归咎于我。当然，我得假装不在乎，这只是一篇评论，她都不知道自己在说什么。但是，我已经被挫败感淹没了，它像一股巨浪一样扑灭了我在西区长期演出、移师百老汇、拍摄同名电影，以及制作续集的所有希望。让我印象最深的不是评论中的内容，而是其中充斥的恶意。她似乎很享受构思些小妙语并朝我喷射的感觉。比如那个"是搞笑还是刺激"的例子。她真的有必要这样吗？

"'无邪'是什么意思？"阿赫梅特问，他的语气中透着一丝希望的意味，也许他在想这可能是一种赞美。

"无关紧要。"莫琳说。她站在他旁边，脸色苍白，嘴唇紧闭。

"贱人！"乔丹声音不大，但每个字就像爆炸一样喷发出来。他的眼睛直勾勾地盯着前方，满脸怒气。"这根本不是什么评论，是肮脏的诽谤！而且这已经是她第三次这样对我了。我做的每一件事，每一次，她都在针对我。我要杀了她。我发誓……！"他将手中阿赫梅特送的匕首，狠狠地插进了剩下的蛋糕中。

"只是一篇评论而已。"伊万说出了一直盘旋在我脑海中的话。作为导演，他在尽力维持大家的团结。他摘下眼镜、揉了揉眼睛，"这只是她的观点，"他疲倦地继续说，"其他评论家经常跟她意见不合。我执导《安提戈涅》时就是这样。"

"就应该捅她一刀！"乔丹仍在表达自己的愤怒，"她就是个怪物，不能放过她。"

"她怎么这么快就写好了呢？"我问，"才散场几个小时。"

"剧还没结束，她就开始写评论了，"伊万解释道，"她以此出名。在中场休息期间写一半，回家的路上写剩下的。"

"她住在帕丁顿后面，"斯凯说，"在运河附近有个房子，估计是在出租车后座完成了这篇评论。"

"可她为什么这么着急发表呢？"我继续问，"都不能等到星期日吗？"

"她肯定想要领先别人。"斯凯匆忙地关了手机，塞进口袋，"对不起。我真希望我没点开它。"

阿赫梅特坐在那里，肩膀耷拉着，脸色比以往任何时候都更加阴沉。被雨淋过的头发还湿漉漉的，像油漆一样贴在头皮上。他点了一支烟，然后把烟盒扔到地上。"这个女人简直一派胡言。"他宣布道，"在巴斯、雷丁、温莎，大家都很喜欢这部戏。我在现场！我看到了。她写的……像屎一样。"

"真是恶心。"莫琳轻声说。

提里安始终一言不发。他的身体似乎蜷缩在昂贵的衣服里,就好像他——而不是衣服——刚从洗衣机里掏出来一样。此刻的他看起来有点像一个愠怒而瘦弱的少年,咬着下唇,好像刚刚因在课堂上讲话而被批评了似的。"她去死吧!"他说,"我要回家了,我已经喝多了。"他收拾好几件物品,抓起背包,匆匆离开了房间。

我们都想离开,但是立即结束派对就意味着承认我们被哈丽特·斯罗索比的评论打败了,证实了她对我们的影响力。所以我们剩下的六个人又聊了几分钟,接着喝了一些伏特加和威士忌。但是大家都魂不守舍。斯凯是第二个离开的。也许她比我们都痛苦,毕竟她是那个展示评论从而破坏了气氛的人。她走之后,我也走了。

我迫不及待地想离开,我想回家,想把杂耍剧院抛诸脑后,想忘记这部剧曾经演出过。我知道我很幼稚。这只是一篇差评。但是当被评论家抨击时,世界上没有一个作家不会感到愤怒、羞耻、怨恨和痛苦。只是有些人比其他人隐藏得更好罢了。

雨渐渐停了,但当我回到克莱肯威尔的公寓时仍然觉得浑身湿冷。已经凌晨一点了,我筋疲力尽,一躺到客房的床上,立刻就睡着了。不出所料,我梦到了哈丽特·斯罗索比。我又看见了她戴着那副角质框架的眼镜,听到了她不友善的声音。乔丹·威廉姆斯也在画面里,戳着蛋糕,我听见他在说:"就应该捅她一刀!"然后我醒了。

我看了眼手表,已经十一点二十分。不知道我是怎么睡了那么久。我的头疼得厉害,威士忌、伏特加和土耳其香槟的混搭可能起了作用。我赤着脚走到厨房,公寓里空无一人。吉尔几个小时前就去上班了。冰箱上贴着一张她写的便利贴：《泰晤士报》的评论挺不错的。希望其他的也很好。我下午六点回来。别忘了洗衣服。挺不错。我太了解吉尔了。我们在电视台一起合作了好几年，我俩都知道"挺不错"就是不够好。

整个上午我都昏昏噩噩的。我也考虑出去买份报纸或上网看看，但我再也不会这样做了。何必自寻烦恼呢？我想，如果有坏消息，伊万或阿赫梅特会打电话告诉我的，可能斯罗索比是唯一的异类，哦不，是斯罗索比和《星期日泰晤士报》。也许其他评论家里有不少人喜欢这部戏呢。我决定给自己再多几个小时的希望。

于是我给自己做了午饭，洗了个澡，听了会儿音乐。我胡乱琢磨着即将开始创作的下一本书——《猫头鹰谋杀案》。虽然我想要向前走，想要转向下一个项目，只要不是戏剧就行的任何东西都好，但我一个字也想不出来。我望着窗外的碎片大厦和圣保罗大教堂，迷迷糊糊地想这两个建筑之间能不能滑行穿梭，这正是亚历克斯·莱德在下一次冒险要做的事。我喝了两杯茶，吃了无数的巧克力消化饼干。

下午四点十分，门铃响了。

我走到对讲机前，以为是快递。我住在六楼而且没有摄像头，所以看不见来客的脸。空洞的声音打破了我平静的一天。

"你好？"

"霍洛维茨先生？"

"哪位？"

"警察。我们能进来吗？"

我的第一反应是吉尔或者我的儿子出事了。我急忙走下楼梯，冲到走廊尽头的双层门口。我还穿着卧室拖鞋，忘了带钥匙，所以只好用一只脚把里面的门挡住，同时笨拙地伸手推开外面的门。就这样，我扭曲着身体，看到了站在街上的两个身影，意识到我认识他们，而且他们是我最不想见到的人。

卡拉·格伦肖探长的壮硕身影挡住了我望向牛过街的视线，她的脸上挂着既愠怒又微笑的表情。她的助手米尔斯在她后面。

"你好，安东尼。"她说，"我们能和你聊聊吗？"

第五章　剑拔弩张

我对卡拉·格伦肖探长了如指掌。当霍桑调查汉普斯特德的离婚律师理查德·普莱斯谋杀案时，她是主要负责警官。那个案件中，霍桑比她更早地揭开了真相，让她很不高兴。但这还不是最糟糕的。我无意中给她提供了失实信息，导致她逮捕了错误的嫌疑人。这件事让霍桑笑了她很久，甚至暗示她可能会因此失业。显然，那并没有发生。此刻，她就在这里，等着进入我的公寓，她那个同样不怎么友好的助手德里克·米尔斯探员站在她旁边，两个人像发现新鲜腐肉的鬣狗一样凝视着我。虽然我不清楚具体是什么事，但我知道我有麻烦了。

"这是怎么回事？"我一脸无辜地问。

"如果你不介意，我们最好进去谈。"

"我必须让你们进来吗？"

卡拉和她的助手会心一笑。"如果你愿意的话，我们也可以带你上车去警察局聊。"她说。

可能只是危言耸听，但我并不想争论。我一直对权威人物有一种恐惧，这种恐惧可以追溯到我的学生时代，不知怎的，卡拉特别像那些我八岁时害怕的数学、法语和历史老师。她身材壮实，给人一种压迫感，肌肉发达的手臂和宽阔的肩膀看起来会让她在混战中无往不利。她戴着一副厚重的塑料眼镜，似乎已经陷入了鼻梁。实际上，她的整张脸都有一种柔软的质感，仿佛是用橡皮泥捏出来的。眼睛像是最后一刻赶工装上去的，小小的，充满敌意。让我印象最深的是她那头乌黑的头发，看起来不像真的。发丝犹如小窗帘一样垂在两侧，把她的脸露了出来。她穿着一套裁剪很好的暗橄榄色西装和一件高领毛衣，没有佩戴任何首饰。

她用手肘推开我，走进门厅，米尔斯紧跟其后。米尔斯比卡拉矮小轻盈，可以藏在她的影子里。他头发稀疏，看起来从不打理。他穿着我们第一次见面时的那件皮夹克，只是上面的食物污渍更多了。他走进来时，快速地瞥了我一眼，似乎在对我宣示他对我、对我家和对整个社区的蔑视。

"在几层？"卡拉问。

"我住顶层。"我说。

她看了看楼梯，问："有电梯吗？"

"电梯恐怕坏了。"这句话是假的。只是电梯太小太慢了，我无法想象自己和他们两个人困在里面的情形。

我们走上楼，进入主客厅。主客厅的一侧是休息区域，中间摆了一张餐桌，后面是厨房。这座公寓一百年前曾是一个肉类仓库，现在依然保留着高屋顶、裸砖墙、大空间的工业风。卡拉打量着周围的环境，她的到来让我有种莫名被侵犯的感觉，因为她并不是受邀而来，而是自己闯进了我的家。

"要坐吗？"我指向桌边。我想这种正式的交谈，坐在沙发里显得不太合适。我也没有给她倒咖啡或沏茶。虽然我对于她为什么过来一无所知,但我希望他俩尽快离开。

他们坐到桌子旁边。"地方不错。"卡拉说。

"谢谢。"接下来是长时间的沉默。我站在三角钢琴旁边——这是我从母亲那里继承来的,每天都会弹上一会儿,随即我意识到卡拉在等着我加入他们。我走过去,坐到桌子的一端,尽可能地和他们拉开距离。"所以……?"我问道。

"我想知道你昨晚在哪里?"

这是我永远不会在电视剧本中使用的台词,太老土了,但这确实就是她的开场白。

"在床上睡觉。"我说。

"我指在那之前。"

"在剧院。"

米尔斯在他的笔记本上匆匆记下了我的回答,不知怎么他察觉到自己似乎得到了什么线索,开口道:"那是你的戏剧首演夜吧。"

"既然你知道,何必还要问我?"

他没有理会我的话,"杂耍剧院上演的《心理游戏》。"他继续说着。他扭了一下胡子,但上唇似乎没有动,这真是个巧妙的技能。"评价并不太好。"他接着说道,"《卫报》说它矫揉造作。"

"我不看评论。"我嘟囔道。

"《每日邮报》的评论家说这是他看过的最糟糕的戏剧。《泰晤士报》模棱两可,《视相》则说'愚蠢到极致是有趣'。"他悲伤地看着我,"都差不多。"他重复道。

我感到熟悉的干呕感在胃里翻涌。"你们特意过来就是为了告诉我报纸怎么评价我的戏,真是很体贴。"我说,"但不觉得这是在浪费警方的时间吗?"

"哈丽特·斯罗索比的评论更是有过之而无不及，"米尔斯还在继续，"简直把它批得体无完肤。我想她的评论会在《星期日泰晤士报》上进行身后出版。也许会把它镶在一个黑色边框里，可能是个不错的尝试，你觉得呢，长官？"

最后这句话是对格伦肖说的，她缓慢地点了点头。

"有点像……最后的落幕。"米尔斯补充道。

"你在说什么？"我截过话头，"哈丽特·斯罗索比……？"我欲言又止，不是因为震惊，而是觉得不可思议。

"你在剧院见过她吗？"卡拉问，她并没有理会我的问题。

"嗯，见了一下。"

"你看她的评论了吗？"

"看了，我们都看了。在斯凯的手机上看的。"

"就是斯凯·帕尔默。"

"她扮演过普林普顿护士。"我不知道自己为什么会用"扮演过"这样的表述，也许因为我知道我的戏剧也就此落幕了。

"你们在剧院后台还办了一个派对，对吗？你还记得你是什么时间离开的吗？"

我突然怒火中烧："听着，如果你不告诉我发生了什么事，我不会回答你的任何问题。哈丽特·斯罗索比是被谋杀了吗？"

卡拉看起来有点吃惊。"安东尼，你是怎么想到的？"

"你说她写了最后一篇评论，还说了身后出版。"

"她可能是心脏病发作，也可能是被车撞了。"

"那你们在这里做什么？"

我的观点说服了卡拉，她让米尔斯告诉了我实情。"哈丽特·斯罗索比今天上午十点左右被人刺死家中。你能告诉我们那个时间你在哪里吗？"

"我在睡觉。"

"还在睡觉?"米尔斯听起来并不相信我的话。

"我睡得很晚,起床也晚。"

"你的妻子能证实吗?"

我一时间感到非常混乱,脑海中同时闪过各种想法。"不能,"我承认道,"她去上班了。"

"她什么时候去上班的?"

"我也不知道,我当时在睡觉。"

米尔斯逐字逐句地记录下我的回答,还在某处着重做了标注,而且标注了两次。他的意思很清楚,他对我的话有所怀疑。

卡拉接过话题,问:"你是不是有一把装饰匕首?"

"没有。"我说。我被她问得措手不及,而她则用悲伤的眼神看着我,好像我已经暴露了。她等着我继续说下去,我意识到了自己犯的错误。"其实,我是有一把类似匕首的东西。"我说,"阿赫梅特昨晚送我的。"

"你是说《心理游戏》的制片人阿赫梅特·尤尔达库尔?"

"对。那是首演礼物。他给每个人都送了一把。"我瞪大了眼睛,"你是说哈丽特就是被其中的一把匕首刺死的?"

我依然没有得到任何回应,这正是卡拉的技巧。她想让我明白是她在掌控局面。"你能描述一下那把匕首吗?"她语气温和地问。

"所有匕首都是一样的。银色的,大约这么长⋯⋯"我用两根手指示意了一下,"刀刃上有几个字,'这是一把匕首吗⋯⋯'"

"我还以为那是很明显的特征呢。"米尔斯说。

"这句话出自《麦克白》,"我解释道,"'这是一把我眼前所见的匕首?'阿赫梅特在约克郡的一个城堡里制作了这出戏,剩下了这些匕首道具。"

"我猜你的那把应该没有什么特别的特征吧?"卡拉问。她的话听起来通情达理,但其实是在提醒我她已经设下了一个陷阱,而我正被轻轻地引导进去。

"没有,"我说,"我刚才解释过了,这些刀具都是一样的。"然后我想起了一件事,"实际上,有一点不同。我的匕首在刀柄上有一种装饰,是一个圆章。它是松的。"

卡拉挑了挑眉毛,仿佛在说这正是她期盼的。"那你的匕首在哪里?"她问。

我早就明白了她的意图。从她提到匕首的那刻起,我就一直在想我把那该死的东西放在哪儿了。我记得我是在后台门那儿打开的包裹,还和斯凯·帕尔默一起讨论它来着。进入休息室时,我肯定还带着。但之后的记忆就有点模糊了。我在正式的首演派对上和之后的那场,都喝了很多酒。随后,那篇评论把整个晚上都炸得七零八碎。我只想回家。但我确信我把它带回来了。当走上河岸街,穿过克莱肯威尔,那个短暂的距离里,我记得手里还拿着那把匕首。进门之后我把它放在哪儿了呢? 我试着重现当时的动作。因为不想吵醒吉尔,所以我用了楼下的浴室,把衣服放在了钢琴上。

但我去过顶楼的书房,尽管只是短暂地待了一会儿! 我想起来了。我当时想要查看电子邮件,看看我的朋友是否对这出戏说了什么好话。我肯定把那把匕首放在了电脑旁边的桌子上。一定是这样。

"在楼上。"我说。

"你能为我们取来吗?"

"当然。等我一分钟。"

我不愿意把他们单独留下，因为不希望他们翻看我的东西。但是我必须结束这一切，所以我跑上公寓顶楼的书房，径直走向电脑。然而，匕首当然不在那里。

自从我五十岁以来，这样的情况就层出不穷。每天都有个把小时花在寻找眼镜、钱包、手机、信件、购物清单上。我讨厌变老的感觉，每次我走进一个房间拿东西时，还没开始找，就忘记了要找什么，每每这时我就觉得自己老了。此外，还有伪造的记忆。我肯定把笔放在口袋里了，我确信把手表放在浴室里了，而事实并非如此，它们都不在那里。现在也是这样。我迅速找了一遍我的书房，但我知道不会找到那把匕首。很可能我根本就没有把它带回家。

我回到楼下。

"不在那里。"我试图表现出轻松的样子，"我一定是把它留在剧院了。"

"我们已经去过剧院了，"卡拉说道，声音中充满胜利在望的得意之情，"那里没有。"

"那么，我也不知道把它放哪儿了。"我嘴角勉强挤出一个微笑，努力压抑着内心奇怪的感觉，就好像自己在演戏，我所说和所做的一切都是假的。我甚至有一种非常强烈的冲动想要坦白"是我杀了她！"，尽管我并没有。

"也许我们可以帮你。"卡拉说。她冲米尔斯点了点头。

"我们在被害人住所找到了一把装饰匕首，"米尔斯一字一句地说道，自如地用着那些警察非常喜欢的生硬措辞，"我们可以确认匕首的刀柄上有一个银色圆章的装饰，而且圆章是松的。"

"哦，那些匕首都是廉价货，"我大声说，"它们全都不怎么样！"

卡拉摇了摇头,"我们已经和其他收到礼物的人聊过了。导演伊万·劳埃德、演员斯凯·帕尔默、乔丹·威廉姆斯和提里安·柯克。他们的匕首都在,我们也检查过,都没有任何松动的部分。我们还联系了阿赫梅特·尤尔达库尔,他向我们保证,在伦敦首演时只送出了五把匕首。"

"杀害哈丽特·斯罗索比的凶器就是你的匕首。"米尔斯说。

"不,那不可能。"

"那它在哪儿?"

"我跟你说了,昨晚我很累,而且太晚了。我一定是忘了带它,把它留在剧院了。"

"你刚才不是这么说的。"卡拉·格伦肖厉声说,"你告诉我们它在楼上。"

"我以为它在楼上。"

"你对我们撒谎了。"

"太荒谬了。请你们离开我的公寓。我不会在没有律师的情况下和你们说话。"

"现在说这个太晚了,安东尼。"卡拉很满意自己的表现。有可能她真的相信是我杀了哈丽特·斯罗索比,但这并不是关键所在。凶手是谁根本无关紧要。这只是对我的报复,因为我给她灌输了那个失实的故事,导致了她的耻辱。

她把接下来的荣誉发言留给了米尔斯。

"安东尼·霍洛维茨,"他说,"我现在以涉嫌在西九区帕尔格罗夫花园二十七号杀害哈丽特·斯罗索比的罪名逮捕你。你有权保持沉默,但你说的话……"

你肯定知道这些台词。我在大量书籍和警察剧中都写过这样的句子。但当他宣读正式的官方警告时,我整个人都呆滞了。我看到他的嘴在动，但我什么都听不到。我被逮捕了！不！那简直疯了。

是什么在我脑中回响，在我颅内旋转？谁能救我？我现在需要见到的人是谁？

霍桑。

第六章　一通电话

米尔斯逮捕我之后，就去车里了，把我和他的上司留在原地。我茫然无措，甚至还没有反应过来发生了什么。在以往的日子里，我唯一经历过的官司不过就是超速罚单，现在却因谋杀罪而被逮捕？简直匪夷所思。我问卡拉我能不能打个电话。

她说："你可以在警察局里打。"

"但是我这里就有手机。"

她皱了皱眉头，但却流露出对当前时刻无比享受的神态。"你真的因为她给了你一个差评就杀了她？"她问。

"我没杀人！"我试图唤醒她人性的一面，"那个，如果你还在因为上次见面时发生的事生气，那真的不是我的错。我的意思是，我不是故意的——"

"如果你能从实招来，情况可能会对你更有利。"她打断了我的话。

她根本没有人性的那一面。接下来的几分钟里，她一言不发地坐在我的桌子旁，像个邪恶的佛陀一样静止而威严。我焦虑不安地等待着，不知道下一步会发生什么。

米尔斯回来了。卡拉起身去开门——她甚至不让我去应自己家的门铃。警察在控制嫌疑人时拥有的权力简直令人瞠目结舌。

米尔斯拿着一摞超大号塑料袋,把它们放在桌上。"你该换衣服了。"他说。

"什么?"我身上套着一件 T 恤,还穿着前一晚的牛仔裤。"为什么?"

"我们需要拿走你的衣服。"他在塑料袋堆里摸索了一会儿,拿出一件浅蓝色的连体衣,前襟是拉链,材质薄得像纸一样。

"我不穿那个!"我抗议道。

"你必须穿。"米尔斯坚决地说。

"你们两个男人在这儿吧。"卡拉说完,带着略加掩饰的得意笑容离开了房间。不过她没有走远,我能感觉到她就在走廊,可能正透过门缝审视着我。

米尔斯让我脱下衣服,穿上连体衣,还给我的手套上了塑料袋。"哪间是你的卧室?"他问。

我带他上了楼,在他的要求下,拿出前一天晚上穿过的衣服。他把这些衣服装进塑料袋,仔细地贴上标签并密封起来。在发生了上次的事之后,他绝对不会再重蹈覆辙。最后,我们三个人一起离开。我穿着他们给我的衣服,感觉很荒谬。走路时还会发出沙沙的声响。根据我前半生做的研究,当然,也包括在创作《不公正》时霍桑向我传授的经验,我了解这么做并不仅仅是为了羞辱我。他们是为了保持证据的清洁,防止任何纤维物质在我的身体和他们的警车之间互相沾染。对我的羞辱只是额外的战利品罢了。

他们的车停在外面,不是警车,而是一辆破旧的福特车。我问他们要去哪里,当然他们并没有告诉我。再次,我听到了将所有选择权和控制权交给国家机器所带来的恐怖的低语声。人为刀俎,我为鱼肉。

结果我被带到了大约几英里远的伊斯灵顿区。车子经过了玛莎百货和Vue电影院，然后转进了一串我从没去过的街道。再往左转，眼前出现了一座美轮美奂的低层建筑，看起来像是之前为辖区的高档居民设计的市政办公楼。我的两个拘捕警官一言不发，车外也没有任何警察活动的迹象。我们开始减速，停在建筑旁边的一堵墙前面，墙的顶端装有尖刺和铁丝网，看起来令人毛骨悚然。大门打开后，我们开进一座停车场，里面停满了警车，地上铺着碎石，还有全副武装的摄像头，弥漫着令人绝望的氛围。大门在我身后关上的一刻，我感到和自己的生活全然隔绝了。我无法描述内心空荡荡的感觉，那是一种把我从一直熟悉的世界里突然拽走的虚无感。

一扇侧门直接通向拘留室，那是一个小而实用的地方，涂着暗淡的灰色和白色，每面墙上都钉挂着官方表格。它让我不禁想起特别糟糕的天气里旧式银行或房屋互助协会的样子。三名穿着制服的警员坐在桌子后面，桌上摆着有机玻璃隔板和电脑。我被安置在对面的凳子上。但我来这里并不是为了取钱，实际上，我是被存进来的人。

"名字？"看守警官语气温柔地问道。她穿着十分整洁的制服，仪表端庄。我不禁想，如果选择另一种生活，她可以在萨沃伊酒店当个不错的接待员。

我刚要开口，但马上意识到并不需要我来自己回答。对于她来说，我只是一个等待处理的物品而已。她是在和卡拉·格伦肖说话。

"这是安东尼·霍洛维茨，"格伦肖说，"他因涉嫌杀害哈丽特·斯罗索比被捕。为了方便讯问和确保证据安全，需要将他拘留。"

这些台词仿佛出自世界上最烂的剧本，并且由对表演一无所知的演员说出口。在全球所有的语言中，公文用语是最冷酷的，毫无人性可言。那个笑容可掬的看守警官也不例外。"我已经了解逮捕你的原因和拘留你的必要性。"格伦肖话音一落，她便对我说道。她断断续续地念出这些台词，好像她自己都不太相信自己说的话。"为了保全证据，以及通过讯问获取更多的证据，你将被拘留于此。在这个阶段你有什么要说的吗？"

我能说什么呢？

"我要维护自己的权利，并把你们的愚蠢行为记录在案。根据之前的两次陈述，你和你的同事根本不知道自己在做什么。你们都是白痴。不可理喻。如果你们不放我走，我会起诉你们所有人……"

然而，我并没有把这些话宣之于口。这可不是一个树敌的好地方。

"你们搞错了。"我说。

他们都笑了。他们从未听过这样的说法。

"你想通知什么人，告诉他们你在这里吗？"

天哪！这是个难题。当然我得告诉我妻子；但同时，我又不能告诉她。毕竟，她也无能为力。而且如果我能在她察觉之前，就离开这个地方，又何必让她徒劳担心？通知希尔达·斯塔克？我的经纪人正在巴巴多斯度假，都没来看《心理游戏》的首演。我甚至都不知道那边现在是几点。她可能在睡觉，或者更糟——正在沙滩上晒太阳。打扰她会让她心生不悦，而且我也不确定她能不能帮上忙。我只认识那些帮我买房子的律师，甚至我觉得他们的律所都不会有什么刑事部门。霍桑？不，还不到时候。他是我藏在袖子里的王牌。事情仍有转机，我要把撒手锏留到最后。

如果这件事被媒体曝光会发生什么？我不知道怎么想到了这个问题，但恍然间我能够设想出，报纸上刊登着《"亚历克斯·莱德"系列作者被指控谋杀》的大标题。我的儿童书售卖土崩瓦解，另一方面，却可能会让我的犯罪小说销量飙升。我不敢相信自己竟然会有这样的想法。无论如何，这不是我想要的宣传。我仍然心怀希望，警察可能只会拘留我几个小时，然后放我离开。

"暂时不需要，谢谢。"我说。

整个过程照本宣科一般。他们让我站在一个黄色垫子上（上面写着搜索垫），尽管我并没有穿自己的衣服，也没有口袋，他们还是用金属探测器对我进行了搜身。然后他们把我送到另一个房间拍照。之后，又采集了我的指纹图像。他们居然不是用印泥，而是在玻璃面板上进行数字化采集，虽然我早该知道是这样，但看到的时候内心还是稍感失望。在此期间，他们还带进来一名穿着弹力棉运动服的中年女性，跟我走着一样的流水线，不同的是她一直在不停地骂骂咧咧。随着被捕的冲击逐渐消退，我感到越来越难受。我认为自己不是个势利的人，但从没想过自己会沦落到犯罪阶层。

卡拉·格伦肖和德里克·米尔斯已经退后一段距离，但每次我望向他们，都会发现他们在盯着我，眼看我像一只即将上炉的鸡一样被处理。很显然，整个过程让他们喜不自禁。更可怕的是，他们在等着我再被送回他们手中。所有这一切都是为了他们的乐趣。最终，我会成为他们的囊中之物，然后大门一关……继而会发生什么？我想知道他们会把我拘留多久。当他们最后意识到自己的错误时，他们将如何弥补？我能以误逮捕为由起诉他们吗？至少这样的想法能让我高兴点。

我被带进了一条狭窄的走廊，然后领进了第三个房间。虽然称之为房间，但它没有墙、没有门，也没有清晰的形状，给人一种储藏区的感觉。房间里，另一名警官正坐在桌子旁边，周围堆满纸箱。不可思议的是，这个房间竟然是手术室。那名警官从我手上取下塑料袋，用木板在我的指甲里刮下一些东西，我猜他们是想找到哈丽特·斯罗索比的血迹，这个想法让我稍微放松下来，因为我知道他们会一无所获。接下来，那个警官用棉签从我口腔内取了一些细胞样本。在他进行这个举止亲密的操作时，我意识到他连个招呼都没打。我祈祷紧接着不会是直肠检查。

实际上，所有程序已经接近尾声。警官从我的头上拔下几根头发，小心翼翼地放进一个塑料袋里。现在他手里有了我不同部位的DNA样本，每一个都将证明我的清白。这个才是当务之急。

而后，我被警卫遣送回了看守警官那里。

"你可以申请免费法律咨询。"她告诉我。

"不用了，谢谢。"我什么都没做，我一直这么告诉自己。这一切总会水落石出，我还不需要律师。

"你想读一下我们的《工作条例规定》吗？那里面解释了我们警察的权力和办案程序。"

我有点心动。虽然听起来不像本畅销书，但毕竟没有其他可以读的。"不用了，谢谢。"我说。

"如果你想的话，现在可以打电话了。你只能打一通，所以请仔细考虑你想和谁通话。"

我一直在考虑这件事。这就是为什么我不需要经纪人、律师甚至妻子的原因。世界上只有一个人可以帮我摆脱眼前的困境，我一直在等待打电话的机会。"我有一个朋友……"我说。

看守警官有一台座机，听筒塞在有机玻璃隔板下面。我把号码给了她，她拨了出去。

在三声"嘟"后，霍桑接起电话。

"霍桑！"我说。

"托尼！"

这次我没有纠正他。"我需要你的帮助。"

"怎么了，老兄？"

"我被逮捕了。"

"因为什么？"

"谋杀！"

他沉默了一会儿，我听到电话里好像传来车站广播的声音。"喂？你还在吗？"我问。

他还在。"你杀谁了？"

他怎么能这么问？"我没有杀任何人！"我几乎喊了出来。我得控制自己。这是我唯一能打的一通电话。我深吸了一口气。"哈丽特·斯罗索比被刺死了，"我解释道，"她是一位评论家。她给我的剧写了一篇差评。"

"你的剧收到了很多差评。"霍桑说，"我看过报纸。"他停顿了一下，"还有其他的评论家被杀吗？"

我没有接他的话，"你得帮我离开这里。"

"你在哪儿？"

"在伊斯灵顿。托普德尔街。"

"我没什么可以做的，老兄。他们可以关押你九十六小时。"

"九十六小时！"我用脑子飞速地计算了一下，"就是四天！"

"在头二十四小时过后，他们需要找一位警司审批，才能继续拘留你。逮捕你的是谁？"

64

"这就是症结所在。是卡拉·格伦肖。"

看守警官示意，我的时间快到了。

"代我向她问好。"霍桑说。

"霍桑，她一直都讨厌我。"我低声对着电话说道，"现在她更讨厌我了。"

"是的，你说得没错。这不是个好消息。"

他是故意这样吗？然后我想起来，因为我拒绝写第四本书，我俩发生了争吵。我早该知道他不会管我的。"你能帮我吗？"我突然感到很沮丧。

"我做不了什么。我在地铁里。"

"你能和格伦肖探长谈谈吗？"

"我觉得她不会听我的。"

"我就不该给你打电话，对吧。"

"确实。如果我是你，我会这么做——"

我几乎听到地铁列车进入隧道的声音。

我深切地感受到黑暗在向我逼近。电话断线了。我把话筒递回给看守警官。我只能靠自己了。

卡拉·格伦肖走到我面前。"我们明天再谈。"她说。

我看着她和米尔斯走出门去，同样一扇门，对他们来说畅通无阻，对我却有天壤之别。

几分钟后，一个年长的男人来了——我想他应该是一名警长，他领我穿过截然不同的一扇门，将我带进大楼的更深处。我看到门的另一侧有一道铁栅门，铁栅门里面的短廊上有八间牢房。我听到和我同时被捕的那个女人还在尖叫着咒骂。在另一间牢房里，一个男人在咯咯地怪笑。空气里散发着恶心的气味：汗水、尿液、洗涤剂和廉价的微波食物的味道混合在一起。警长打开铁栅门，领我穿了过去。

"我给你安排在了最后一间，"他说，"这里比较安静。"他努力表现出一丝善意，但他就像引领我去地狱的摆渡人。"我儿子读过你的书。"我们一边走着他一边说道。

"是吗？"

"他小时候经常读你的书。他现在已经二十八岁了。如果我告诉他我在这儿见到你的话，他一定会很惊讶。"

"他做什么工作？"我问，希望他儿子不会把我的事再说出去。

"他是一名记者。"

我们走到最后一间牢房门口，他用另一把钥匙打开了门。"半小时后我会给你送晚餐。你对什么过敏吗？"

"我不饿。"

"反正，我还是会给你拿来。我相信你不会把它扔到墙上。老实说，我们这里有些人真是……"

这就是我的牢房。

这是一个矩形空间，地上铺着混凝土，床就铸在墙壁边，屏风后是一个金属马桶，有冲水按钮，但没有坐垫。带着铁栅栏的窗户上装着乳白色的玻璃以隔绝视线。其实也没有必要，因为窗户太高了，根本就看不见外面。通过钠光灯的光线，我感觉傍晚应该已经来临，天已经黑了。我没有手表，并不知道时间。一个闭路电视摄像头在角落里俯视着我。我在想，不知道米尔斯和格伦肖此刻有没有在摄像头的另一边审视我。

我坐在床上，上面有一个蓝色塑料床垫，一条磨损的毯子和一只不知道多少人用过的枕头。

"你还好吗？"警长问道。

"我没事,谢谢。"我说,但我自己都有点不太相信。

"你可以换下那套连体衣了,我们为你准备了一些舒适点的衣服。"

我这才看见床尾整齐地堆放着几件衣服:一条灰色运动裤,一件灰色运动衫,一双松紧鞋……与训练服相比,它们就像是外地的穷亲戚。

警长离开了。随着钥匙在锁孔中转动的声音,我糟糕的情绪终于开始涌上来。我才意识到自己经历着什么——我的自由被剥夺了,我得在这个可怕的地方待上可能长达九十六个小时。那个怪笑的声音和那个女人的尖叫还在耳边回响,随之而来的还有更多的声音:空洞的回声、一次又一次砰砰的关门声,还有电源开关的嗡嗡声。监狱当然是可怕的。我为了体验,参观过很多很多监狱,但我从未体会过监狱对于囚犯来说是什么,那只会更加可怕。我从未感到如此孤独。我有点想哭。

我蜷缩在床上,感受到塑料在我的身下嘎吱作响。我把枕头拉向自己,但一闻到上面的味道,就赶紧扔了。我蜷起双腿,闭上眼睛,等待睡意降临。

第七章　拘留时间

"你感觉怎么样？"卡拉·格伦肖问我。这个平常的问题从她口里说出来却充满无端的恶意。

德里克·米尔斯在她旁边，脸上带着令人不快的微笑。

已经第二天了。此刻，我正坐在另一个可怕的房间里，这个房间是专门用于审讯的，隔音效果很好，墙壁上涂着两种颜色——棕色和灰色，这两种阴暗的色调之间用一条黑色的紧急开关条隔开。摄像头的录像功能已经启动，我坐在金属桌的一侧，他们两人坐在对面。这一切跟我预想的差不多。但让我惊讶的是，在召我进来审讯之前，这两个逮捕警官让我一个人待了很久。拘留时针开始倒计时。九十六个小时！根据霍桑的说法，这是他们可以拘留我的极限。他还告诉我，他们在二十四小时后必须得到一位警司的授权。

我看了看时间，已经十一点了。整个上午我都无所事事，但我终于看到了摆脱这场噩梦的出口。除非那位警司也疯了，否则他或她会明白我完全是无辜的，卡拉·格伦肖不过是出于私人恩怨。除了凶器，没有任何证据指向我。那种荒谬又廉价的匕首，阿赫梅特至少送出去了五把，搞不好家里还有一打存货。她真的认为我会因为哈丽特·斯罗索比给了一个差评就杀了她吗？自古以来只有评论家杀害作家，从没出现过反其道而行之的情况。

"我很好，谢谢。"我说。

晾了我整个上午应该给卡拉带来了一些满足。但这仍在我的容忍范围之内，因为我正在进行离开这里的倒计时。我胜券在握。我会叫一辆出租车回家，泡个澡，然后把这一切都抛之脑后。

那么，为什么米尔斯还在笑呢？

卡拉·格伦肖掏出一个密封袋。我看到里面有一把麦克白匕首，沾满了已经变成棕色的血迹，沾满了整个密封袋。以这种方式看到它只让我想起它本来就是一份荒谬的礼物，可远不止一个装饰品。实际上它一击致命！

"这是杀害哈丽特·斯罗索比的匕首，"卡拉说，"就是你的那把。我们检查了其他所有的匕首，这是唯一一个设计上有缺陷的。更重要的是，只有你的匕首下落不明。你如何解释这一点？"

"我把它留在休息室里了，"我说，"谁都可能捡到。"

"你跟我们说的是你把它带回家了。"米尔斯趾高气扬地说。

"我以为我带回家了，是我搞错了。"

"你对我们撒了谎。"

"不是撒谎，只是记错了。"

"我们在这把匕首上找到了一组指纹。"卡拉告诉我。她把袋子举在眼前，就好像她真能看见那些指纹似的。"是你的指纹，安东尼。完全匹配。"

"我在杂耍剧院的时候拿过这把匕首。我没有否认这一点。"

"你说有人偷了它，但是刀柄上没有其他指纹，这意味着偷刀的人必须非常小心地处理。你认为是有人故意陷害你？"

"有这样的可能性。"

"为了报复你写出那个蹩脚的戏剧嘛。"米尔斯讥讽地说。

"你知道哈丽特·斯罗索比的住址吗?"格伦肖问。

我叹了口气:"知道。小威尼斯的帕尔格罗夫花园二十七号。"

听到我的供认,她瞪大了眼睛,"你是怎么知道的?"

"逮捕我的时候你说的。"

卡拉回忆了一下。我看到她眼中的盘算。"我没有提到小威尼斯。"

"你说了西九区。总之我知道帕尔格罗夫花园在哪儿。我经常沿着摄政运河遛狗,那里离隧道很近。"

我是在自掘坟墓吗?米尔斯立马抓住机会攻击我,"所以你承认你知道那个地区。"

"我之前不知道哈丽特住在那里,"我回答道,"是你们告诉我的。"

"但你可以知道。三个月前,《房屋与花园》杂志的一月刊,有一篇关于她的专题《理想的居住地》。虽然没有说具体地址,但提到了她居住的区域,而且还没有脑子地刊登了房子的正面照,上面就有门牌号。所以你想找到并不用花太多时间。"

"可惜我从来没有读过《房屋与花园》。"

"哈丽特·斯罗索比去杂耍剧院时你俩有什么接触吗?"卡拉问。我识破了她在使用的技巧,她故意迅速改变话题,以不让我有时间思考。

"没有。"

"你们没有握手或者拥抱?"

"没有!"

"法医在她的衬衫上发现了一根头发……她被杀时穿着的那

件。我们已经送去检验,初步看,这根头发的颜色和长度跟你的一样。"

"不可能是我的。"我说,"我从来没有接近过她,也没去过她家附近。"

"你现在可以这么说。"卡拉说,"一旦DNA匹配成功,一切就结束了。还有一个东西,德里克,让他看看吧。"

"收到,长官。"米尔斯开始了他的下一场表演。这次,我看到了一张黑白照片,照片上,一名男子正沿着运河旁的人行道行走。照片是闭路电视的摄像机从背后拍摄的。我立刻看出,照片上的人的身高和体型和我非常相似,还穿着一件灰色带帽子的羽绒服,而我恰好也有一件同款的衣服。

"这张照片的拍摄时间是昨天上午九点半,大约在哈丽特·斯罗索比被刺死前三十分钟。摄像机位于离斯罗索比女士居住地不远的迈达山隧道附近的拐角处。你认识照片中的男子吗?"

"不认识。"

"他看起来很像你。"

"不可能是我。昨天上午九点半,我还在床上睡觉。"

"但没有目击证人,只有你的口供。"

我突然感觉乌云密布,刹那间,二十四小时看起来像二十四年那样漫长。凶器是我的,上面有我的指纹。谋杀发生时,现场拍到一个与我非常相似的人。遇害者的尸体上找到了我的头发。我还有动机:那篇差评。

"承认的话,会对你更有利。"卡拉·格伦肖说。

"法官也会考虑这一点。"米尔斯补充道。

他们的话语听起来很通情达理的样子。

"去死吧。"我说。虽然我知道没必要招惹他们，但我实在无法控制自己。我受够了。

随后，我被带回拘留牢房。我知道接下来会发生什么。卡拉正等着那根离奇的头发的DNA检验结果，假设与我的DNA匹配，她将以谋杀罪起诉我。难道我的头发会出现在位于小威尼斯的一名戏剧评论家的尸体上？这不可能。我在剧院没有接触过她。即使有人想陷害我，正如卡拉所说，他们也不可能在我不知情下从我的头上拔下一根头发。

接下来的几个小时无比漫长。怪笑男子和尖叫女子已经走了，但是我又有了一个新邻居，他通过啜泣、念诵和猛烈地敲打什么东西——也许是他的头——填补了之前两位的缺席。前一晚我几乎没睡，但不知怎么，这会儿我还是打了个盹儿。我再反应过来的时候，就听见门"砰"的一声打开了，卡拉·格伦肖和德里克·米尔斯走了进来，看守警官站在他们后面。我立刻意识到出事了……至少，对他们来说出事了。卡拉手里拿着一堆我的衣服。

"你可以走了。"她宣布道。

"所以你们知道我是无辜的了。"我说。

"我们知道就是你干的。动机、凶器、机会……所有的一切都指向你，DNA结果将最终做实你的罪行。但你似乎有些走运，朗伯斯区的大都会警务法医科学实验室遇到点计算机问题。明天下班之前才能拿到结果。警司认为你没有什么出逃风险，所以我们暂时不用再拘留你。"

"你还是需要交出护照。"米尔斯恶狠狠地补充道。

"有个人要见你。"

他们在外面等着我换完衣服。我感觉终于找回了做人的尊严。我跟着他们走出牢房，穿过走廊，然后通过铁栅门，最后进入我先前接受处置的房间。

霍桑正在等我。

我感到一种难以言喻的情感。一时间，我差点想要扑过去抱住他——在正常情况下这是无法想象的。我不明白他是怎么在这里出现的，那一刻我并没有想到他可能与我的释放有关，我唯一想到的就是我给他打了电话，然后他来了。

"你还好吗，托尼，老兄？"他轻松地问。

"现在好多了。"我抱怨道。

"我还以为你会恨不得马上搭车离开这里。"

"你开车了吗？"

"我叫了一辆出租车。"

当然，像往常一样，费用由我支付。

"你俩请自便。"格伦肖嘟囔着说，"不过记住，托尼，我们随时可以再逮捕你。"

"别闹了，探长！"霍桑看起来被逗笑了，"你我都心知肚明，不管你东拼西凑了多少针对他的证据，托尼都和哈丽特·斯罗索比的死无关。无论怎样，他不会伤害任何人。你看他！一生中唯一打过的东西就是电脑键盘。虽然他会写那些谋杀小说，但我见过，他看到血都会恶心。如果评论家给他的作品写了差评，他就去杀人，那这个国家将充斥着数百具尸体。"

"你就不能说点好听的吗？"我嘀咕着。

"那，如果不是他，是谁干的呢？"卡拉问。

"我想这就是我要为你们找到的真相，就跟上次一样。也许你也应该想一想。这么快就又搞出一次错误的逮捕，在你的履历上可不是什么光彩的事，对吧？"

"不可能是其他人,霍桑。"卡拉讥笑着说,"你可以调查,但最好快点,因为一旦我们有了DNA证据,我就会像铁板一样压倒他。"

"你的体型确实适合,卡拉。"

"滚出去。你们俩都滚出去。"

一辆出租车等在拘留所外面。我本以为我们会回法灵顿,但没想到车子驶过了我的公寓,直接开去了霍桑在瑞沃考特的住所。在车上,我把过去几天经历的事一一讲给他听——就是我上面写到的那些。霍桑没有说话,也没有看我,一直凝视窗外,我甚至在想他有没有在听我讲话。但这就是他的风格。他询问别人的时候,都是看起来心不在焉的样子,但其实每句话,甚至每一个细节,他都尽在掌握。

我们坐在厨房里——正是几天前我俩见面的地方——他给我泡了一杯咖啡。坐在那里感觉实在太好了:环境干净整洁,我穿着自己的衣服,是个正常人,周围没有尖叫声或祈祷声;更重要的是,霍桑是站在我这边的——至少,看起来是。

他端来咖啡,问道:"你还好吗?"

"好多了。"我说,"谢谢你来托普德尔街找我。"

"我不会让你一个人待在那儿的。那个地方可不怎么样吧!"

"太不怎么样了。对了,你有饼干吗?"

"没有。"

我几乎一天半都没怎么进食了。

霍桑坐在我对面,我能感觉到他在审视我,他一直盯着我的眼睛。"怎么了?"我问。

"有件事我必须得知道。"他有点面露难色,"是你干的吗?你有没有谋杀哈丽特·斯罗索比?"

"什么?"我差点呛到咖啡。

"我也不想问。我的意思是,我不想在这件事上带有恶意。但如果你真的捅了那一刀,这会是浪费我们彼此的时间。"

"你怎么会这么想!"我努力组织着自己的语言,"你刚才还跟格伦肖说……"

"我只有那么说才能把你带出来。我必须让人觉得我相信你。但事实是,我觉得这件事不怪你。哈丽特对你的剧本实在太刻薄了。"他摇了摇头,"也许将来你应该专注写小说。"

"我根本没接近过她。"

"话是这么说,但麻烦的是,格伦肖有充分的证据可以将你定罪。等DNA结果出来的时候……"

"那不是我的头发。不可能是我的。我从来没有接近过她。"

"老兄,你错了。我看过检验报告,完全匹配,概率为99.999%。"

"那不可能!等一下……"我脑中一下子涌现出一万个不同的想法,它们在激烈争吵,抢夺我的注意力。我回想着他的话。"你怎么知道?"我问,"卡拉都还没有看到实验室的报告。你认识那里的工作人员?"

"不完全是……"霍桑支支吾吾,有些事他不想告诉我。

片刻后,答案揭晓。

我听到门口有些动静,随即,凯文·查克拉博蒂就不请自来了。他是个十几岁的少年,和母亲一起生活,就住在楼下。杜兴氏肌肉萎缩症逐渐剥夺了他的肌肉和行动能力,让他不得不坐在电动轮椅上。在有些人眼里,他可能看起来很无助,但实际上他是个攻无不克的电脑黑客——不论是我的手机、国家警务计算机系统,还是遍布英国的五百万个闭路电视摄像头,他都能搞定。

把凯文视作弱势人群是大错特错，他是我见过的最强大的人之一。

"你好，霍桑先生。"他说，"我听见你们到了。"

"才不是呢，凯文。你连接到了视频门禁系统，你看见我们进来了。"霍桑看到他很高兴，"我们正在谈论你，或者说，我们正要谈论你呢。"

"凯文……"对于发生了什么我已经一清二楚，"你黑进了朗伯斯区的大都会警务法医科学实验室？"我问道，语气就像家长在责备淘气的孩子。

"很高兴见到你，安东尼。"凯文没有理会我的问题。他推了推轮椅上的遥杆，朝我的方向移动，"霍桑先生跟我说你被逮捕了。我得说，实在是个惊喜。我从来没想过你有能耐杀人。"

"他说自己是无辜的。"霍桑说。

"我看到了DNA结果，"凯文接着说，"完全匹配。也证实了是你的指纹。我还有照片呢。"凯文的特点是他对自己做的事满怀童心未泯的热情，似乎没有意识到这是犯罪行为。加上宝莱坞演员一般出众的外表，我想也有轮椅的缘故，很容易让人忽略他是个危险人物。

"我们还有多少时间？"霍桑问。

"我用一次普通的服务拒绝攻击摧毁了他们的服务，"凯文回答道，"也就是说，信息还在他们那儿，只是无法访问或分享……"

"等一下！"我打断他，"你们到底在说什么？"然后我记起了一件事，"卡拉说有一些计算机问题。那是你干的吗？什么是服务拒绝攻击？"

凯文瞥了一眼霍桑，仿佛在征求他的许可。霍桑点了点头。

"我们得给你争取时间,"他解释道,"所以我黑进了系统,安装了一个机器人程序。这个机器人程序让所有计算机构成了一个僵尸网络,然后向服务器发送大量连接请求:垃圾邮件、色情内容、莎士比亚全集……这样的东西。就是我们所谓的 DDoS 攻击。虽然简陋,但很有效。"

"你把警局的计算机搞崩了!"

"会解决的。他们已经找了一家 DDoS 防护公司,会清理所有的入站流量,整理负载均衡器、防火墙和路由器……"

"需要多长时间?"霍桑又问了一遍。

"至少二十四小时,也可能四十八小时。"

"谢谢你,凯文。"

"客气了,霍桑先生。"凯文离开之前转向我,"我真的很喜欢《关键词是谋杀》这本书。我会在下一本书里出现吗?"

"除非你想进监狱,否则不会。"我回答。

"那还是算了。"他按下电子控制器,带着轻柔的嗡嗡声推着自己离开了房间。

"希望你能明白,他是为你冒的险。"凯文离开后,霍桑说。

"我感激不尽。"我回答。我确实很感激。

"那我们最好开始行动了。"霍桑站起身,伸手拿起香烟和前门的钥匙。

"我们要去哪里?"

"你听到凯文的话了。他最多能给你争取四十八小时,然后卡拉就会重新逮捕你。如果哈丽特·斯罗索比不是你杀的,那四十八小时就是我们找出真凶的时限。"

第八章　帕尔格罗夫花园

　　小威尼斯是伦敦最隐秘的角落之一，藏匿在帕丁顿车站和摄政公园之间，除了住在那里的居民，基本很少有人知道这个地方，而当地居民也不愿意住到别处。车流在马里波恩路上呼啸而过，朝着希思罗机场和西区奔去，浑然不知地错过这个安静的街区。这里不仅有气派昂贵的房屋，还有多彩缤纷的商店和引人入胜的咖啡馆，几乎可以算是遗世独立的世外桃源。摄政运河流经劳德板球场和伦敦动物园，横穿小威尼斯的中心地带，然后流过迈达山隧道。离水边越近，房子就越贵。哈丽特·斯罗索比家离运河只有几分钟的路程。如果是我杀了她，我几乎可以沿着运河路从我的公寓一直走到她家。整个过程连一个小时都用不上。

　　我现在在这里，有点像传说中的重返犯罪现场。不知为何，霍桑没有告诉司机具体门牌号，我们就在一条雅致的弯道上缓慢行驶。这个区域的房子大同小异，都是维多利亚式建筑，细长形的结构，飘窗朝向私人停车区，屋子上方是昂贵的改造阁楼。人行道两边种着日本樱花，每两三幢房子就有一棵，在潮湿的四月，它们看起来有点凄凉。

　　"哪个是二十七号？"霍桑问。

　　"我不知道……"我们继续前行。突然，我反应过来，"你是故意问我的！"我惊叫道。

他一脸无辜地看着我。

"你就是。你想看看我到底去没去过她家。你认为我会傻到上当吗？"

"好吧……"

"你还是觉得我有可能杀了她！"

"我尽量不排除任何可能性。"

我指了指，说："就在那边。也许是错的，但我猜就是那栋门口有警察把守的房子。"出租车停下，我们走下车。我付了钱，然后跟霍桑一起走向房子的前门。门口有两个门铃。霍桑按了下面标着斯罗索比的那个。我本以为警察会阻止我们，但他根本管都没管就让我们进去了。也许因为霍桑看起来有种权威感，毕竟，他到访过不计其数的犯罪现场。

亚瑟·斯罗索比给我们开了门。

只能是他了。他一脸茫然疲惫的神情，能看出他的生活已经天翻地覆了。又有两个陌生人来到他家，还带来了更多问题，他看着我们的眼神充满了悲哀的听之任之。

"有事吗？"他漫不经心地问。

"你是亚瑟·斯罗索比先生？"

"对，我是亚瑟·斯罗索比。"他回答道。

"我叫丹尼尔·霍桑。对于你的遭遇我深感遗憾。我正在协助警方调查。我们能进来吗？"

霍桑在撒谎，而且他说了两个谎。第一，职务上他没有协助任何人——除了我；第二，他一点也不觉得遗憾。

斯罗索比看起来有点困惑，"我已经跟格伦肖探长谈过了，"他说，"把我知道的都说了。"

"是的。不过还有几件事她想再跟进下。"

"我以为所有事都说过了，她也没说还会有其他人来。"

"斯罗索比先生，我们正全力调查杀害哈丽特的凶手。如果需要，你可以给格伦肖探长打电话确认。但我想坦诚地说，我们每浪费一分钟，线索就会冷却一分钟。当然，取决于你。"

他显然是在虚张声势，但卓有成效。

"不用了，没关系。我只是……呃……相信你能理解。"斯罗索比退后一步，让我们进去。这是我在跟霍桑一起进行的三起调查中学到的一点——当有人被杀，大家都有会被询问的预期。就好像在电视上看过的那些谋杀案一样，他们知道自己该扮演的角色，不会想太多。

我们穿过前门，来到一个狭窄的公共区域，旁边有两扇门呈一定的角度相对而立。哈丽特·斯罗索比和她的丈夫还有女儿住在这栋楼的一层和地下室，可以直通花园，楼上是划出的第二间公寓。我们右手边的门是敞开的，里面是一个明亮通风的空间，宽敞的走廊通向开放式厨房和客厅，客厅的尽头是落地窗。装饰风格简约朴素，也稍显寒酸：壁纸是花的，屋里摆满了色彩鲜艳的花瓶，墙上挂着裱框的原版戏剧海报。我目之所及的木地板是原始的模样，但我们脚下的区域用半透明的塑料薄膜盖上了，下面还有编号标签。

"她是在这里被发现的，就在门口？"霍桑问。

亚瑟点了点头，"警察昨天一整天都在公寓里，一直到很晚。他们拿走了很多样本，把整个地方都撒满了指纹粉。他们问了我很多问题，还问了我女儿，好像她跟案子有什么关联似的。我们两个当时都不在！我猜，你现在也想让我再讲一遍吧。"

"那会对破案大有帮助。"霍桑说，"我知道这看起来可能是浪费时间，但当你复述时，通常会记起之前遗漏的细节。不管怎样，我都希望能直接听你说一下——如果你不介意的话。"

"我们去厨房吧。你们要喝咖啡吗？"

"不用了，谢谢。"霍桑代表我俩回答道。我们沿着走廊往里走，经过一扇半开的门，我瞟了一眼里面杂乱的房间，床没有整理，到处都是衣服，墙上贴着《指环王》的海报。

"那是奥利维亚的房间。"亚瑟说道。说话间，他关上了房门。

我们走进厨房，里面摆着一张松木桌子和一个早餐吧台，桌上散乱地放着咖啡杯、催账单、戏剧节目单，还有摊开在讣告专栏的当天的报纸，水槽里堆积着没洗的盘子。这让我一目了然地看见了哈丽特·斯罗索比离世前后的生活。她才离开不到四十八小时，关于她的回忆无处不在。但我怀疑这副凌乱的画面都是亚瑟造成的。窗户外面是一个精致小巧、用心打理的花园，我在想不知道多久后它也会荒芜。

我们坐了下来。

"这个地方不错。"我打破了沉默。

"真的吗？"亚瑟·斯罗索比看上去不太确信的样子，"哈丽特想搬走，她已经说了有一段时间了。但我估计我会留在这里，既然她……"他突然停了下来，"你们希望我从哪里说起？"

他就是我心里认为的那种会跟哈丽特结婚的完美人选。她强势、自负；而他声音温柔，一脸颓废，头发稀疏，面容忧郁。虽然现在看来他这副模样有充分的理由，但我猜或许从结婚的那天起就一直如此。他没刮胡子，身上的衣服看起来很旧，皱皱巴巴的。他机械地给自己倒了一杯咖啡，过程中几乎都没看一眼。他并不需要咖啡，只是为了做点事而已。

"要不先讲讲你妻子去世那天早上你的行程?"霍桑提议。

"好。"他搅了搅咖啡,把它端到我们面前。咖啡静静地摆在那里,还冒着热气。"我起床的时候,哈丽特还在睡觉。那时候是七点十五分。因为她不喜欢被打扰,所以我从不设闹钟,但总是能准时醒来。我给自己做了早餐,还榨了些新鲜橙汁留着她稍后喝,她只喝鲜榨果汁。我轻轻走进卧室,把橙汁放在床边,然后八点多就出发去上班了。"

"你在哪里工作?"

"我在圣约翰伍德的哈里斯学院教历史。一般我都是骑自行车去上班,大约需要二十分钟。不骑车的话,我就会从帕丁顿乘地铁。"

"昨天你是骑车去的还是坐地铁?"

"骑车。奥利维亚看见我出门,我们说了几句话。没什么特别的事。"

"你的女儿和你的妻子一起去的剧院,但你没去。"霍桑说。我告诉过他我在派对上遇到了奥利维亚,她和饰演普林普顿护士的女演员斯凯·帕尔默是朋友。

"没错。"

"为什么呢?"

亚瑟耸耸肩,仿佛答案显而易见。"我不太喜欢戏剧。而且,哈丽特也不希望我去。我有轻微哮喘,她总说我的呼吸声让她心烦。"

"那么,你们最后一次说话是什么时候?"

"我在学校的时候给她打过电话。课间的时候,大概是差几分钟十点。那时她已经起床工作了。"

"你怎么知道?"我问。

霍桑有点不太高兴,他不喜欢我插话。此刻他的不悦有点蛮不讲理,毕竟我是主要嫌疑人。

"我们通的视频电话,"亚瑟回答道,"我能看见她。她坐在办公室里。"他指了指厨房侧边的一扇门,"那是餐厅,但我们从不在那儿用餐。我们也不在家宴客。她就在那儿工作。"

"我们可以看一下吗?"

"可以。"他站起身,把咖啡留在桌上。

哈丽特的办公室里还有另一扇门,正对着奥利维亚的卧室,所以厨房和走廊都能直接通到哈丽特的办公室。这是一个长方形的空间,一直延伸到我刚进门时看到的那个落地窗。一张餐桌占据了房间的大部分区域,显然那就是她的工作区。上面堆满了笔记本、文件、报纸剪报和剧目单。桌上有一只《摩门经》的马克杯,里面插着十几支笔,还有一个半空的红酒瓶和一个带着口红印的玻璃杯,肯定是哈丽特留下的,那是她在这个世界上留下的最后痕迹。我扫了一眼书架,看到上面有剧本、演员和导演的传记、不同剧院的历史等。她对犯罪题材也很感兴趣,我记得她告诉过我她也写过这个主题的东西。不过,我当时没意识到她说的是写书。桌子上摊着三本书,封面上还有她的名字,好像特意摆在那里一样。

"这就是她的办公室。"亚瑟说,"这里光线不太好……她一直不太满意这点。朝北的房子都有这个问题。"他环顾四周,"你们的人拿走了她的电脑和一些文件。"他继续说,"除此之外,这基本上就是她离开时的样子。"

霍桑探身望向窗外,"有人在前门的话,她能看见,"他说,"所以很有可能是熟人作案。"

"除非凶手穿着邮递员的衣服。"我说。

霍桑没有理会我的话，问道："你为什么给你妻子打电话？"

"她让我每天在那个时间打给她。她要买什么的话就可以告诉我。"

"那天她有要买的东西吗？"

"她想要一些牛油果。冰箱里有几个，但太硬了。"他悲伤地摇了摇头，"她总是抱怨那个冰箱，温度控制让她很抓狂。我们总是调不好。"

"还有其他别的事吗？"

亚瑟琢磨了一会儿，摇摇头，"我想不出还有什么可能相关的事了。"

"你们结婚多久了，斯罗索比先生？"

"二十五年。"他指着桌子远端的一只装饰银烛台，"那是我买给她的周年纪念礼物。不过，她不太喜欢，觉得没有什么意义。"

"我觉得很漂亮。"霍桑说。

"谢谢。"

霍桑犹豫了一下，问道："你觉得你们算婚姻幸福吗，斯罗索比先生？"

亚瑟思索片刻，"这个嘛……她不是一个好相处的人。实话实说，她应该算……"他在努力搜寻恰当的词语。

"挑剔？"霍桑提出建议。

"是的。可以这么说。也许这是她的职业病。"令人惊讶的是，他说话的语气好像之前从未有过这种想法，"她相当吹毛求疵。"

"你没有跟她吵架？"

"当然没有。你不是在暗示……"亚瑟涨红了脸，"她遇袭的时候，我离家很远。我向你保证，有十多个人可以证明我在学校里。你认为我会伤害她？伤害我孩子的母亲？"他看起来真的很痛苦，"我爱过哈丽特！从遇见她的那一天起，我就知道我们俩会在一起。那时候她年轻、充满魅力，还是一位了不起的记者。我从未遇到过这么有抱负、这么坚定的人。"

"你们在哪儿认识的？"

"我们以前都在布里斯托尔的《阿古斯报》当记者。我写政治和教育主题，她写犯罪主题。"

"不是写戏剧？"

他摇摇头，"起初不是。她是报社的资深犯罪记者，而且非常出色。她获得过贝文斯基金的荣誉提名，在一九九七年英国新闻奖中赢得了最佳地区记者的称号。"他的目光落到餐桌上，"她还是一位作家。"

霍桑翻开桌上的三本书：《无悔：罗伯特·瑟克尔医生的奇异世界》《女杀手：索菲·科姆尼诺斯的累累罪行》以及《坏男孩：英国乡村的生与死》。我注意到这些标题都遵循了相同格式，就像填字游戏的线索一样，答案就印在旁边。几本书的封面也很相似：从旧报纸上摘用的黑白照片，配上艳丽字体的标题和作者名。看起来刻意采用复古风格，仿佛停留在书中描述的世界中。

"罗伯特·瑟克尔是在布里斯托尔工作的一名医生，"亚瑟解释说，"他毒死了六个年长的病人……把老鼠药放在她们的茶里。他认为自己是在救赎她们。在他被捕之前，哈丽特设法接近他，两人成了好朋友。通过这样的方式，她得到了书中的素材。索菲·科姆尼诺斯在谋杀她的希腊丈夫之前，是一位热门的电视制片人。因为输了一局双陆棋，她把葡萄酒瓶砸在了他的头上。后来为了掩盖罪行又杀了两个人。"

"这本呢?"霍桑拿起那本《坏男孩:英国乡村的生与死》。

"这本书给她惹了不少麻烦。"亚瑟说,"它写的是特雷弗·朗赫斯特和安娜贝尔·朗赫斯特夫妇的故事。你对他们还有印象吗?他们的儿子被一个大一点的男孩带坏了,结果牵扯进了一位当地小学教师的死亡事件。他们住在切本哈姆镇附近的一个村庄——莫克翰希思,那里的人都不欢迎他们。他们非常富有,是外来客,就是那种'香槟社会主义[①]'。夫妻二人都热衷政治和时事。哈丽特因为这本书被指控恶意中伤。"

基于我对哈丽特·斯罗索比的了解,这不意外。

"这些都是她在《阿古斯报》时报道过的故事。"亚瑟继续说,"虽然这些书销量一般,但她用预付款买了这座房子。不过,她志不在此——我指犯罪题材。我刚认识她时,她就在考虑转行了。"

哈丽特的形象再次浮现在我眼前,那是演出结束后她在土耳其餐厅的模样,充满活力,刚愎自用。她说了些什么来着?"我不怎么满意。犯罪题材太无聊了"。她的丈夫也许对她的缺点熟视无睹,但看来他说的都是实话。

"她想转行做什么呢?"霍桑问。

"她和《阿古斯报》的戏剧评论家弗兰克·海伍德非常要好……她一有时间就跟他去看戏,回来后就跟我侃侃而谈。她会说那个戏有多差,主演根本不该那么演。"他的脸上浮现出一丝微笑,"我想她其实更喜欢看那些不怎么样的戏剧。总之,她总是读弗兰克的文章。后来他死了,她就立刻去找主编,问能否由

[①]香槟社会主义,指一些人尤其是政治家标榜为贫穷的人或工人阶级谋利益,标榜支持社会主义的构想,但在生活中却没有任何实际行动,完全不把这些思想体现在生活当中。

她接任。"

"他是怎么死的？"

"食物中毒。那天晚上哈丽特和他一起吃的晚餐，她也病了。但弗兰克心脏不好，要了他的命。报社主编——他叫阿德里安·威尔斯——不想给她那个职位，因为那意味着他会失去最优秀的犯罪记者。但哈丽特威胁说如果不让她接任，她就走人。于是水到渠成。"亚瑟叹了口气，"她在《阿古斯报》只待了几年，就去了伦敦。一开始她为《舞台》写稿，然后在各种报纸上登稿，直到最后拿到了《星期日泰晤士报》的要职。"

"那你呢？"亚瑟一脸疑惑，于是霍桑继续说，"你说你之前是记者。现在你是个老师。"

"哦，这个……哈丽特经常说我虚度光阴，也许她是对的。布里斯托尔没什么大事，她总说我写的东西很无聊，就是些市政选举、新的单行道系统还有教育标准局的年度报告之类的。我们之前在南部有一座不错的小房子——可以看到码头——但我也不介意卖了它。我们搬到这里后，我也尝试过一些工作，后来有点厌倦了，就去接受了教师培训。我之前写过教育方面的文章，所以这似乎也顺理成章。"

"请原谅我这么说，斯罗索比先生……"当霍桑要针对别人的时候，我总能有所察觉。他可以前一秒还和颜悦色，下一秒就暴风骤雨。"但你对你妻子的死似乎并不太在意。"

"你这么想我也没办法，霍桑先生。但你不了解我，据我所知你也没见过哈丽特。她不是那种容易相处的人，但我们在一起很幸福。我没有在这里扯着头发歇斯底里，或者表现出你希望看到的样子，这并不意味着我不悲痛。"

他听起来并不悲痛。

"哈丽特不完美，但我从没想过要她受到伤害。她身上发生的事是很可怕的。我不需要表演给你和你的朋友看。如果没有别的问题，我想自己待会儿。"

亚瑟用温和的方式表达了他的愤怒，我在想也许我们该离开了。就在这时，门开了，奥利维亚走了进来。她穿着一件闪亮的夹克和T恤，挎着一个链条包，看起来要出门。她的头发还湿漉漉的，应该是刚洗完澡。"爸爸，我要去……"她刚开口，看到我和霍桑就停住了，"你们在这里做什么？"她质问道。

"他们是警察。"她父亲告诉她。

奥利维亚愠怒地看着我，"不，他不是，"她说，"是他写的那部剧。我和妈妈一起去看的那部。"

"什么？"亚瑟转向我，"你刚才说……"

"我什么都没说。"我说。

"我是个私家侦探。"霍桑接过了话茬。他在对着奥利维亚说话，这次他似乎站在了我这边。"我有时会帮警察办案，这就是为什么我会在这里。托尼和我一起工作。如果你能给我们几分钟时间，也许我们俩可以找出是谁杀了你妈妈。"

"我不在乎是谁杀了她。"奥利维亚说。

"奥利维亚！"亚瑟要么是个了不起的演员，要么真的被女儿的态度吓到了。

"拜托，爸爸，"奥利维亚坚持说，"有什么区别？知道是谁杀了她不会让她复活，也别假装你会想她。你知道她什么样。"

"奥利维亚！我不敢相信你会说这些话。你知道我会想她。我已经开始想她了！"

"她总是骂你，没完没了！她都要把你逼疯了。"

"宝贝，你错了。大错特错。亲密关系、婚姻，这些从来都不是容易的事！那是一个平衡的过程。有起有落……"

"她已经死了，爸爸。她是个彻头彻尾的讨厌鬼，她毁了我们的生活。我们都不必再装了。"

奥利维亚走到他身边，把手放在他的胳膊上。在那短暂的瞬间，我能感受到他们之间的真情实感。这些年来和哈丽特生活在一起究竟是什么感觉？他们俩都是幸存者。

霍桑对此并不动容。"你似乎对妈妈没有多少美好的回忆。"他说。

"你不需要回答他的问题。"亚瑟抱住女儿，护着她，"这两位先生正要离开。"他用手指指着我，"而且你一开始就没有权利到这儿来！"

奥利维亚怒视着霍桑，"我可以回答你的任何问题，"她挑衅地说，"我没有什么可隐瞒的。"

霍桑微笑着问："那么，你上次见到她是什么时候？"

"我们从剧院坐出租车回家。"她瞥了我一眼，"顺便说一句，她真的很讨厌你的剧。我们在萨沃伊酒店的时候她就写完了剧评，从她的打字方式我就能感觉到她对那部剧深恶痛绝。"她又转向霍桑："第二天早上我没有见过她。我得在九点前去上班。"

"你在哪里上班？"

"帕丁顿车站附近。我在星巴克打工。"

"你在那里待到了什么时候？"

"直到下午三点。"

"星巴克离这里有多远？"

"五分钟的路程。"

"来回十分钟。"霍桑看着她，这个明显的问题飘在空气中。

"你认为我跑回家杀了我妈?"奥利维亚不悦地笑了一下,"我不能离岗,别人会发现的。不管你怎么说,我都知道你是在干什么。你只是为了指责我而已,因为你知道真正的凶手是谁。"

"是谁?"霍桑问。

"他!"

他?我左右看了看,但无所遁形。她指的是我!

"你在说什么……?"我开口道。

"你威胁过她!"

"胡说八道,完全没有的事。"我感觉自己的脸色变得苍白,也可能是通红。"我们在土耳其餐厅的派对上聊过天而已。我什么都没说!"

"你问她对你的剧有什么看法。"

"嗯,是的……"

"你问的方式让她感觉受到了威胁。她在回家的路上说过。"

"那只是一个合情合理的问题!"

"她不这么认为。你吓到她了!"

"她自己说的吗?"霍桑问。

"她不需要说。我可以从她的表情看出来。"

"我觉得你们应该离开了。"亚瑟再次说道。

霍桑点了点头。我们终于离开了,我松了一口气。刚一走到街上,霍桑就问我:"奥利维亚说的……是真的吗?"

我简直不敢相信自己的耳朵。"霍桑,"我说,"你不能当真。我只问了一下哈丽特·斯罗索比对剧的看法。我们几乎没有别的交谈。我没有威胁她!当时有很多人在那里。你可以问他们!"

仍站在那里执勤的警察听到了我们的谈话。"您是那个作家吗?"他问。

"是的。"

"我儿子非常喜欢您的书。"

"谢谢。"

"如果他知道了您的所作所为，会很伤心的，先生。被那样批评，我能理解您很生气，但我认为您辜负了您的读者。"

真是受够了。我满腔怒火地走下街道，回头看到霍桑还留在原地。"我们要回剧院去。"他对我喊道。

好吧。杂耍剧院就在查令十字附近，我们可以搭乘贝克卢线地铁从沃里克大道站坐过去，但车站在街道的另一边。

我怒气冲冲地转身朝那个方向走去。

第九章　七个嫌疑人

晚上重返杂耍剧院有种物是人非的感觉。就在两天前，我紧张到了几乎干呕的地步，但现在我清楚地意识到我过分夸大了事情的重要性。比起二十年监禁，《心理游戏》的成败实在无足轻重。虽然我知道自己与哈丽特·斯罗索比的死毫无瓜葛，但对我不利的证据正集腋成裘，还有两个处心积虑的警察向错误的定罪强行推进。奥利维亚为什么对我如此恶毒？她明明知道我没有威胁她的母亲。更糟糕的是，霍桑为什么那么轻易相信她？他的不信任和指控本身一样令我沮丧，尽管他曾设法拖延住警方的调查——在凯文的帮助下，但迄今为止他所做的仅此而已。他难道就不能多顾及我一点吗？我们不应该是朋友吗？

同时，我也明白时间在一点点流逝。霍桑说我们有四十八个小时来解决这件案子，而现在已经过去了两个小时。我好不容易挤进车站，排在前面的女人因为寻找地铁卡让我也无法前行，只好等待下一趟列车。发车牌上显示车还需要七分钟才会到达。我终于上了车，却又停在红灯前面，也不知道何时才会继续行驶……所有的这些对我的神经系统造成了严重干扰。我是那种对着高速公路上的平均测速摄像头都会惊慌的人。此刻，格伦肖和米尔斯在我身后的快车道上穷追不舍，闪着警灯，大喊着"谋杀",让我心生恐惧。这是我从未经历过的事。

但当我们从查令十字地铁站爬上街道,霍桑却表现得不紧不慢。我看着他拿出了香烟,心里很清楚他下一步要做什么。"喝咖啡吗?"他问。

"不太想喝。"我看了看手表,说,"舞台剧一个小时之后就要开始了。"

"我已经看过那部剧了。"

"霍桑,我不是提议去看剧。我的意思是……"我突然反应过来他刚才的话,"你看过了?什么时候?"

"我去看了周三的下午场。你从拘留所给我打电话的时候,我正在回家的路上。"

"你觉得怎么样?"过去的两天发生了这么多事,难道这是我该问的问题吗?但已经脱口而出,收不回来了。而且这个问题对我来说真的很重要。

"我觉得很好。很诙谐。威廉也挺喜欢的。"

"你带你儿子去看的?"

霍桑点点头。"学校那天因为教职员工培训提前放学了,他们下午没课。"

"他不会觉得太暴力了吗?"

"你应该看看他们学校里什么样!"我还没来得及阻止,霍桑已经点着了一支烟,"他有些地方没看懂,我也是,但这给我们制造了剧后讨论的话题。"

霍桑的话让我内心生出一股不寻常的暖流,我开始对自己刚刚的想法感到有点内疚。"你应该让我给你买票。"我说,"我能买到半价票。"

"没关系,托尼。本来就是买一赠一。"

剧院就在我们面前。主入口外的人行道上空无一人。这可不是一个好兆头。

"我想我们是来见演员的吧。"我说,"他们一个小时后就要上台了。"

"时间还充裕,老兄。好在这个剧组人不多!"

我们从剧院侧面绕到伦利庭院街,这是一条伦敦擅长打造的那种古老的、被人遗忘的小巷。巷子一侧的墙顶上装着剃刀铁丝网,另一侧有一扇双开门,那是剧院的紧急出口。霍桑想都没想就去试了试,发现门是牢牢锁住的,这让他似乎有点高兴。然后我们爬上一小段水泥台阶,来到了梅登巷上的剧院后台门口。

我记得在首演派对之后来过这里,当时我还希望这出戏能大获成功。那仿佛是上辈子的事了……而且像是别人的生活。

剧院后面感觉比前面更加荒凉,但是,基思一如既往,仍然坐在办公桌前,周围摆放着大号按键的老式电话和四个屏幕。我之前将他描述为代理后台门经理,但其实他来剧院只有很短的时间,也不知道是临时工还是长期雇员。他才三十多岁,我遇到的大多数后台门经理都比他年长得多,而且都是剧院的支柱人物。基思比较随性,正伸直双腿坐着,穿着脏兮兮的牛仔裤和运动鞋。每每经过他身边,他似乎都在卷烟,尽管我从未见过他抽烟。

"晚上好啊,基思。"我说。

"哎呀,嗨,安东尼!你怎么样?"他有一个优点,就是他总是很开心。不管是差评、观众寥寥,还是发生了谋杀……他都轻松自若。

"我还好,谢谢,基思。"他从没告诉过我他的姓氏,"我们的剧怎么样?"

他挠了挠脖子上的红疹,"有些评论对我们打击挺大的。"他承认道,"评论家们都是浑蛋,但我们的观众还是不错的。对于工作日来说,票房还算可以。"

那天是周四。

"周末会有所起色的。"他继续说,"观众的好口碑会口口相传,等着吧。"

我们说话间,霍桑一直在盯着屏幕。虽然只有四个,但它们从六个不同的角度展现了剧院里的状况,模糊的黑白图像随着摄像机的切换不断变换。我看到大厅的主入口处,有几个早到的观众已经开始入场。在屏幕上还有:后台入口和梅登巷的一段路,通往化妆间的楼梯、整条伦利庭院街一直延展到河岸街;以及剧院内的画面——观众席里一排排空荡荡的座位无望地等待着观众,舞台上有一个工作人员在扫地。"这些屏幕只是实时显示,还是也能录制?"霍桑问。

"这位是丹尼尔·霍桑。"我解释道,"是一名侦探。他正在调查哈丽特·斯罗索比的谋杀案。"

"哦,对。"基思的表情垮了下来,"跟你说实话,我真是够了。昨天一整天警察进进出出,问了一堆愚蠢的问题。问我看到哈丽特·斯罗索比来了吗?我当然看到了!"他指了指显示着前门入口的屏幕,"那就是我在这里的目的!他们一直在纠缠那些该死的匕首。又不是我买的!我只是帮着发了一下。他们居然把休息室的门关起来了。为什么要这样呢?她又不是在那儿死的!他们也没告诉我能不能打开它……"

"你看到她来了。"霍桑重复了一遍基思刚刚的话。

"对呀。"

"你怎么知道那个是她?"

"做这份工作，你就会认识所有评论家。"基思狐疑地盯着霍桑，似乎对进一步询问感到不满，"来这里之前我在利克剧院工作过，洗衣房里有她的照片。"他傻笑了下："还带着希特勒胡子。"

"你在杂耍剧院工作多久了？"

"两个月。"

"你喜欢这份工作吗？"

"还行。我以前做酒店行业。在阿文茅斯的百捷大酒店当过酒保，在布里斯托尔万豪酒店当过夜班经理。比起那些，这份工作有趣多了。今天早上艾米莉·布朗特还来了！"

"她买了票？"我问道。

"没有。她找错地方了，她本来要去奥德维奇剧院。"

霍桑打断了我们的对话，问："所以，那些屏幕能录制吗？"

"你开玩笑吧！"基思不屑地摇摇头，"这些设备都是垃圾，好多年前的老玩意儿。就是让我盯着一切看，如果有什么可疑的事，我就会给舞台经理普冉奈打电话。前提是电话能用的话，毕竟一半的时间线路都是断的！"

"你周二晚上看到什么不寻常的事了吗？"

"我已经跟警察说过了，就是那个胖胖的警察和她邋遢的助手。那天是首演，大家都有点紧张，后台门口来来往往的人很多——有送花的、有送香槟的。天气不太好，所以没有人逗留。那天当然是满座。前面一堆人走来走去……"

"演出结束后呢？"

"我不知道你想说什么，霍桑先生。你不应该认为这里的人跟那件事有关。我的意思是，她是一位评论家。虽然她不喜欢这部戏，但绝对没有演员会希望她被害。"

"作者也是。"我补充道。

霍桑没有理会我俩，继续说："你整晚都在这里。"

"没错，是的。我都是最后一个走。我要确保一切安全，锁好门，在午夜之前回家。除非是莎士比亚的剧，那一般都要到后半夜。"他叹了口气，"剧是在九点四十五分结束的，之后有一个派对，演员们又回来在楼下喝了会儿酒，所以我几乎到了一点才离开。"

"你知道他们都是什么时候离开的吗？"

"我们有一本登记簿。"他指着我们身后的桌子，"每个人在进入和离开时都必须签字。我们管理非常严格。"

霍桑把登记簿转过来，往回翻了几页。果然，每个在休息室里待过的人都在登记簿上留下了访问记录。

姓名	进入时间	离开时间
伊万·劳埃德	下午 10:20	上午 12:45
提里安·柯克	10:20	12:25
乔丹·威廉姆斯	下午 10:30	上午 00:50
斯凯·帕尔默	10:45	12:35
安东尼·霍洛维茨	下午 10:50	上午 12:40
阿赫梅特·尤尔达库尔	11:25	12:55
莫琳·贝茨	23:25	上午 00:55

上面记录的时间跟我知道的情况基本相符。我到了剧院往楼下走的时候，伊万和提里安已经在休息室里喝酒了。我碰见了乔丹，那时候他在楼上的化妆间。斯凯比我早到了片刻，她在门口抖雨伞的时候被我碰见了。

大家读完那篇评论后，基本就结束了。提里安第一个离开，接着是斯凯。我是第三个走出门的人，我记得看了一下手表，然后在登记簿上写下了时间。原来乔丹离开一会儿之后，阿赫梅特和莫琳也走了，他俩是最后离开的。我不禁在想后面的那几分钟里，他们在做什么。

"你看着他们每个人离开的吗？"

"没错。"

"你和他们说话了吗？"

"看完那篇评论之后，没人有心情说话。提里安简单提了几句。他要搭末班车回布莱克希思，必须得在十分钟之内赶到查令十字车站。"

"他没开摩托车吗？"我问。

"你们喝了那么多，他要是还骑那辆炫酷的摩托车就是疯了。我把空酒瓶都收了！斯凯打了一辆出租车，劳埃德先生叫了一辆优步。"基思皱了皱眉头，"我不记得有没有见到你了，安东尼。也许你趁我不注意的时候溜走了！"他说这话的语气好像我做了什么错事。"我也没看到乔丹，但我锁门前确认了一下你俩都在登记簿上签过字。我和尤尔达库尔先生聊了几分钟，他是最后一个离开的，看上去很不开心。"

"看登记簿上的记录，他是和他的助手莫琳·贝茨一起走的。"霍桑说。

"对，他俩一起。莫琳扶着他的胳膊。他看上去不太舒服。"

就因为一篇差评？这不是有点过度反应吗？

"我们能进休息室看看吗？"霍桑问。

基思思考了一下，"你们随意吧。"他说，"对我来说无所谓。警察没再跟我说什么，我们也不能永远锁着它。反正那里也没发生什么事——而且，所有人离开之后我还清理了一下，所以就算有什么线索或者你们想找的东西，恐怕也被我弄没了。"

"你说你弄没了，是什么意思？"

"他们搞了个蛋糕，我把吃剩下的放进了冰箱，应该还在那里。我飞快地洗了碗。还有刚才说的，我把空酒瓶都收了。剩了一些气泡酒，我放在边上了，还扔了几个威士忌和伏特加的空瓶……应该差不多就是这样。"

"你看到一把装饰刀了吗？一把匕首？"

"你是指制片人发的那个吗？他们每个人都有一把……我知道这件事是因为刀寄过来的时候我收的货。有五把，就堆在办公室里……是什么首演礼物。关于你的问题，是的，我看到了。有一把落在休息室里，不知道谁把它插在蛋糕里了。"

那是乔丹·威廉姆斯的刀。斯凯念完评论后，他把刀插进了蛋糕里。那是我永远不会忘记的一幕。

"你怎么处理的那把刀？"霍桑问。

"我洗了一下，然后留在水槽里了。"

"房间里还有别的匕首吗？"

"可能有。我没太仔细看。"基思皱了皱眉。他突然想起了什么。"有些碎玻璃！"他惊呼道，"我也清理了。"

"什么碎玻璃？"

"我应该早点说，你刚才还问我有没有什么特别的事。但我并没有亲眼看见，我就是听到了声音。"他停顿了一下，"当时是十二点二十分，我正打算下楼告诉大家该走了。午夜之后他们不应该再待在这里，我们在这一点上达成过共识，而且我留那么晚也没有额外的报酬。反正就在那个时候，我听到了玻璃破裂的声音——在那扇门的另一边。"

他指着通向后台走廊的推拉门。

"你搞清楚是怎么回事了吗?"霍桑问。

"嗯,真是挺奇怪的。结果是一个灯泡爆炸了。我也搞不清楚是怎么发生的,因为周围一个人都没有。我找来了簸箕和扫帚。你看……!"他伸出手,向我们展示了一下手指上的伤口。"我捡拾碎玻璃的时候把手指弄伤了。提里安来跟我聊评论的事,告诉我派对结束时,我正在找创可贴。也许这个灯泡是个不祥之兆!"

"这儿的电器经常出问题吗?爆炸之类的?"

"呃,我来这里的时间不长,所以说不好。但是这个剧院的不少设备都很旧了。也许是闹鬼了?不知道。"

基思把休息室的钥匙递给我们——那是一把老式的、类似监狱用的钥匙,放在一个木头块上。然后我们走过推拉门。他竟然认出了哈丽特·斯罗索比这点让我觉得很奇怪。他只在另一个剧院见过她的照片,而且还是被涂改了的。想必在那个模糊的黑白电视屏幕上,从人群中找出她并不容易。

我把我的想法跟霍桑说了一番。

"她外貌独特,"他说,"你也认出她了啊。"

"我在老维克剧院见过她。"我为自己辩解道。

到了楼梯后,我环顾了一下四周,看到后台区域上下两层的灯都亮着。"你觉得是有人故意打碎了灯泡吗?"我问。

"有可能。"

"也许是要掩盖什么,"我说出自己的意见,"有些东西他们不想让基思看得太清楚。"

"也有可能。"

霍桑没有再说话。我们继续往楼下走,路过了一间间化妆间,又重返到后台门经理办公室正楼下的休息室门前。霍桑打开门,我们走了进去。

我不知道他想找什么,但房间还是我记忆中的样子:温暖而隐秘,是躲避刁钻观众和糟糕评价的避风港。首演当晚,外面很黑,还下着雨。而现在是傍晚时分,天气也不错——但这些因素并不会造就什么云泥之别。窗户上的玻璃是磨砂的,就算能够看到外面,小巷也是庇荫的,没有太多光线能透进来。我感觉我还能闻到酒精的味道,但可能是地毯残留的气味。我下意识地扫视着各个台面,希望能看到我的那把匕首,毕竟有可能我把它忘在这里了。当然,它不在。上一次见到它,是在卡拉·格伦肖的证据袋里。

其实一直以来,一切都不言而喻,但这一刻我才真正意识到我的处境:有人拿走了我的匕首。而且是处心积虑,特意使用了毛巾或塑料袋确保不留下自己的指纹。换句话说:在哈丽特·斯罗索比被杀之前,有人已经决定陷害我。有人恨我,而这个人只会在那七个人当中。

当晚和我一起在休息室里的有六个人:伊万、提里安、乔丹、斯凯、阿赫梅特和莫琳。第七个是基思,虽然我想不出代理后台门经理有什么伤害哈丽特·斯罗索比的理由,但他是最后一个进入休息室的人,能够轻而易举地拿到我的匕首,所以将他列入嫌疑人名单合情合理。想到他们其中一个人从一开始就在撒谎,对我微笑、逗我开心,却一直在谋划着把我送进监狱,我就很难受。好在,这个困境中还有一线希望。七个嫌疑人!事情变得容易起来。我相信在早餐前,霍桑会解决整件事。

霍桑走向垃圾桶,从里面拿出两个空瓶:斯凯带的伏特加和提里安带的威士忌。他看了一眼瓶子,刚准备扔回去的时候,注意到了另外一样东西。他俯身掏出一个褶皱的香烟盒。我看到了香烟的品牌——*L&M*——白色字母斜印在鲜红的背景上，立刻认出了它们。"那是阿赫梅特的。"我说。

霍桑打开烟盒，"这里面还剩三支。"

我仔细看了一下。确实如此。里面还有三支烟。压皱盒子的时候，把它们也弄碎了。"他为什么要留三支？"

"你怎么知道是他？"霍桑问道。

"那绝对是他抽的牌子。派对后他还在抽烟。"我试图找出答案，"也许他决定戒烟了。"

"那个时候突然做出这样的决定有点奇怪，老兄。"他把烟盒和破碎的香烟放进口袋。

"听着，霍桑……"我兴奋地想和他分享我刚刚想到的事，"有人把我的刀从这个房间拿走了。肯定是这样的。上面只有我的指纹。这意味着有人故意要陷害我！"

"你这么想？"他听起来很吃惊。

"要不然，我的头发怎么会出现在哈丽特的尸体上？肯定也是凶手干的。"

"你记得有人从你后脑勺拔过头发吗？"

"没印象！"他是在故意挖苦我吗？"但我跟你说过，我从来没有靠近过她。所以可以推断肯定是有人放在那儿的。"

霍桑思考了一下我说的话："那么问题是，谁会对你恨之入骨？"

"我不知道……"

"他们可能都对你有些不满。毕竟，是你写了这部剧。"

"他们都很喜欢那部剧，"我说，"所以他们才同意出演。没有人会把差评怪到我头上。"

"哈丽特·斯罗索比会——……但显然他的才华远不足在西区的舞台上为成年人提供一个旷心怡神的夜晚。他需要为这样的结果承担主要责任。这是她的原话。也许演员里也有人同意这个观点。"

霍桑居然把整个该死的评论记下来了，还是逐字逐句？

"我不知道她被杀的原因是什么，"我说，"但再清楚不过，不管是谁干的，都想让我背黑锅。"

"绝对可能。"

然而，他表达的方式让这句话听起来不太可能。

我听到楼上传来"砰"的一声门响，接着传出来一个含糊不清的低沉声音——是乔丹·威廉姆斯。他在后台门处签完到，正在走向他的化妆间，一边走一边进行着某种声音练习。

霍桑抬起头。"七个嫌疑人，"他说，"看起来第一个就在隔壁。"

第十章　五号化妆间

杂耍剧院的所有化妆间基本大同小异，都是以化妆台和嵌入式镜子为主，配有衣柜、沙发、冰箱和书桌。但对演员来说，它们的重要性却不尽相同，这是他们自我放松、演前准备、招待朋友和偷闲躲清净的地方。

乔丹·威廉姆斯的化妆间是唯一一间位于楼上的，离阳光和新鲜空气最近（因为建筑中的所有窗户似乎都被钉死了），就在后台门经理办公室的旁边。当你从街上进来，要穿过一扇推拉门。推拉门的另一侧就是这个化妆间。首演那晚我在这里见过乔丹，但我从未进过里面。现在跨过门槛，我感觉自己几乎是在擅闯。

伊万跟我提过，如果不给乔丹五号化妆间，他就拒绝签署合约，我不禁疑惑这点事是不是有点小题大做。这个房间似乎比其他的大几平方米，里面摆的不是沙发，而是一张躺椅。但家具和地毯都是破破烂烂的。房间里杂乱不堪。衣柜敞开着，我惊讶地发现里面除了乔丹在剧中穿的那套西装外，竟然还塞了那么多衣服。墙边靠着一个破旧的手提箱，地板上的塑料洗衣篮里也放着一堆旧衣服。冰箱上挤满了各种瓶子，书籍和杂志堆得到处都是。除了鲜花和祝福卡片外，我注意到一个大大的银色相框里有一张照片，照片上乔丹搂着一位金发女子，他穿着西装，她穿着白色丝绸，两人站的地方看起来像是婚姻登记处的前面。这是结婚照吗？我觉得他把这张照片带到这里实在令人感动，这是他每次上台前看到的最后一样东西。

看到我们，乔丹不太高兴。

"安东尼，现在时机不对。在表演前，我喜欢一个人待着，这对我来说非常重要。这是从我现在的状态到目标状态的旅程，我需要从我自己变成我的角色。"乔丹经常这样说话。他可以很欢快，就像首演那晚他看到我的匕首时那样。他也可以很严肃，遣词造句，都经常显得有些自以为是。

我向他介绍了霍桑，解释了我们为什么过来。"只需要几分钟。"我向他保证道。

"好吧，坐。请原谅我背对着你们说话，因为我正在化妆。"他伸手拿起一块化妆棉，"所以，你们来是为了可怜的哈丽特，对吗？"他皱了皱眉，我在镜子里看到了他的反应。"虽然不该这么说，但我觉得是有人为这个世界做了件好事。没人会怀念她。"

"她有丈夫和女儿。"霍桑提醒他。

"卢克雷齐娅·博尔贾[①]也是。你别怪我，霍桑先生。如果你希望我为她感到难过，那就是在浪费时间。"他转头朝我瞥了一眼，"你看过别的评论吗？《电讯报》的评价很好。《卫报》根本就没明白这部剧是怎么回事——不过他们一向如此。昨晚我们有一批非常出色的观众，他们对我们的演出全情投入。"

"是你杀了她吗？"霍桑问。

[①] 卢克雷齐娅·博尔贾（Lucrezia Borgia，1480—1519），罗马教皇亚历山大六世的私生女，是西方历史上传说的"绝世恶女"，在许多美术作品、小说和影视作品中，都被塑造成一个美艳放荡的蛇蝎美人的角色。

乔丹手里的化妆棉停顿在他修长的鼻子中间,"请你再说一遍?"

"只是我听说,你管她叫魔鬼,还扬言要捅她一刀。"霍桑顿了顿,留给大家足够消化和理解的时间,"而这跟已经发生的事如出一辙。"

乔丹怒气冲冲地用化妆棉擦完鼻子,把它扔到桌上,然后转过身来。"我希望你没有破坏休息室的保密原则,安东尼。"他大声说道,这是我第一次在他的声音里听到了一丝美国口音。因为他生气了。"路上的事就留在路上。我以为你明白这一点。"

"这可是一起谋杀案。"霍桑说。

"好吧,我不否认我说过这些话。但如果我们直言不讳,我也可以告诉你,不只我这么说了,安东尼也是这么想的。"

"我什么都没说!"我嚷道。

"你点头了。"

"我没有!"

"你可以问问其他人。他们都看见你点头了。我说了那些话,也许并不是真心的,但你点头了,表示你完全同意。"

"你认为是安东尼杀了她?"霍桑问。

"我没这么说,也没有这个意思。我只是指出,他和我们每个人一样都有动机。哈丽特真的非常讨厌他的剧!"

"你知道她是被一把匕首杀死的?"霍桑说。

"警察告诉我的。昨天,就在这个房间,有两个警察跟我谈过,一个叫卡拉·格伦肖,还有一个看着就欠揍的助手。他们对作案工具非常感兴趣。"他俯身拿起那把阿赫梅特送他的匕首,朝我们挥了挥。"你们看到了,我的还在,可不是什么凶器!我的匕首是清白的!在我看来,这个首演礼物可不大方,非常掉价，而且和剧情毫无关联。尽管我很喜欢阿赫梅特，在很多方面他是个不错的家伙，但他的品位有时候一言难尽。"

"那你为什么同意参演呢？"霍桑问。

这个问题让乔丹有点吃惊。"跟我其他的演出一样的原因。剧本，就是剧本。我认为《心理游戏》是一部真正有趣的作品。这就是为什么我会对哈丽特·斯罗索比的做法感到如此愤怒。而且这还是一部喜剧惊悚片！为什么不演呢？我一直认为演员的使命就是不断探索——莎士比亚的剧，莫里哀的原版法语剧，马梅特的剧，奥尼尔的剧……我在百老汇待了两年……还出演过斯蒂芬·桑德海姆①的代表作《理发师陶德》。"

"你扮演谁？"我问。

"我是主角。"

利剑街的魔鬼理发师，也是一个杀手。

"事实上，我到了英国之后参演的第一部剧也是音乐剧：《猫》。我在伦敦剧院接替了米斯托费利斯先生。那是一段美妙的经历。"

"你是怎么成为演员的？"霍桑问。

"为什么问这个？"

"我是你的忠实粉丝。我非常喜欢你对法夸尔医生的演绎。我记得在汉普斯特德剧院看过你演的《李尔王》，我还带我儿子看过你的《迪克·特平》。"

霍桑说谎的能力真是令人惊叹，这正是我跟他提过的两个作品。然而，这招奏效了。没有演员不会对欣赏他们作品的人感到亲近。乔丹放下手里的匕首，拿起了腮红。

---

①斯蒂芬·桑德海姆（Stephen Sondheim，1930—2021），美国著名音乐剧及电影音乐作曲家、剧作家。

"演戏让我找到了内心的灵魂,这是一件幸事。"他开始说,"可以说我之前一无所有。没有家庭,没有背景。我失去了珍视的一切。"

"你是在美国出生的吗?"

"对,在南达科他州。我想安东尼已经向你介绍了我的美国原住民血统,霍桑先生。我对我的父母没什么印象,我三岁的时候就被带走了。他们是希尚古部落的成员。我相信他们都是善良的人,但也是那个残酷的体系的受害者。对于那个体系,世人知之甚少,而且也不关心。"

他刷着脸颊下的阴影,随之而来的是一段长时间的沉默。

"我猜你可能从没听说过印第安人寄宿学校,这种学校十九世纪末在美国特别普遍。"他接着说,"卡莱尔印第安工业学校对你来说可能毫无意义,尽管那里埋葬了一百八十名土著儿童。这一切都是为了同化。你知道卡莱尔的座右铭是什么吗?杀死印第安人,拯救人类。我没上过那所学校,它在我出生很久之前就关了。但即便如此,这就是发生在我身上的事情的缩影。那是我人生的开始。"

他转过身来面对着我们。

"三岁之前,我和母亲一起住在罗斯布德,那是美国最贫困的保留地之一。我也想告诉你一些那段时间的事,但我毫无记忆。我都不确定我们那儿有没有自来水和电,但在我的内心深处,我认为我们是一个幸福的家庭……或者至少,我愿意这样认为。我唯一确切记得的事就是,我的哥哥惹了一些麻烦,他偷了一辆车。因为这个,我的父母被认定为'不称职的监护人'。一周之后,来了两名社工,带走了我和我的三个姐妹,把我们送进了不同的寄养家庭,我们再也没有见过。

"不要以为我的经历是个案。南达科他州有权将他们认为处于危险中的儿童带走,社会服务机构行动时享有完全的豁免权。甚至还有孩子在上学途中被带走的案例。你和我可能会称之为绑架,但政府认为他们是在拯救我们。哦,还有,南达科他州每接收一个孩子,就可以获得一千美元的联邦资金,这也是个不错的赚钱机会。

"我算是幸运的。其中一些孩子遭受了可怕的虐待,但我被加利福尼亚州的哈里和莉斯贝丝·威廉姆斯夫妇收养了。他们只想给我最好的,我在一个充满关爱和支持的家庭中长大。我们住在洛杉矶以东的波莫纳,我的养父在好莱坞的一个大型演员经纪公司工作,这就是关于你的问题的答案,霍桑先生。我们家吃饭的时候经常谈到电影和演员,所以意料之中的,还不到十几岁我就决定要加入这个行业。在某种程度上,我的整个人生都是一场表演。我在扮演一个纯粹美国人的角色,尽管几乎每天的日子都在提醒我,这与事实相去甚远。"

"你遭受过种族歧视吗?"

"高中时,其他孩子会拿我是拉科塔族开玩笑。他们叫我'酋长',他们会做印第安战斧的手势……诸如此类。我不得不习惯被警察莫名拦下,还有一次我被无端指控扒窃。后来,当我开始从事演员工作,我发现自己就是在走钢丝,既要避免外界的刻板印象,又要避免被排斥。你能说出多少土著演员的名字?只有一个[①]赢得过奥斯卡奖。我不是在抱怨!我认为自己在很多方面非常幸运。但事情就是如此。"

"你有回去罗斯布德看看吗?"我问,"你找到你的亲生父母

[①]这个数字现在已经增加到三个,分别是塔伊加·维提蒂、韦斯·斯图迪和莉莉·格莱斯顿。

了吗？"

乔丹皱了皱眉。"没有。族裔对我来说从来都不是问题。我和我的部落完全断联了。我的妻子杰恩出生在哈德斯菲尔德，我的两个孩子拿的是英国护照。我必须考虑我的养父母的感受。也许他们在回顾过往时会感到一丝内疚。我十五岁时，国会通过了《印第安儿童福利法案》，旨在阻止像我这样收养的情况愈演愈烈——顺便说一句，它并没有成效。虽然我的养父母没有明说，但我能感觉到他们不喜欢我回头看，去寻找我的根。他们让我不要去罗斯布德保留地，所以我从没去过。有的人可能会对我有所非议，但我对哈里和莉斯贝丝感激不尽。尽管相隔千里，但我们仍然非常亲近。他们现在年事已高……都快八十岁了。我努力成为他们希望我成为的人，即使那并不完全是本来的我。"

他停下来，转回镜子的方向，似乎意识到自己说得太多了。

"你觉得演出《心理游戏》容易吗？"霍桑问。

"演戏从来都不容易，霍桑先生。我常说，如果演戏容易，那一定有问题。演戏是一种自我奉献的行为，要将角色从自己的内心呈现出来。可能很痛苦，但就应该这样。"

"我是在说第一幕和第二幕的暴力场景。"

"那是假的。你肯定不会认为那跟哈丽特·斯罗索比的案子有什么关联吧。"

"人们可能会在自己都没意识到的情况下变得暴力。"霍桑停顿了一下，"比如，我了解到，排练期间，你弄伤了斯凯·帕尔默。"

"是她说的吗？"

"这不是什么秘密。"

当然，是我告诉霍桑的。这一次，他非常体贴，没有点名道姓。

乔丹吸了一口气，我看到他原本平放在化妆台上的手握成了拳头。"霍桑先生，尽管你可能听到了一些传闻，但我不是一个暴力的人。比如，蛋糕那件事，我只是发泄一下情绪。我刚读完一篇不愉快的评论，有点反应过激。有时候我会这样。但你认为如果我有计划要去杀她，我会在整个剧组面前广而告之吗？"

霍桑没有说话。

"至于斯凯那件事，是在漫长又疲惫的一天快结束时发生的。我当时状态不好。我承认有时我下手不知轻重。我们当时正在排练的那场戏里，我和斯泰勒必须得把护士绑在椅子上。排练中我已经做过很多次，没有任何问题。但就在那一次，我想我有点走神。我抓得太紧了，把她的胳膊弄出了瘀青。当然，我很羞愧。有时候，角色、虚构的事实会非常消耗演员。你读过斯坦尼斯拉夫斯基的书吗？有时就是一念之间。"

"很幸运那不是《恺撒大帝》。要不肯定血溅当场。"

乔丹没有理会霍桑的评论。"我给她写了纸条，送了花。我还以为这个事件已经过去了，听到你这么说我感到很遗憾。"

"没有人怪你，乔丹。"我急忙说道。

"很高兴听见这句话。我享受在《心理游戏》的经历，从一开始我就认为这是一个非常和谐的团队。"

"跟我们说说其他人吧。"霍桑转变了话题。他现在的态度非常友好，"我想听听你对他们的看法。"

"你是指其他演员吗？"

"是的。"

"你是指从表演的角度吗？"

"从潜在凶手的角度。"

"那简直是天方夜谭。"乔丹变得更加自信起来,"斯凯·帕尔默是一个可爱又温柔的女孩。提里安有点冷淡,但他只是为了在伦敦的演出才加入的剧组,我还没有机会真正了解他。"

"有人说你们相处得不太好。"

"看来一直有人在传递这个剧组的消息嘛。"乔丹转向镜子,透过镜子责备地瞥了我一眼,"提里安·柯克是一位年轻演员,才刚刚踏入表演界。我认为,他没有接受过正规训练这一点很关键,也就是说,他没上过戏剧学校。"

"那有什么区别?"

"区别大了,但很难向一个非专业人士解释,尤其是……"他看了眼手表,"时间有限的情况下。就说他作为演员却不全情投入这点。舞台上的动作就像交响乐,一个演员必须关注其他人。要有眼神交流、产生共情,还要走心。我相信提里安总会学会这些的,但他还有很长的路要走。"

"他刚接到了一部好莱坞大片的角色。"

"已经尽人皆知了,霍桑先生。他总是不厌其烦地向我们炫耀。"

"你和伊万·劳埃德相处得好吗?"

"我非常尊重伊万。我还记得他多年前在斯特拉特福德制作的《无事生非》。他将整个故事设定在二十世纪三十年代的西西里岛。约翰和佩德罗是黑手党成员。多格伯里是FBI。我非常喜欢和他一起工作。"

他站起身,走到衣橱那里,拿出了他扮演法夸尔医生要穿的西装。"如果你不介意的话,我现在要换衣服了。"

我和霍桑站起身,我以为我们要走了,但还没等我们朝门口走去,霍桑就驻足在我之前注意到的那张照片前。"这是你的妻子?"他问。

"嗯。"

这个字说得很重,一副到此为止的架势。但霍桑还是继续问道:"她还在做化妆师的工作吗?"

乔丹有点吃惊。"为什么问这个?"

"你还是已婚状态。"

"当然了。"

"我只是奇怪她没来看首演。"

霍桑是怎么知道的?他没在现场,而且我也没和他提过,尽管我也注意到了这点。

乔丹·威廉姆斯没有动,和霍桑对视着。"她不在伦敦。"他说,"她在利兹拍摄BBC的一部电视剧。"

"派对之后你见到她了吗?"霍桑问,"你回家的时候?"

"那时已是深夜。她睡着了。"

霍桑微微摇了摇头,有些遗憾地说:"男人从来都是骗子,一只脚在海里,一只脚在岸上,对于一件事情从不坚定不移。"

"你在说什么?"乔丹问。

"这是《无事生非》的台词。你刚才提到过。"

"我想说的话都说完了,霍桑先生。"乔丹站起身,拿过照片,直接将照片扣在桌上。虽然他不是故意的,但激烈的动作还是弄碎了相框的玻璃。当乔丹抬起手时,他的食指侧面流了一滴血。

"看看你让我变成了什么样。"他无力地说。

我们离开时,他正在吮吸自己的手指。血染红了他的嘴唇。

第十一章　明星气质

回到走廊后，我对霍桑发了火。"你不会相信他吧？"我质问道。

"你指关于他妻子的那段？"

"我指关于我的那段！"趁他还没来得及回答，我继续说，"当时大家都被那篇评论弄得心烦意乱。我们喝了很多酒，没人预料到这样的情况……至少没料到这么快。但他是唯一一个发疯的人。他把刀插进了蛋糕里，是捅的那种，而不是切。我当时没有点头。其实我觉得非常震惊。"

难道我认为是乔丹杀了哈丽特·斯罗索比吗？尽管那晚发生了一些事，但我认为这不可能。他是一个讲究方法的演员，他还提到了斯坦尼斯拉夫斯基。虽然看起来好像角色的一些暴力成分蔓延到了他的现实生活中，但是谋杀发生在上午十点，远在派对结束之后。我可以想象乔丹情绪上头激情作案，就像他伤害过斯凯那样，但预谋杀人是另外一回事。这跟我了解的他完全不搭边。还有一点，凶手试图陷害我。乔丹为什么要这样做？在排练和巡回演出期间，我们关系很好。他刚才说的话让我很不开心。

霍桑好像读懂了我的心思。他用浑浊而无辜的眼睛看着我，"别为乔丹·威廉姆斯忧心了，老兄，我站在你这边。"

"很高兴听到这个。"

"我们需要询问当时在房间里的每个人都看到了什么,然后就会找到真相了。"

唔,我想,这是对我信任的表态。

我们走下楼梯。沿着灯火通明的走廊走了几步,就来到了六号化妆间。化妆间的门半开着,我听到里面有人活动的声音。我探头进去,看见提里安·柯克穿着一件运动衫,但没有穿裤子,正在往身上套着演出服。这时候距离演出大约还有三十分钟。他看见我,毫不尴尬地笑了笑。"嗨!没想到今晚能见到你。"

"很抱歉打扰你,提里安。我们能进来吗?这是霍桑,他是一名侦探,正在调查哈丽特·斯罗索比的案子。"

"我想他在这里找不到任何线索。"提里安抓起马克·斯泰勒的裤子穿上,"但是没问题,进来吧,我给你们泡杯茶。"

我们走进化妆间,顺手关上了身后的门。

这个房间比乔丹的小一点,但远没有那么凌乱,因此看起来很宽敞。我注意到提里安只收到了三张祝福卡片和一束鲜花,比乔丹的少不少。这些首演的祝福礼物摆放在一张桌子上,周围空荡荡的,看起来有点可怜。一切都非常整洁。这里没有脏衣服,也没有折了角的书,沙发上的靠垫依照精准的间隔排列着,洗手池旁边的毛巾也悬挂得近乎军事化管理一般平整。

我们坐下后,提里安脱掉运动衫,露出健硕的胸肌和肩膀,可见他在健身房里花了不少时间。那一刻,他身上有一种东西让我不禁想到詹姆斯·迪恩,那个在二十四岁时成为文化偶像,也在同一年去世的少年。提里安跟他一样,松弛而漫不经心的出众外表,加上那种超然的感觉,就像一个没有理由的叛逆者。我又想到他刚刚被选中出演一部好莱坞大片,很有可能会一炮而红,我似乎看到他已经成功了一半。明星气质很难定义，但我见过一些明星成名之前的样子，他们的身上就有这样的气质。它不完全是外形上的，甚至不是性格上的力量。它只是一种与众不同的感觉，让人有种预感，觉得很快他们就会走红。

"听到哈丽特的事时，我简直不敢相信。"他说，"最可怕的事还是发生了。那个可怜的女人……"

"你为她感到难过？"霍桑听起来有点惊讶。

"当然！她被杀了！"他顿了顿，接着说，"我知道她对我们的剧说了一些不好的话，我也怀疑她在现实生活中不算个什么好人，但杀人就是杀人。而且不管怎么说，她对我还是挺友善的。她说我是我这一代最有前途的演员之一。"他忍不住在化妆镜中满意地瞥了一眼。"你不会认为我们当中有人是凶手吧？"他继续说，"这就是你在这里的原因吗？"

"有这种可能性。"霍桑回答道。

"好吧，不要介意我这么说，但我觉得你找错了目标。我的意思是……"他抬起手，开始用大拇指和四个手指数出大家的名字，"第一个是斯凯。我加入剧组的时候，她对我真是好得不能再好了，而且她显然骨子里就是个善良的人。然后是阿赫梅特和莫琳，他俩就是个笑话。你觉得他们在偷情吗？我觉得是。他们真是世界上最糟糕的制片人，你看那把荒唐的匕首，他们在首演那天送给我们的。顺便说一句，我的还在手里。警察来我家找过我，要看看那个匕首。幸好我没有把它丢掉。真是好笑，不是吗？这么多凶器，而且每把都一样。"

"并不好笑。"我嘟囔道。

他碰了下自己的另一根手指。

"伊万很讨厌哈丽特，虽然他没提过，但我觉得他俩有过节。

你看到他有多生气了!"这话他是对我说的,"但我真的无法想象他会去找她然后干掉她。他太体面了。你应该见过他排练时发脾气的样子。虽然我偶尔害怕他会用眼镜戳我,但那也就是极限了。"

"还有门口的基思,"提里安数到了小指,"那天晚上他也在。我觉得他半数时间都在嗑药,但他有什么理由去杀她呢?因为她批评了《心理游戏》去报复吗?"他"哼"了一声:"如果明天我们不演了,后天就会有另一出戏上演。对他来说没有任何影响。"

他放下了手。

"你忘了乔丹·威廉姆斯。"霍桑说。

"哦,对,你说得对。"提里安脸色一沉,"那个,他那天晚上说的话我们都听到了,所以那可能导致他成为重要的嫌疑人。"

"他说她该死。"

"没错。"

"房间里的其他人也有同感吗?"

我听出了霍桑的意思。但令我松了一口气的是,提里安并不认同。"我不这么认为。没有人说什么,大家都有点尴尬。"他摇摇头,驳回了霍桑的说法。"乔丹和我相处得不好,这不是什么秘密。但是,摸着良心说,我不认为他和哈丽特的死有任何关系。他就那样,总是自吹自擂。排练期间也是如此。但那只是一堆空话罢了。"

"你觉得他为什么对你有意见?"

"你怎么不去问他呢?"

"我对你的看法很感兴趣。"

"好吧。但是话说在前面,我并不讨厌乔丹。我的人生原则是要尽量和每个人融洽相处。为什么不呢？人生只有一次，且行且珍惜。"他对自己已经表明的态度很满意，于是继续说道，"我觉得他是因为嫉妒。只有这个才解释得通。从我加入演出的那一刻起，他就一直针对我。说我没背好台词，说我抢戏，说我在他大段独白时没有给到他要的东西……比如，我应该对他的每个字都洗耳恭听。"

"他知道你要参演《信条》吗？"

"嗯，他知道。我不明白为什么这让他那么生气。我的意思是，他在来这里之前在很多美国电视剧中演过重要的角色。他本可以留在好莱坞发展。也许只是因为我比他年轻太多了。有些老派演员就是这样。他们认为你必须到处走穴，跑几年龙套，然后才能有好机会。我的职业进程走得比别人更快一些，仅此而已。而他不喜欢。"

"因为你没有上过戏剧学校。"这是乔丹告诉霍桑的事，这点肯定会让提里安不怎么开心。

"你说得对。那绝对是让乔丹嫉恨的一点。我没有'进炉'。但那不是我的错！我甚至从未想过进入演艺圈。整件事，我和其他人一样，都觉得出乎意料。"旁边桌子上摆着一个提里安的小旅行闹钟，他转了下表盘的方向，看了眼时间，"那是我二十二岁时的事了。挺有意思的。阴差阳错。"

"提里安是个威尔士名字……"霍桑说。这是他的习惯，随时会抛出莫名其妙的问题。

提里安微笑着说："是的。我出生在蒙茅斯郡的切普斯托，我母亲给我取了提里安这个名字，因为它有'友好'的意思，这也正是我一直努力践行的事。"

"她一定以你为傲。"

他的表情变得沮丧起来。"她去世了。我在很小的时候就失去了父母。他们在一次车祸中遇难了。他们的车在伦敦城外被一辆运货卡车撞了。"

"不好意思。"

"那时候我只有五岁，几乎都不太记得他们的样子了。我搬到了北约克郡的哈罗盖特，在一个姑奶家里长大。"

我突然明白了为什么跟提里安在一起时总有一种疏离感，也明白了为什么化妆间里他的贺卡和鲜花那么少。他没有家人，我也从未见过他和朋友出去。

"我的父母都是普通人，我父亲是医生。我母亲也在父亲的那家诊所工作，做前台接待员，我是独生子。那场事故之后大家也不知道该怎么安排我。幸亏我爸爸有一个姑姑，也就是我的梅姑奶，她挺身而出，说我可以和她住在一起，要不我估计就会被送到孤儿院之类的地方去了。梅姑奶独居，而且相当富有。她是我成长过程中的全部，现在我们仍然很亲近。"

他伸手拿起三张贺卡中的一张。卡片上，一个卡通形象的男人正在伸手去摘四叶草……刚好避开了身后从楼上坠落的老式保险柜。祝好运三个字用银箔印刷在贺卡上。霍桑打开卡片，里面是用窄小的、有点稚气的笔迹写的留言——希望首演顺利，爱你的梅姑奶。

"她记得你的演出，真好。"我说。

"她得了老年痴呆，"提里安回应说，"现在住在一家疗养院里。因为她几乎什么都不记得，所以护士们会帮她写贺卡。"这一刻他非常悲伤，但随即又笑了："和她住在一起的时光真美好。她有一栋漂亮的房子，是一座两层小楼，在奥特利路上。对面就是网球俱乐部，我过去经常去那里。虽然我对这项运动并不痴迷，但混合双打绝对是我的强项。在那里我第一次接吻，也是在那里我第一次抽烟。"

"你在哈罗盖特读的书？"

"对，就在哈罗盖特文法学校，离我住的地方只有五分钟的路程。我在那儿读到十六岁。有趣的是，那里有一位老师，叫哈维吉尔小姐，总是试图激发我对戏剧的兴趣。她安排我去表演《掠夺者之笛》，在里面扮演老鼠之王，我挺喜欢的。也许那就是给我的一些启示，但当时我很懒散，成绩也不拔尖。一心想着赶紧工作。"

"你想做什么工作？"

"无所谓。我只是想赚钱，能有自己的房子、能买一辆快车、能到处去玩……之类的。梅姑奶帮我在约克的国家信托机构找了一份工作，在活动管理部门担任节目经理的职务。一年一万二千英镑，那是我的第一份薪水。说实话，相当无聊。我本打算不会做很久，但后来发生了一件奇怪的巧合，改变了我的人生。"

意识到时间流逝，他加快了语速。

"那时候，有人在利兹附近，我们公司的一处物业拍摄电视剧，就是《心跳》。你一定还记得。那是一部六十年代背景的警察剧。为了保障进度顺利，我被派去那里当联络员。到了那儿他们问我愿不愿意做个群演玩玩。然后我扮演了一个马夫。那一集的剧情是一个农民射杀了别人的狗还是什么的。反正，我陷在泥里，紧紧抓住一匹马——我以前从未接近过马，这让我十分害怕，但也陶醉其中。

"我不知道怎么跟你解释。进入片场的那一刻，我觉得找到了归属感。我从没想过制作一个小时的电视节目居然有这么多的工作，需要这么多的人力。所有的设备都让我惊叹不已——摄影机、移动摄影车、餐车、灯光,大场面。还有那些明星,他们没有什么架子,都非常友善。我看着他们演戏,拍摄了一遍又一遍,从很多不同的角度演绎同一个场景,我想——我也可以!也许是哈维吉尔小姐安排的那场戏唤醒了我。我想做这个。她是对的。我内心有这个潜力。我是一个演员!

"我当群演第一天发生的事也真的很神奇。碰巧选角导演在片场,他叫马尔科姆·德鲁里。拍完戏之后,我去找了他,问他可不可以帮我……你懂的,帮我入行。我还挺紧张的,但他特别友善。"

特别的是,我见过马尔科姆·德鲁里。他曾参与制作我八十年代末写的一部儿童电视剧,我也很喜欢他。

"我们聊了很久。当时我冷得要命,全身都是马的味道,但他对我很中意,说如果有机会他会找我的——他兑现了承诺。我在《军情五处》和《小杜丽》里有了几句台词——比演马夫前进了一步,之后我就辞掉了在国家信托的工作,找了个经纪人,然后事业就起飞了。不少人有些看不起我,就像乔丹那样,因为我不是科班出身,但我热爱我的工作,而且也比较走运。"他停了下来,"恐怕我没能帮到你什么,对吧……现在我得准备上台了。不是我杀的哈丽特·斯罗索比,希望你能找出真凶。到时候记得告诉我,如果你不介意的话……"

霍桑和我站起身。

"我能问你一件事吗?"我问。霍桑警惕地朝我看了一眼,他总是警告我他查案时不要干涉。但从见到提里安,有件事就一直在我的脑海中盘旋。虽然现在提及这个可能不是好的时点,但也许没有别的机会了。"你还记得一部名叫《不公正》的电视剧吗?"我问。

"是部警匪剧，对吧？写了一个律师……"

"是我写的。你本来要出演艾伦·斯图尔特，那个在监狱里自杀的年轻人。你一开始答应了，但最后一刻又反悔了。我一直想知道为什么。"我意识到自己有些荒唐。我正身处一起谋杀案的调查中！但现在想这个已经太迟了。"我只是好奇……"我带着歉意补充道。

"是的，我记得那部戏。"提里安看起来有些尴尬，"那不是我的决定。我觉得那个角色很棒。是我的经纪人建议我拒演的。当时还有其他戏的邀约，她认为那个角色不太适合我的事业发展。我知道这听起来有些糟糕，但我一直听她的，而她觉得不合适。对此我很抱歉。"

"我觉得是他杀了哈丽特·斯罗索比。"一走到外面，我就对霍桑说。

霍桑好奇地看着我："真的吗？"

"你为什么不问周三早上哈丽特被杀时他在哪儿？"这是我第一次质疑霍桑。我觉得又累又恼，一夜没睡，又整天都在赶路。我刚从监狱出来！整个人的神经快崩溃了。

"没必要。"令我惊讶的是，霍桑并没有生气，他的语气听起来很理智。"他是个演员。他很晚回家，可能一直睡到中午才起床。"他停顿了一下，"就像你一样。"

"好吧。他绝对在撒谎。"

"你怎么得出的这个结论？"

"他说他的经纪人不想让他参演《不公正》——我知道那不是真的。他和另一个演员是同一个经纪人，我见过那个经纪人好几次。她很生气他拒绝了这个角色。和他刚刚说的完全相反。她告诉我她觉得这个角色非常适合他。"

"也许是她在说谎。"

"我不这么认为。没多久,那个经纪人就跟他闹掰了……或者也许是他跟经纪人闹掰了。无论是哪种吧,我觉得她说的是实话。"霍桑似乎不太相信,于是我继续说,"这不是工作的事,我并不是生气他不想参演我的剧。我只是说他的话你不应该全信。"

"谁的话,我都不会全信。"

"包括我?"

他笑着说:"为什么我要相信一个一生都在编故事的人?"

对于他的问题,我肯定有答案。但在我想出答案之前,他已经朝走廊的另一边走去,走向第三间也是最后一间化妆间。我摇了摇头,跟在他后面。

第十二章　另一把刀

"我为什么要跟你谈？我已经和警察聊过了，没有其他要说的。"

斯凯·帕尔默吸了一口电子烟，烟尾随即亮起愠怒的红光。从我把她介绍给霍桑的那一刻起，她就一直闷闷不乐，好像谋杀案的调查不过是给她繁忙的日程增加了不便。她扔下电子烟，拿起梳子梳拢头发。她的发色已经从粉色变回了原本的浅金色。

"马上就要上台了，"她继续说道，"我还在化妆。在开演之前，我不太愿意和人交谈。那会扰乱我的思绪。我得酝酿角色。"

从第一次见到斯凯开始，我就觉得她令人捉摸不透：她既年轻又自信，既害羞又傲慢，像一个混合体。此刻她装扮成普林普顿护士的模样坐在那里，变得更加深奥。她的戏服设计成漫画人物的样子，衣服有意紧裹胸部和臀部，黑色紧身裤上还有一个破洞……一位评论家甚至提到了这点。在衬衫下面，藏着一个装满假血的塑料袋——肯辛顿瘀血[①]，第一幕末尾，她被解剖刀刺伤时会爆裂开来，这一切都很像洛基恐怖秀的表现手法。在舞台上她演绎得非常完美。然而，在化妆间里，这样的形象却令人不

[①] 影视剧作中的假血也被称为"肯辛顿瘀血"（Kensington gore）。

安。她被困在两个人物之间,我不确定谁是谁。

我不断提醒自己,斯凯还很年轻,不到二十五岁。她总是身着紧身裤和皮毛围巾,一双及膝靴,戴着一副露指手套,慢悠悠地走进排练场;估计是从一位富有的阿姨那里继承了不少古董珠宝,每天她都戴着不同的款式。她似乎在模仿《卡巴莱》①中的莎莉·鲍尔斯。很有可能这就是她对自己的定位,肤浅地活在生活的表面,受人瞩目。霍桑不解地看着她,一副不以为然的神情。

斯凯的玫瑰金手机响了。她连看都没看我们一眼,就接起了电话。

"嗯……嗯……不,我现在不方便和你说话。我马上要上场了,而且还有人在我这里。不……"

虽然她没再说话,但一直听着,翘起小指的手紧握着手机。

在等她打电话的期间,我观察了一圈化妆间的环境,思考着霍桑对这一切会有何看法。我莫名觉得弄清楚斯凯·帕尔默的身家背景以及她过去十年的经历对霍桑来说应该是小事一桩,毕竟四周散落着各种线索。

房间里的所有台面上都挤满了东西。她收到的鲜花多到可以开一家花店——或者殡仪馆也行。硬塞进花瓶里的大束玫瑰已经快要枯萎。大部分的祝福卡片都是昂贵的手工制作品,而不是批发款。我已经见过她的古驰雨伞和卡地亚手表,但她的奢侈品可不止这些。水晶瓶的香水、瓷罐的护手霜、福特南·梅森的饼干、精美罐装的散茶、酒心巧克力以及香皂都是大牌货。还有香

---

① 卡巴莱(Cabaret),一种歌厅式音乐剧,通过歌曲与观众分享故事或感受,演绎方式简单及直接,不需要精心制作的布景、服装或特技效果,纯粹以歌曲最纯净的一面与观众作交流,可以说是一种音乐上的情感交谈和亲切感觉的接触。

氛扩散器，那些奇怪的木棍从油罐里探出来，扩散着在我看来几乎没有味道的香气。架子上整齐地摆放着三瓶香槟和一瓶金酒，还有十几个似乎没洗的玻璃杯。

这一切跟我之前了解的斯凯相去甚远。她曾演过三年《东区人》(East Enders)，在剧里扮演一个酒吧女招待，排练那部戏的时候她总是带着河口英语的口音。尽管刚才在打发我们，但在我看来，她却显得更像切尔滕纳姆女子学院的学生。我自认为自己很了解目前为止遇到的每一个人——提里安、乔丹、亚瑟和奥利维亚·斯罗索比。但斯凯却另当别论，她是一个谜团中的谜团。

《心理游戏》的剧组成员，请注意，剧目将在十五分钟后开场。谢谢。

听起来是舞台经理普冉奈。他空洞的声音从对讲系统传来，我第一次注意到房间角落高处的扬声器。斯凯也听到了。"我得挂了！再见！"她挂断电话，把手机放在一边，然后转向我们，"不好意思，我得开始准备了。"

"得了吧，亲爱的。我看过这部剧，剧本上的前十五页都没有你的戏份。"霍桑生气时，经常会说一些连我都不会用的字眼。也许他是有意为之，以表明他的满不在乎。"我们需要问你一些关于哈丽特·斯罗索比的问题。"他补充道。

"我说过了，我没什么可说的。我对她一无所知。"

"你知道她住在哪里吗？"

"为什么问我这个？你在指控我吗？是的，我知道她住在哪里。我们都知道。"她直直地看着我，"排练的第一周，你给我看了那篇杂志上的文章。"

"什么？"

我再次感到地面在我脚下裂开。还会有多少种方式来指向我是这起案件的罪犯呢?

"《房屋与花园》。你在排练的第一周给我看过,里面有一张她家的照片,还说了她住在运河旁边……离隧道很近。"

"我不知道你在说什么!"我嚷道,"我从来没有看过那本杂志,我也不知道她的地址……"

"你在说我撒谎吗?"

我转向霍桑求助。他看了我一眼,带着一丝悲伤地摇了摇头,但他的注意力仍然在斯凯身上。"没有人在指控你。"他说。他等了一会儿,直到她冷静下来。"说说首演之后,你们在休息室的派对上发生了什么吧。"

"你是指……那个派对?"

"我在说那篇评论。"

这句话让她大惊失色。"是的。我多希望我当时没有提它。但提里安抢走了我的手机,我根本来不及阻止。然后他拿给大家看。我根本不知道那篇评论会那么残忍。"她申辩道。

"它确实给那个晚上带来了不少麻烦。"霍桑表示赞同。

"但这跟哈丽特被杀无关!"斯凯望着霍桑,"你真的认为她被杀是因为她不喜欢这部剧?这太荒唐了。我不会对此负责。如果房间里真有人疯狂到去杀她,也会等到周末她的文章在报纸上发表之后,这样大家才会认为跟她写的东西没关系。"

霍桑没有就此放弃:"说不好,斯凯。那是漫长的一天。酩酊烂醉,又是深更半夜。也许你无意间打开了潘多拉的盒子,你也看到发生的事了。"

斯凯的手机传来了讯息的声音。她扫了一眼屏幕,我能看出她想拿起手机回复,但还是把手机屏幕扣到了桌面上。

"你是在说乔丹吗?"她问,"也许你应该找他谈谈,而不是找我。他是个脾气暴躁的人。和提里安打过架。他和他妻子……他总是在电话里对她大吼大叫。还有他在排练中对我做的事!你听说过吗?应该让你看看那些伤痕。"她揉着胳膊,意识到自己说得太多了。"但匕首那件事他只是犯蠢。"她继续说道,"他不会杀人的。他没那个胆子。我其实挺喜欢他的。当他不讲述无聊的舞台技巧或吹嘘自己的事业——比如《美国恐怖故事》之类的时候,还是挺好的。他还给我买过花。那天晚上他也不是唯一心烦的人。哈丽特还批评了伊万,他也很生气。"

"在我看来他并没有那么生气。"我发表意见道。刚才杂志的那段话让我耿耿于怀。我回想着在达尔斯顿的彩排和在杂耍剧院的技术演练,完全没有印象给她看过任何东西。"他还开了个玩笑,看起来对评论一点也不在意。"

"你不了解他。"斯凯说,"他从不想让别人知道他在想什么,一切都藏在心里。他和乔丹完全相反。"

"你对伊万·劳埃德了解多少?"霍桑截过话头。

"这是我第二次跟他合作。他人还可以。我在约克郡和他一起演过《麦克白》。"

"你扮演什么角色?"

"剧组只有六个人。我扮演麦克白夫人、麦克杜夫夫人、弗兰斯、门房以及三位女巫。"

"那段经历愉快吗?"

"不怎么愉快。一直在下雨,根本没人来看戏。"

现在是上台演出的十分钟通知,距离开演还有十分钟。谢谢。

"还有一件事我不太明白。"霍桑变得温和起来……这往往是一个危险的信号,"你具体是在哪里找到的那篇评论?"

"在我的手机上。"

"我不是指这个。"他哀怨地看着她,"我在网上搜了下,没有找到那篇评论。哪儿都找不到。仔细想想,就会发现这件事不合理,对吗?如果哈丽特·斯罗索比给《星期日泰晤士报》收费供稿,她为什么会把评论发布在社交媒体上呢?他们设置了收费墙,肯定不希望稿件外泄。你能读到她写的东西,唯一的可能就是你有权限访问她的电脑。"他停顿了一下:"或者你认识这样的人。"

一阵沉默。史无前例地,斯凯看起来有些脆弱。

"你错了。"她说,"有一个网站……"

"什么网站?"

"我没有仔细看。"

又一阵沉默。霍桑等待着,斯凯一言不发。

"我想你要明白,这是一起谋杀案。"他提醒她道。他和往常一样强调"谋杀"这个词,仿佛让他很享受。"你可以向我解释,也可以跟警察交代。这是你的选择。"

"我不想和你说话。"

霍桑笑了。"那我们就换一条路。我会帮你联系卡拉·格伦肖探长。不过,对你来说可能不太有利。阻碍司法调查可不是什么好事。希望你已经找好了替补演员,毕竟可能会进监狱。"

他站起身,准备要离开。

"等等。"斯凯说。她在权衡。很快她就意识到自己别无他选。"是奥利维亚发给我的。"她说。

"哈丽特的女儿!"我嘟囔道。

"嗯。"

霍桑又坐了下来。"她为什么要那么做?你们认识吗?"

斯凯的肩膀耷拉下来："我们见过几次。"

"在哪儿？"

"第一次是在巴比肯剧院，那是《红字》的演出。像往常一样，哈丽特硬闯入了首演派对。她为什么要那样做呢？她明明知道没人想让她去。奥利维亚也被拉去了。我能看出她很尴尬。我们聊了起来，一见如故。我们有很多共同之处。"

"比如呢？"

"呃，首先我们都受不了自己的母亲，我的母亲是继母。这是一个成为朋友的好起点。我们在脸书上保持联系。后来又约了几次酒。没什么大不了的事。我甚至没让她给我发那篇评论，她只是觉得我会想看。"

"她黑了她妈妈的电脑？"霍桑听起来很震惊，好像他完全忘了就在今早他还入侵过国家警务的计算机，而且使朗伯斯区的法医实验室彻底宕机。

"她没有。"斯凯抗议道，"她知道密码。她只是想让我知道她妈妈没有说我的坏话。顺便说一句，确实没有。她对我还算友善。我犯的错误是告诉了大家我有这把匕首。我太愚蠢了。当警察告诉我发生的事时，一开始我简直无法相信……哈丽特死了，还是被人谋杀。但我从没想过可能是我们这些人干的，尽管乔丹说过那样的话。这完全不可能。"

她的手机又响起了一声讯息的提示音，但我们并不知道试图联系斯凯的人是谁。

"警察去过你家吗？"霍桑问。

"嗯。"

"你家在哪儿？"

"维多利亚公园。"

"周三上午你一直都在那儿吗？比如十点钟左右？"

她低下了头。"那是事发时间。"她轻声说道。当她再次和霍桑对视时，露出了挑衅的眼神。"那一整天我都在家。只有我自己。你为什么不去检查一下闭路电视摄像头呢？我住的街上，还有哈丽特住的运河附近，到处都是摄像头。我那天哪里也没去。"

"你是一个人住吗？"

"对。"

"租的房子？"

斯凯犹豫了一下。她有点不知所措，但撒谎没有意义。"是我自己的房子。"她承认道。

"看来，演戏给你带来了不错的生活。"霍桑评论道。

"我爸爸帮我买的。"

"那你爸爸是谁？"

她不想说，但别无选择。警察可能已经对她了如指掌，毕竟，她是一起谋杀案的嫌疑人……至少在我被逮捕之前是。我不知道霍桑是否已经知晓这个问题的答案。就算知道，我也毫不意外。

斯凯的父亲是英国最大的摇滚乐团之一的主唱。当她告诉我们这个信息时，我甚至都想出了他的名字。关于她的一切立刻有了合理的解释：奢侈品，二十几岁就拥有的房子以及她对戏剧模棱两可的态度。她不需要工作，很可能就是因为父亲的人脉在演艺圈玩玩票。不做这行的话，她可能要么做公关，要么在上流的梅菲尔艺术画廊找份差事。我还记得他离婚的事，当时在报纸上闹得沸沸扬扬。他抛弃了妻子，找了一个和他女儿年纪差不多的模特。

"他没来首演。"霍桑说。他很清楚这一点，因为如果斯凯的父亲来了剧院，基思肯定会告诉我们，而且狗仔队也会把入口挤得水泄不通。

"他甚至不知道首演的事。他在巡演。"

她挑衅地看着我们，但眼里噙满泪水。三言两语间，她就把我们需要知道的关于她和她父亲的一切都告诉了我们。

女士们先生们，现在是五分钟提醒。距离开演还有五分钟。

"你们可以离开了吗？我真的需要准备一下。"

没有什么要谈的了，于是我们按照她说的离开了。当走出化妆间，我对斯凯感到一丝同情。我见过不少"星二代"，他们遇到的困境往往比得到的特权要多得多。

我们出来的时候走了通往伦利庭院街的剧院应急出口，出口的门是用推杆机制打开的，不会触发警报。我们到达时没有签到，所以没必要沿着后台门经理办公室的方向回去。一走出门，我就迫不及待地对霍桑说："我得跟你解释一下那本杂志的事……"

霍桑摇摇头，说："你应该早点跟我说，托尼。"

"我完全忘了。肯定是在达尔斯顿排练期间的事，那时候我脑子里一堆事。估计是有人拿给我一本杂志，我就顺手递给了她，但我真的没有看里面的内容，我甚至连封面都没看。"我意识到自己的语无伦次，"卡拉告诉我之前，我根本不知道哈丽特住在哪里。"我苍白无力地总结道。

"我相信你，老兄。"霍桑思考了一下，"但在法庭上说服陪审团可没那么容易了，但也许他们会对你心生怜悯。我的意思是，你给自己找到了这么多不利的证据。"

我们默默地走回河岸街，剧院门口空无一人。此时正好是七点半,第一幕应该已经开演。我往剧院里面瞥了一眼,看到售票处经理孤零零地坐着,看起来郁郁寡欢。

"霍桑……"我在化妆间的时候想到了一件事,现在必须得说出来,"斯凯·帕尔默参演过《麦克白》。"

"我听到了。"

"那你肯定想到了这意味着什么!她还有一把原版匕首。阿赫梅特在爱丁堡为剧组准备了很多。"我回想着她的话,"伊万·劳埃德是那部剧的导演,所以他应该也有两把。"

"我也想到了,托尼。关键是,这对我们没什么实质性的帮助。"

"为什么没有?"

"你们的制片人可能还有一打匕首,发给了朋友、赞助商、服装设计师、前台经理,等等——但你丢的是你的那把。而且杀害哈丽特·斯罗索比的匕首上有你的指纹。"

我一下子泄了气:"这倒是。"

霍桑看了眼手表,说:"阿赫梅特在办公室等我们呢。我跟他说了我们今晚会过去。"

"不能等到明天吗?"我已经筋疲力尽了。前一晚彻夜未眠,今天有半天还被关在监狱,过去的几个小时里又马不停蹄地访谈了一个接一个《心理游戏》卡司中的嫌疑人。

"随便你,老兄。但时间不等人。DNA检测结果随时可能出来。如果你想回托普德尔街的话……"

拘留所、卡拉·格伦肖。我一刹那清醒过来:"不等了,我们走吧。"

我们走过剧院前面后继续前行。我脑中想象着提里安·柯克在舞台上描述法夸尔医生办公室的画面。那句关于书的台词的包袱还会响吗？我看见灯光下我的名字，又有一个字母哑火了。我已经从安东尼变成了安尼。再有一个短路，我就会彻底变成安了。按照那篇评论的说法，这或许是我应得的。

霍桑拦下一辆出租车，我们再次上路了。

第十三章　祸不单行

我一直都不喜欢尤斯顿。

在拍摄《战地神探》的十六年里，我对这个区域日渐熟悉。我的很多研究工作都是在大英图书馆里完成的，那几乎是一平方英里范围内唯一一座具有建筑风格的现代楼宇。我始终搞不明白，距离市中心只有二十分钟步行路程的地方，为什么有一条如此廉价和俗气的道路；也不明白这里为什么能二十年如一日地从路头堵到路尾。这里的商店毫无用处，在任何一家餐馆吃饭都能逼疯你；一半的路人都是背包客。当听到阿赫梅特的办公室在这片区域时，我应该再清楚不过，这里绝对不是戏剧王国。

我把霍桑带到一栋建筑门前，这是一座破旧的灰房子，里面被分隔成一间间小公寓。我们走下隐匿在一排垃圾箱后面的楼梯，来到大楼的地下室。走廊两边的窗户透出丝丝光线，但玻璃太脏了，根本看不清里面的情况。我按响门铃。才七点五十分，却黑漆漆的像是午夜。已是四月，天气仍然没有任何好转的迹象。虽然没下雨，但弥漫着一层浓雾，还是阴沉沉的。没有人应门，于是我又按了一次。门开了，出现的是莫琳·贝茨，她穿着粗花呢裙子和紫色毛衣，眼镜挂在胸前。她站在那里，故意堵着门口，看起来愁眉不展的样子。

"我想尤尔达库尔先生知道我们要来。"霍桑说。

"我知道。是的。但我得告诉你们,现在时间不合适。"难道她以为我们会就此转身离开?

"当有人被害,时间永远不合适。"霍桑信誓旦旦地对她说。

"我不知道尤尔达库尔先生能帮到你们什么。"

"你让我们进去就知道了。"

她无奈地噘了噘嘴,转身领我们穿过狭小的走廊,走进办公室。阿赫梅特在里面刚和一个黑头发的男人谈完话,那个男人坐在扶手椅里,面露难色。见我们到了,他站了起来,满脸焦躁不安又充满歉意的神情,他大约有六英尺五英寸高,比我们的制片人高出一头。我认出他就是在剧组派对上和阿赫梅特交谈的那个人,他当时也一副紧张兮兮的模样。令人不悦的烟雾弥漫整个房间,这幅场景在现今时代都不多见了。阿赫梅特正在抽烟,一包L&M牌香烟放在他面前,玛瑙烟灰缸里堆了至少半包烟蒂。

高个子男子表现得急于离开。匆匆地跟我们问了声"晚上好",便把笔记本电脑和文件笨拙地塞进皮制公文包里。莫琳送他出了门,我零星地听到他们在门口的交谈。

"我过几天打给你。"

"谢谢你,马丁。"

"不好意思。你知道……"

"没事,我们会处理的。"

听起来,不是什么好消息。

他们在门口告辞的同时,我向阿赫梅特介绍了霍桑,之后霍桑便坐到刚刚腾出的空椅子上。阿赫梅特没有动身,还是坐在办公桌旁,桌上的笔记本电脑和成堆的信件及账单挡住了他的半个身子。和往常一样,他穿着西装,但脱掉了外套,露出了老式衬衫和裤子背带。尼古丁把他的手指染成了黄色，甚至熏黄了他的眼睛。

"你怎么样？"霍桑语气轻快地问道。

"不太好。"这三个字听起来像丧钟一般。我从未听过他如此沮丧的声音。他望向我的眼神像一只丧家之犬。"马丁，就是刚才在这里的那个人，他是我的会计师。是个非常可靠的人。他告诉我……"

"是我们不得不停演了吗？"我问道。这是必然的结局，我只是希望他能直截了当地说出来。

他又掏出一支烟，点上火。"我在争取，安东尼。我这一生都在争取。"他吐出灰蓝色的烟雾，"我跟你说，从我加入真有用剧院公司的那刻起，我就梦想有一天可以从事戏剧制作的工作。我在那家公司效力多年。"

"你和安德鲁·劳埃德·韦伯一起工作过？"我问。他的话让我很惊讶。真有用集团成立之初是为了管理劳埃德·韦伯价值数十亿英镑的音乐剧，后来才发展到了剧院运营、电影制作和唱片业务等领域，是一家非常成功的企业。但我从没听阿赫梅特提起他在那里工作过。

"我曾在IT部门为他工作，"他解释说，"我协助开发了售票软件，他们至今仍在使用。"一刹那，他的脸上掠过一丝微笑，眼神飘向远方。"数据库兼容文件，可以轻松导入到电子表格中。具有邮件合并文件和账户报告功能。能够在线完成信用卡验证、宣传和计收。还有最早一批对用户很友好的屏幕座位图界面！知道我给它取了什么名字吗？计算机辅助售票系统。CATS！我听说，安德鲁先生听到这个名字时笑得合不拢嘴。那时他还不是勋爵。不知道为什么他们后来没采用。我说的没采用，是指名字，那个系统还在使用呢。"

"这就是你成为制片人的原因吗？"霍桑问。

"是的，先生。我看着这些音乐剧的巨额收入。太不可思议了！你知道吗？全球有一亿五千万人看过《歌剧魅影》，创造了六十多亿美元的票房收入。"他指着我，"我告诉你，那部剧的评论也不都是褒奖。有些评论家说它是已经过时的噱头。他们懂什么？"

"所以我们的剧也许会没事。"我说。

"不，不，不。大家还是喜欢布景、华服、音乐和表演。至于《心理游戏》……这些都不太行。"他看着我，眼里涌出泪水，"我很自责，安东尼。这是一部精彩的戏剧，而且是原创。除了过度的暴力外——我们确实讨论过这个问题，它极富娱乐性。我本来对它很有信心，但最终可能是我没有做好。是我的错。我辜负了你。"

我本应该和他争论，但我实在太沮丧了。

"你不怪哈丽特·斯罗索比吗？"霍桑问。

"为什么？"阿赫梅特看起来真的很惊讶。

"在我看来，她的评论声音最大，毫无疑问，也最粗鲁。"霍桑停顿了一下，"还是第一个。这可能是她被刺死的原因。"

"你认为她被杀是因为她写的东西？"阿赫梅特摇了摇头，"对不起，霍桑先生，那是不可能的。有时评论家会让我们心烦意乱，有时也会让我们怒火中烧，但我们从来不会使用暴力！"

"乔丹·威廉姆斯就挺暴力的，他还威胁了她。"

这次是莫琳开了口："他没有！"

"托尼当时在场，他听到了。"

"乔丹喝醉了，情绪激动。但在场的每个人都很清楚，他并不是来真的,只是开玩笑。"

"很奇怪的幽默感。"霍桑想了一下,问:"你们对他了解多少?"

这是一个无害的问题,但莫琳却转过身去,等着阿赫梅特收场。"这是我们第一次合作,但是在排练过程中逐渐熟络起来。他当时很生气,但是我向你保证,他的话毫无恶意。他只是在表演!"

"你也很生气。"霍桑指出,"你说哈丽特·斯罗索比简直一派胡言,她写的像屎一样。"

莫琳听到这句话时,明显皱了皱眉,她不喜欢粗俗的言语。阿赫梅特难过地望着我。"是你跟他说的?"很明显他觉得是我出卖了他,乔丹·威廉姆斯也对我说过一样的话。"我当然很不高兴。那是第一篇评论。但我对她个人并没有恶意。她是个女人,她在做她的工作。有时候,你知道,你什么都做不了。我的公司祸不单行。我可以责怪评论家,可以责怪观众;但最终,那有什么用呢?是我的选择。我只会怪我自己。"

"你们要完蛋了?"霍桑说。

阿赫梅特甚至没有试图否认。他点了点头。"你们进来的时候,我正和我的会计师开会。马丁告诉我别无他法。不只是《心理游戏》,《麦克白》也亏了很多钱。"

"就应该买天气险的。"莫琳嘟囔着说。

"我们当时都讨论过了,"阿赫梅特反驳道,"要么买天气险,要么买服装。"他控制了一下自己的情绪:"这只是一连串不幸中的一个。我还开发了不少其他的剧本,但都没上演,也花了很多钱。还有各种开销……办公室的租金,复印机。马丁说我们已经山穷水尽了。"

"太不像话了!"莫琳叫道,听起来愤怒多过伤心。她的脸颊泛出一团粉红色,"没有人能比阿赫梅特更努力了。我认识他二十年了,他应该得到更好的。"

"你也在真有用公司工作过吗?"霍桑问。

"我没有。我们是在新伦敦剧院认识的。阿赫梅特为我安排了一个非常特别的夜晚。"霍桑好奇地看着她,她意识到自己必须继续说下去,"那是个纪念日。"

"通过我开发的软件,我发现莫琳看了一百次《猫》。"阿赫梅特解释说。

"我很喜欢那部剧,也说不清楚怎么回事。"莫琳凝视着远方,"当然,因为音乐,《回忆》!《罗腾塔格》。每次听到我都会笑,那部剧的所有音乐我都烂熟于心。"她停下来,意识到自己可能显得有点愚蠢。"我丈夫去世后,它填补了我生活中的空白。"她解释道,"我去看过一次之后,就想再去看一次。不久之后,我发现只有在剧院我才会感到快乐。那就像是对抗世界的一道屏障。

"我买不起最好的座位,但那天晚上我收到了一个惊喜。我发现自己拿到了前排的剧票。是阿赫梅特为我安排的。中场休息时,我喝到了一杯免费香槟,之后他还帮我安排去后台见到了一些演职人员。那真是个美妙的夜晚,后来我和阿赫梅特就有些像朋友了。"

"我自己创业的时候,莫琳过来为我工作了。"

"之前你在做什么?"霍桑问。

"我在雷丁的惠普公司当秘书。"

那一刻,我感到一阵内疚和悲伤,或许多此一举,但却挥之不去。

莫琳和阿赫梅特真的是一对奇怪的组合,我从一开始就知道这一点,但我太渴望看到《心理游戏》上演了。于是我忽略了自己的顾虑,任由他们安排。但让我焦虑的不是戏剧的失败,而是我感觉这一切都是我的错,是我把他们拖垮了。我还可以继续做别的事——我手上还有些在写的书,但他们却到了穷途末路。这一刻,我想回到外面,再也不见他们。我希望霍桑已经获悉了他想知道的事,这样我们就可以离开了。

但他并没有结束。他从口袋里掏出了一个皱巴巴的美国烟的烟盒。"这是你的吗,尤尔达库尔先生?"他问。

阿赫梅特有些困惑,"这是我抽的牌子。是的。"

"我在杂耍剧院的休息室里找到了这个。"他打开烟盒,向阿赫梅特展示三根碎了的烟,烟草从白色烟蒂里散落出来。"我想知道你为什么没抽完就不要了。"

"我不记得了。你在哪里找到的?"

"垃圾桶里。"

"也许有人看见,然后扔掉了。我不记得把它们放哪儿了。"

"三根碎烟能说明什么事?"莫琳不以为意地问。

"可能什么也说明不了。"霍桑笑了笑,站起身来。

"谢谢你,尤尔达库尔先生。你帮了大忙。"

"我送你们出去。"

我们离开办公室,来到走廊上,莫琳带上了我们身后的门,低声说:"尤尔达库尔先生非常难过。"她几乎是在警告霍桑,仿佛他无权闯来提出那些问题,"你不会认为他和那个女人的死有关吧。"

"他失去的最多。"霍桑理性地评论道。

"如果他想杀人,他应该杀了安东尼。"她的话让我非常震惊，但她已经转向我，眼中充满了无法平息的愤怒，"我跟他说过不要用你的剧本。我说了现代的观众很难理解这个剧本，没人会明白你想表达什么。这是喜剧吗？还是惊悚题材？它到底是什么？但他对你信心满满，而你，却带来你的侦探朋友，对一个完全无辜、不想伤害任何人的人进行指责。跟尤尔达库尔合作是一件幸事，我愿意为他做任何事！还有，你要知道，我从未见过他发脾气……一次也没有。他是一位真正的绅士。"

"那星期三的早上他在哪里？"霍桑打断她的话问道。

她不可置信地看着他，说："反正他不在帕尔格罗夫花园。他十一点在弗罗斯特和朗赫斯特事务所有个会议。"

"弗罗斯特和朗赫斯特是谁？"

"他的会计师。刚才你见到的就是马丁·朗赫斯特。"

"他们在哪里办公？"

"霍尔本。"

霍桑叹了口气："从小威尼斯坐地铁到霍尔本不用三十分钟。可见他有足够的时间去杀了哈丽特·斯罗索比。"

莫琳怒视着他。"我说的话，你一句也没听……"她用鼻子哼了一声。

"你认为她不该死？"他故意挑衅她。

"我跟你说，我赞同她关于那部剧的每一个字，也许我不会用那么直接的措辞。但当然她不该死，没有人该死。"

"随便问一下，你是怎么知道她住在帕尔格罗夫花园的？"

"我不知道。"

"你刚才说阿赫梅特不在那个地址。"

莫琳深吸了口气，我以为她就要尖叫了。"警察告诉过我她住在哪儿。"她简单解释道，"他们来之前，我对哈丽特·斯罗索比几乎一无所知。我再也不想听到她的名字。"她打开门，寒冷的空气一下子涌入房间。"我希望你们不要再来了，"她继续说，"我们已经没什么能说的了，而且在我看来，你们什么用都没有。"

我们走过她身边，沿楼梯爬回了地面上的街道。

"弗罗斯特和朗赫斯特。"霍桑说。

"会计师……"我喃喃自语。

"对这个名字，你有什么想法吗？"

"没有。应该有吗？"

"幸好你不是个侦探。"霍桑看了眼手表，"还有时间去做一个访谈，如果你愿意的话。"

"你从来不吃东西的吗，霍桑？"

"伊万·劳埃德在等我们。"

伊万·劳埃德是嫌疑人阵容中的最后一环，也许他会让整件事峰回路转。对于是谁杀了哈丽特·斯罗索比，我毫无头绪。她的丈夫可能终于厌倦了日复一日的指责，溜出学校，骑车回家，杀死了自己的妻子。她的女儿毫不掩饰对母亲的憎恨，她离家也不远。乔丹·威廉姆斯、提里安·柯克、斯凯·帕尔默、阿赫梅特·尤尔达库尔、莫琳·贝茨和伊万·劳埃德是六个主要的嫌疑人，他们都和她因为这部剧产生了千丝万缕的关联，其中任何一个都可能拿到我的匕首，然后插入她的胸口。

肯定是他们其中的一个，但，是哪一个呢？

第十四章　不祥之兆

伊万·劳埃德的住所，除了不在小巷之外，在各个方面都算是一栋马厩式洋房①。紧凑优雅的房子被漆成了淡蓝色，屋顶是平的，前厅由车库改建而成。左右的两栋房子也如出一辙，一起坐落在一条架着老式路灯的鹅卵石街道上。街的两端是通的，估计每天早上都会有北伦敦的妈妈们带着孩子抄这条小路赶去学校。伦敦地铁系统中最令人崩溃的站点之一，芬斯伯里公园站，就在附近。我之前住在克劳奇恩德区时，芬斯伯里公园站是离我最近的地铁站，我可能在那里多次和伊万擦肩而过。想想真的很神奇，那种无形的历程可以将完全陌生的人变成朋友。

随着霍桑按响门铃，黄色的灯光从前窗溢了出来，一曲肖邦的夜曲在扬声器系统中奏响。我突然意识到，这就是我想象中的伊万家的样子，处处彰显着个性，跟他的人设一样，就连灯光和音乐都像是特别为我们的到来而安排的。这也是一个离异男人的房子。阿赫梅特跟我说过他结过婚，有四个孩子，很难想象他们

---

① 马厩式洋房（Mews house），一种英国常见的特殊类型住宅，大多由原本用于停放马车和马匹的车库或马厩改建而成。这些房屋通常位于后院或街区的小巷内，形成一个独立的小街区，被称为"马厩"。多为两层或三层结构，外观精致，具有独特的建筑风格。它们通常拥有私人车库或车道，并以其历史特色和地理位置而受到青睐。在现代，许多马厩式洋房已经进行了现代化改建，成为受欢迎的居住选择。

都住在这里时的情景。我有点好奇他是否还是单身。

夜曲在颤音中终止,片刻之后,门开了,伊万站在那里,戴着一副圆框眼镜,眨着眼睛。霍桑事先告诉过他我们要来,他特意穿了一件天鹅绒外套,肩上搭着一条长长的围巾。不过,他对我们的到访并不高兴。他占满了整个门框的区域……话说回来,门真的很小。

"你是霍桑先生?"

"是的。"

"恐怕我只有几分钟时间。我妻子马上要回来了,我在准备晚餐。"

这句话回答了我刚才在琢磨的问题。

"几分钟就够了。"霍桑回答道。当然,他只是这样说。一旦他进了屋,他就会想待多久就待多久。

一进门是房子的主起居区,实际上这就是个设有开放式厨房的单隔间,布置着现代家具,还安装了通往楼上的螺旋楼梯。屋里摆放了一千多本书,和哈丽特办公室里的书一样,几乎都是关于戏剧的。我扫了一眼,看到有特雷弗·纳恩、劳伦斯·奥利维尔、彼得·奥图尔、哈罗德·品特等人的传记——出乎意料的是,这些书居然按照字母顺序排列在书架上。墙上挂着一些装裱海报,都是经典作品,有《愤怒中的探望》《谁怕弗吉尼亚·伍尔夫》《罗森克兰兹与吉尔登斯坦已死》,估计都是他年轻时看过的,但里面没有音乐剧和喜剧。他荣获的奖项摆满了屋里的各个角落,但没有一个像托尼奖或英国电影学院奖那样一望而知的荣誉。厨房的火上放着一只大铜锅,锅盖轻轻地起落,边缘有东西在冒泡。房间里弥漫着洋葱和香料的味道,我想起来伊万是个素食主义者,这是我们在科尔切斯特一起吃晚餐时得知的。

"给你们倒杯葡萄酒吧?"他问道。

"不用了,谢谢。"霍桑代表我们两个做出了回答。

伊万已经给自己倒了一杯红酒。房间里有一张L形沙发,中间摆着一个堆满东西的咖啡桌,远处是一台宽屏电视。伊万指了下沙发,于是我选了短的那边,把长的那边留给了霍桑。伊万坐进了一把扶手椅里,把酒放在身旁。他摘下眼镜,用手帕擦了擦镜片。

"真是一件可怕的事。"他开了口,"我听到的时候,简直不敢相信。"

"为什么呢?"霍桑装傻地问,"像哈丽特·斯罗索比这样的人应该树敌不少。"

"那倒是真的。但即便如此……"

"而且还有人在你面前对她发出了死亡威胁。"

"你指的是乔丹吧。"伊万对这个想法摆了摆手,"他只是在发泄情绪。"

"真的吗?他明确提到要用刀捅她……结果真实的情况也是用刀。"

"我了解到,那不是同一把刀。"我能看出来,伊万对霍桑没有什么好感。无论他对哈丽特是什么感觉,他都会更倾向于保护自己的演员。"乔丹是个好演员,也是个好人,是两个孩子的父亲。如果非要挑出他的缺点,那就是有时候说话不过脑子。他会生气,我们都会。戏剧这个行业有时候非常让人抓狂。但不管他那晚说过什么,我保证都不是认真的。你想一想,霍桑先生,如果你打算杀一个人,会先公之于众吗?"

"也许房间里的其他人从他那里得到了灵感。"

"我觉得不可能。"伊万喝光了杯里的红酒,眨着他的小眼睛望着我们,"我比任何人都了解那个房间里的人,我认为我最能判断他们会做什么和不会做什么。我还记得和乔丹排练的一个即兴表演——他袭击普林普顿护士的那场戏,我可以向你保证,他根本找不到情绪爆发点……就是发自内心的愤怒之源。"

"你是指他差点把她送进医院那件事之前还是之后?"

"我觉得你夸大其词了。只是一些皮外伤。"他停顿了一下,"我没有说乔丹不情绪化,事实恰恰相反。而且他目前的婚姻问题让他的情绪更糟了……"

"我不知道他有婚姻问题。"霍桑撒谎了。

"那我很抱歉提起这个。我只是希望你明白他不会伤害任何人。"他越过酒杯看了我一眼,"如果你要指控,那你应该也知道乔丹并不是唯一的一个。安东尼也同意他的说法。"

"我没有!"

"我看见你点头了。"

"伊万,你说的话可不公正。我当时认为他的话很可怕!"

"我相信。我只是想指出,当时大家一直在喝酒,时间已经很晚了,一个紧张的晚上终于结束,所有人都情绪激动。我真希望斯凯从来没有告诉过大家有那篇评论的事。反正我也不知道她怎么想的,她至少可以先读一下。"

"看了那篇评论,你感觉如何?"霍桑问。

"那篇评论?我很生气……极其生气。"到目前为止,伊万一直没有结巴,但他非常卖力,才流畅地说出"极其"中的"极"字。他注意到手中的空酒杯,随即走到放着各种酒瓶的小推车旁边。"你们确定不喝点什么吗?"他问。

"不用了,谢谢。"霍桑说。

伊万又给自己倒满了酒,然后回到椅子上。

"首先，那篇评论很不公正。我们在伦敦之外的地方演出时，许多人都很喜欢那部剧。当我们来到伦敦后，我觉得它更加犀利、更加强大了。即使有些不足之处——无论是剧本还是我的导演，或者别的——她都没必要那么卑劣。"他喝了一口酒，接着说，"哈丽特·斯罗索比在用词上字斟句酌，这正是她的可恨之处。批评剧目是一回事，但她就是蓄意要搞得天翻地覆。她在派对上也是如此！你可以想一下，为什么她要来参加首演派对？没有评论家会这样做。而她却不会放过这个机会，因为她喜欢伤害别人——她乐在其中。你听到她对我说的话了。"

"她没怎么和你说话。"我说。

"说的够多了。"他重重地放下酒杯，红酒溅到他的手指上，"你也许不记得她是怎么评价萨沃伊酒店的了，'那种大酒店不太能燃起我的火焰'，这是她的原话。"

"我没懂。"

"你不会懂的。"我从未见过伊万这样。虽然他说找不到乔丹·威廉姆斯内心的愤怒之源，但或许在酒精的帮助下，他自己的愤怒却满溢而出。"我的生活被一场大火给毁了。"

"你导演的《圣女贞德》！"我突然记了起来。

"没错。你应该也知道，那场事故发生后，她在评论中做了同样的事。虽然那时候报道满天飞，但其他评论家并没有真正坐下来审视这出戏。为什么呢？因为已经停演了。在开幕夜的灾难事故之后，没有观众会再去看了。但她却对已经发生的事侃侃而谈。当然，她没有明说，只是在其他内容中埋藏一点伏笔。'在伊万·劳埃德华而不实的导演下，这出戏从未燃起火花。'你听？一样的手法！"

"你有那篇评论的副本吗？"霍桑问。

"没有,我不会在家里留那种垃圾。在网上可以找到。那篇评论的大部分都是充满同情的,或者假装同情。当时没有人知道索尼娅·奇尔兹伤得有多严重,也许这就是为什么哈丽特没有被口诛笔伐,因为她赞扬了索尼娅。'我相信每位观众都会祝愿她早日康复,我们迫不及待地想看到这位才华横溢的女演员再次登上舞台……'但她写的每一个字都在指责我:我的野心,我的傲慢还有我的愚蠢。

"我曾想过起诉她,剧院也全力支持我。但那时候,我内心痛苦不堪。一位年轻美丽的女演员在重症监护室里,三度烧伤。我毁了她的职业生涯。我明白归根结底是我造成了这一切,我怎么还有权利担心自己的声誉呢?直到今天,我也不知道出了什么问题。是短路?或者是变压器过热?不知何故,一场假火变成了真火,那是我一生中最糟糕的日子——而哈丽特·斯罗索比让它变得雪上加霜。我永远都不会原谅她。

"但我没有杀她。"他看到霍桑审视的眼光后,回敬了一眼,"事发那天的整个上午我都在这座房子里。我接了几个电话,我可以告诉你和我交谈过的人的名字。"

"有人看见你吗?"

"没有,我妻子当时在诊所。她是一名运动治疗师。只有我一个人在家。"

"如果不是你,那会是谁呢?"

"我说过了。我认为不会是那天晚上在休息室里的任何一个人。不是乔丹。也不会是斯凯和提里安——他们没有理由杀她。她没有说他们两个人的任何坏话。"

"你没怎么谈到提里安。你对他有什么看法?"

伊万摘下眼镜,把它翻了过来,像是把它当成了手里的忧虑珠。"我只能以导演的身份回答这个问题,"他说,"我对他不太了解——实际上,这也是我对他最不满意的地方。他不合群。很难让他觉得自己是团队的一部分。而且他在最后一刻才加入我们剧组。"他叹了口气。"他没有接受过专业培训,这是他的劣势。他不知道如何把角色表现出来,很容易演得空洞。又不怎么听得进去意见。根据我的经验,我认为他不适合演戏剧。他是那种必须得出名的演员,只有这样别人才不会想弄死他。"他停了下来,"这么说不合适,但你明白我的意思。我觉得提里安在镜头里会比较讨喜,他有那种当明星的特质,但这在舞台上可没用。"

"斯凯呢?"

"她是台柱子。在米德尔汉姆城堡的时候我们过得非常艰难,但她从没抱怨过。我很高兴她加入了《心理游戏》的剧组。"

"阿赫梅特和他的那个同事呢?"

"阿赫梅特人畜无害。"伊万笑了下,这是我们进屋以来第一次看见他笑,"至于莫琳,你知道她看过一百多次《猫》吗?"

"这与案件有关吗?"

"这个应该你告诉我。我就是觉得这点挺有趣的。而且她对阿赫梅特情有独钟,愿意为他做任何事。"

霍桑刚要问下一个问题,他的手机"嗡"地振了一声。他从口袋里拿出手机,瞥了一眼屏幕上的长信息。这是他从未做过的事——让外界打断他的思绪。随后他将手机收了起来。"谢谢你,伊万。你帮了我们很多忙。"

我们两个人站起身。

伊万也站了起来。"其实,《心理游戏》首演的那晚,我就觉得会出事。"他说,然后沉思着。

"哦，是吗？为什么这么说？"

"我有一种不祥的预感。我一生都是这样。我在戏剧学校时发生过一次摩托车车祸，在上车之前我就感受到了。《圣女贞德》首演日，我病得像狗一样。不是因为紧张。我肚子里有一种可怕而扭曲的感觉。在《心理游戏》的剧院里也是，离开休息室时，我就感觉不太好。我喝得太多了，大家都是。我脖子后面感到一阵寒意，好像有什么东西在跟着我。"

"也许是因为那篇评论。"霍桑提出。

"我不在意评论。那种预感比评论糟多了。当警察告诉我哈丽特被杀时，我一点也不惊讶。"

他停了下来。没想到，这时房门竟然开了。

"你回来得很早嘛！"伊万看向我们身后进来的女士。外面的路灯映在她背后，我只能看到剪影，看不清她的样子。

"最后一位客户取消了。"那位女士说。她听起来有些困惑。显然，伊万没有告诉过她会有客人要来。

"这位是霍桑侦探，他正在询问有关哈丽特·斯罗索比的事。这是安东尼，《心理游戏》的作者。"

那位女士走进房间，这回，我终于清楚地看到了她的模样。她给人的第一印象是非常漂亮，黑发垂肩，身材苗条，穿着一件薄薄的灰色大衣，系着腰带。眼睛是棕色的。她可能是意大利人或东欧人，说话带着一点轻微口音。

当她转头看向霍桑，我看到了她侧脸上可怕的疤痕，一道红色格状纹路的伤疤从脖子一直爬到额头，在一只眼睛周围变得更加深暗。那天晚上并不冷，但她戴着手套，里面遮盖着未知的伤痕。我立刻反应过来她是谁，倍感震惊。

"这是索尼娅。"伊万说。

索尼娅·奇尔兹。《圣女贞德》。

"你们在一起了……"我喃喃道。

"是的。"

他对她受到的伤害负有责任，随后他离开了妻子跟她在一起。我一时不知道该说些什么。

霍桑替我开了口。"我们不再占用你的时间了，"他轻松地说道，"非常感谢你的帮助。"

而我，恨不得马上离开。

当我们坐进返回市区的出租车——我回法灵顿，霍桑回黑衣修士，我的脑海中涌出各种各样的问题。伊万·劳埃德是婚内出轨吗？他和索尼娅在一起是因为爱她，还是因为愧疚？我想很多问题我找不到答案，这就是我身处世界的可怕之处。是谁杀了哈丽特·斯罗索比？这才是我当前亟须知道的事，也是唯一重要的事。我突然意识到，我不想成为一名侦探，因为那样就必须在如此狭窄的范围内观察生活。

我们俩都没有说话。霍桑陷入了沉思。而我，则是在一连串的访谈之后疲惫不堪。我觉得这些访谈没有带给我们任何进展。当然，我大错特错，各色嫌疑人一定提供了许多线索。问题是，我一条也没看见。我饿了。我在想家里会不会有食物，或者我是不是去家附近刚开业的南多烤鸡餐厅吃一点。我满脑子想的都是这个。

我们沿着约克路向南行驶，从国王十字车站的后面回到市区。这时，我才想起霍桑刚刚收到的短信。于是我问他是什么情况。

"不是什么好消息。"他试图逃避这个话题。

"那是什么？"

"你真的想知道？"

"要不我为什么问你。"

他再次掏出手机。"看起来有突破。卡拉·格伦肖可能找到了什么。"

"她知道是谁干的了？"

"嗯，有新的证据。"

我很惊讶。"天哪，霍桑。是什么？你为什么不告诉我？"

他凝视着屏幕。"在迈达山隧道附近的闭路电视拍到了一张你的照片，那里离哈丽特·斯罗索比的住所只有几分钟路程。你当时穿着一件灰色外套，但因为戴着帽子，他们不能确定是你。不过，他们从你的公寓里找到了一件类似的夹克。"

"那又怎样？"我变得不安起来。

"他们发现了几片日本樱花的花瓣。在外套的帽子里面。"

"我夹克的帽子……"

"是的。你知道，日本樱花有三百多个……不同品种和杂交种。警方已经确认那些是日本染井吉野樱花。显然，在伦敦的街道上它们相当罕见，每年这个时候它们的花色会从粉红逐渐褪成白色。"

"然后呢？"我感到胃中的扭曲和背脊的寒冷，就像伊万描述的那样。

"在帕尔格罗夫花园有一排这样的树。哈丽特的房子外面就有一棵。"

出租车在一组红绿灯旁颠簸而过，继续驶离车站。一刹那，我感受不到饥饿了。

第十五章　克莱肯威尔夜遇

当我回到公寓时,晚餐已经准备好了。吉尔比我先到家,解冻了一些食物,是我在写上一本书时就烹制好的,一直保存在冷冻库里。我们开了一瓶粉红葡萄酒,坐了下来。在那漫长的一天里,我第一次体会到一种正常感,这才是我本应有的生活。持续了三十年的婚姻,两个事业有成的儿子,还有一条睡在篮子里的老狗。我望着房间的一端,那里摆着我从母亲那儿继承来的钢琴,抛光的表面在光线下闪闪发亮。写作之余我都会弹一会儿。在我身后是定制的书架,上面摆着大约五百本书,其中一半是父亲留给我的。多年来,我也不断在上面添砖加瓦:邦德小说全集,一九四六年无与伦比[①]出版的狄更斯作品,还有我在海恩韦找到的《我,克劳狄斯》的签名版。每一本书都是一位朋友。

"你今天过得怎么样?"吉尔问。

我的舒适感和安全感顷刻瓦解。

"不太好。"我说,"今天早上我在警局的牢房里醒来。我跟

[①]无与伦比(Nonesuch),知名出版商和唱片公司。它成立于一九二〇年,最初专门出版高品质的印刷艺术图书和限量版书籍,后来开始涉足唱片业务,成为一家专注于发行世界音乐、古典音乐和现代音乐的唱片公司。无与伦比唱片公司以其独特的曲目选择、高质量的录音和制作而著名,多次获得格莱美奖和其他音乐奖项。它的音乐风格涵盖了各种流派和风格,包括古典、爵士、民间音乐、世界音乐等。

你说过我被逮捕了吗？——因为涉嫌谋杀一位不喜欢我作品的评论家。我整夜都被关在伊斯灵顿的拘留所里，还接受了审讯。情况看起来不太妙。他们有充分的证据可以让我被监禁二十年，包括——刚刚收到的消息——案发现场房子外的树上掉落的一片日本樱花花瓣……"

实际上，我没有说出这些话，尽管我很想。我经历了人生中最糟糕的两天，但有可能接下来的两天会愈演愈烈。如果霍桑在 DNA 证据出来之前找不到凶手，会发生什么？我该如何告诉儿子们，我即将因谋杀被捕？我当然很想告诉她，但我下不了决心。经营公司已经够吉尔忙的了，目前她正在为由我的作品"少年间谍亚历克斯"系列改编制作的八集电视剧筹集资金。她也帮不到我什么，这是我必须独自面对的问题。

"我见到了霍桑。"我说。

"哦，真的吗？我还以为你不打算再和他合作写书了。"

"呃……他正在调查的案件，或许值得再考虑一下。"

她很惊讶。"《猫头鹰谋杀案》怎么样了？"

那是一本我已经筹划了六个月的作品，基于虚构而非真实犯罪写的悬疑小说。我构思出了大概结构，但还没有开始动笔。在监狱里可以使用笔记本电脑吗？对此我表示怀疑。

"我今晚可能会写一点。"我含糊其词地说。

这提醒了她，她问起："你昨晚去哪儿了？"

我知道她会问这个问题，而且我已经预演过要怎么回答。"我去找伊万·劳埃德了。他住在芬斯伯里公园那边，我们一起喝了很多酒，我就在他家过夜了。"

我讨厌对吉尔撒谎。我们在一起那么久，她又比我聪明得多，所以对她有所隐瞒毫无意义，而且她总能识破。但这一次，我别无选择。我只能寄希望于能有人说出点什么，或者某个线索从天而降，然后霍桑就可以解决这一切。我就是这么告诉自己的。她永远不需要知道这些。

"你听说一个戏剧评论家被杀了吗？"吉尔问。

"没有！"我强装镇定，"是哪一个？"

"难道伊万没有告诉你吗。我在新闻上听到的。"

这是一个难熬的夜晚。我们一起看了一档电视节目：《权力的游戏》第七季。虽然即使一切正常的时候，我也搞不懂那部电视剧在讲什么，但此刻发生了这么多事，我甚至无法享受那些免费的性爱和血腥镜头。看了一个小时之后，我上楼去了我的书房，试图工作一会儿，但我的脑子像面前的电脑屏幕一样空白。我感到疲倦，想去睡觉，但知道自己根本睡不着。于是我离开了书桌，带着我的狗——一只巧克力色的拉布拉多——出去散步。至少我可以整理一下思绪。

这时已经十点半多了，而且今晚的克莱肯威尔尤其黑暗。好在天气还算干爽，但街道上空无一人，月亮躲在密不透风的云层后面。住在这个区域的一大乐趣就是它的疏离感，当办公楼下班、酒吧和餐馆关门后，这里就立刻变回到十九世纪的样子。我的公寓位于牛过街，按照书面意思，就是曾经牛群去往肉市场要穿过的街道。虽然南多烤鸡餐厅、星巴克和赛百味蜂拥而至——十五年前挤走了这里唯一的书店，但这个地区仍然保留着它的历史感。圣保罗大教堂就在远处守望着这里。

周围有三个小公园供我遛狗。离我家最近的圣约翰公园，起初是一座墓地，后来尸体都被转移走了（去了沃金，这一定让尸体们都惊魂未定），只剩下一个铁栅栏围起来的不规则空间，花园里有一块草地、几个花坛、若干小径和一些长凳。为了防止毒贩进入，地方机构到了晚上就会把公园锁上，但他们偶尔会忘记。今晚恰巧正是如此。我悄悄走进去，解开狗绳，然后站在那里看着它四处嗅探。地面湿漉漉的，伴随着空气中明显的大麻味，我感受到了一丝春天的暖意。我的四周，有三面是空荡荡的办公楼，还有一面是一排房子的后墙。狗自顾自地去玩了，留下我孤身一人。

不知道一开始是什么吓了我一跳，应该是从通往特恩米尔街的那条窄巷传来的脚步声。这本来很正常，也会有其他人晚上来这个公园遛狗，虽然我不认识那些人，但我认识他们的狗。然而，那个脚步声听起来太沉重、太缓慢，并且太刻意了。拐角处的法灵顿车站，横贯高速线路工程正夜以继日地进行着，因此留了一盏照明灯。一道拉长的影子沿着街道向我走来，然后突然停住了，在光线的映衬下形成了一副剪影，特别像一九七三年电影《驱魔人》海报上的马克斯·冯·西杜。那是一个男人，站在那里默不作声，一动不动。毫无疑问，他正盯着我，我感到危险万分。

"幸运！"我大声喊道。我不是发出感叹，而是在喊我的狗的名字。

狗不肯过来。

尽管发生了很多事，但我从未想过自己可能处于危险之中。直到这时我才意识到一个变态杀手可能就隐藏在今天见过的某张笑脸之下，而且可能对我有更多企图。毕竟，他／她已经走进小威尼斯的一座房子，在门厅处刺死了哈丽特·斯罗索比。也是他／她试图诬陷于我。假设他／她现在感到威胁了呢？假设霍桑在访谈中的某句话让他／她以为游戏即将结束了呢？虽然没有任何要杀我的理由，但疯子并不需要理由。如果他／她杀害哈丽特是因为她写的东西，他／她是否也可能对我故伎重施？都是因为《心理游戏》，哈丽特讨厌这部作品，而我创造了这部作品。也许我们都需要受到惩罚。

所有这些想法在我脑海中形成了一个旋涡。我努力说服自己是在胡思乱想，这里离家只有几分钟的路程，我无比安全。但突然间，我一点都不想待在这儿。我再次呼唤我的狗，这一次它一定听出了我声音中的焦虑，于是轻轻地走过来，让我给它拴上绳子。那个男人仍然一动不动。他看起来体型庞大，从人行道上倾斜出来，好似某种魔像。

"乖！"我故作轻松地咕哝道。我希望那个人能听到我的声音，知道我并不害怕。

我们从北侧离开公园，朝着金匠中心走去，那是这个地区比较新的建筑。那个人立刻跟在我身后，我听到他的鞋踢着人行道。我试图加快步伐。不幸的是，狗不答应。它被一个满溢的垃圾箱吸引了注意力，虽然我用力拉着绳子，但它怎么都不肯走。

我的公寓楼比其他建筑都高一些，我已经能看见它的顶层。如果我大叫，吉尔甚至可能会听到。但在恐怖电影中，呼救并不是人们经常做的事，现在对我来说也是如此。我不确定是否真有什么可担心的，也许只是我的想象力在作祟。周围没有人能听到我的呼救，而且我的喊叫可能会刺激这个男人发起攻击。我环顾四周，看到他低低地拿着一样东西，大约在腰间。他手中的东西还闪着光。难道是一把刀？

我心一横，弯下腰解开了狗的绳子。它难道不应该保护我吗？如果它感觉到主人有危险，也许会转身吠叫和龇牙。

狗却跑回了垃圾箱。

更糟糕的是，我算错了时机。当我提着绳子站起来时，那个人已经走到我身边。他就在那儿，阴影笼罩着我。我看着他，完全看不清他的脸。接着，他喊出了我的名字，我认出了他的声音。

"乔丹！"我低声说，"真是个惊喜！"

我不知道该说什么。为什么乔丹·威廉姆斯会在这里？他是故意吓唬我吗？他为什么不在舞台上？不对，剧已经结束四十五分钟了，足够他换好衣服坐地铁来到法灵顿。他并没有拿刀。此时他就站在我面前，我看到他手里拿着一部手机。

"你好，安东尼。"

"你在这里做什么？我以为你住在……"我意识到我并不知道他住在哪里。

"我住在霍克斯顿。但我需要冷静思考的时候，有时会从这条路回家。"

"今晚的演出怎么样？"

"还不错。"

"观众还可以吗？"

"没有满座，但观众们都很喜欢。"

我们面对面站在那里，狗在旁边搜寻着肯德基的残渣，画面有点可笑。

"我是想去找你。"他承认道，"我想着你家要是亮着灯，我就去楼上找你。但当我从地铁站出来时，看见你正带着狗穿过马路，所以我就跟着你来了这里。"

"为什么？"我意识到自己听起来有些戒备。虽然现在我知道跟着我的人是谁，但乔丹似乎仍然是个危险。毕竟，他曾威胁过哈丽特·斯罗索比，也伤害过斯凯·帕尔默，我还听说他要抛妻弃子。如果在深夜墓地出现的是提里安或伊万，我可能会放松些，他们的身材跟我更相近。"现在已经很晚了，乔丹。也许我们可以明天再聊。"

"我今天碰巧和莫琳·贝茨聊过。"他对我的话置之不理。

"哦，真的吗？"我轻快地回答道，"我今晚去了她的办公室，她没有提到见过你。"

"我们在电话里聊的。她告诉我你好像在写一本书。"

"一本书？"

"关于我们的——关于哈丽特·斯罗索比的。"

我不明白莫琳怎么会得知这件事，我并没有跟她说过。发生了这么多事，我根本没有时间想这个。

"据说，你已经写了一本关于那个侦探的书。她说这就是为什么你们两个会一起出现的原因。"

"嗯，我还没有想好。不妨告诉你，我和霍桑已经解约了。"虽然听起来有点愚蠢，但我还是忍不住又补充道："但我想，什么都有可能。"

这句话让他再次激动起来："你应该在进我的化妆间之前告诉我这个。"

"为什么？"

"因为我不想出现在你的书里。你明白吗？如果你事先告诉我你的想法，我就不会和你说话了。"

"为什么不想？"我真的困惑了。我能想到唯一的理由就是他谋杀了哈丽特，他不想将此公之于众。毕竟，这对他的事业毫无帮助。"你是在害怕什么吗？"

"我没什么害怕的！"他没有提高声音，但能听出来他在努力控制自己。"使用我生活中的任何一个方面作为创作素材，你都应该获得我的同意，当然我根本不会同意。我不想在你的书中出现。我不想参与其中。就此打住。"

"等一下,乔丹。"我也生气了。他没有权利像刚才那样跟踪我,还从阴影里跳出来,大半夜把我吓个半死。我的怒火一下子升腾起来。"听着,我可能会写,也可能不会。但无论如何,我认为这都跟你无关。我不明白你有什么权力阻止我。"

"所以你还没有开始写吗?"

我无法对他撒谎,于是说道:"我做了一些笔记。"

他指着我说:"你要敢写我的事,我就会送你下地狱。那是我的生活,我的经历。你没有任何权利挪用我的故事,把我刻画成一种文化的刻板印象,仅仅是为了点缀你的世界观。"

"你在说什么?"

"我在说一个优越的白人作家,描述着自己一无所知的事物,全方位地从中获利,而那个事物,是他永远都无法真正理解的,因为他从来没有经历过。而我经历过!"

"你不是认真的吧!"我简直不敢相信我听到的,"你是说,如果我决定写关于哈丽特·斯罗索比谋杀案的故事,因为你的血统,不能在书中提到你?"

"你是怎么形容我的?在你的那些笔记里。你说我是美国原住民吗?"

脚下的地面似乎突然摇动起来,我感到一阵恶心。他居然在谈论文化挪用!写出"文化挪用"这几个字甚至都让我觉得厌恶。我从来不触碰政治或社会问题,是有原因的。我写作是为了娱乐大众。如果我生活中非要有一个目标,那应该就是我不想做任何会让别人感到不悦的事。推特,就像一只潜伏着等待时机扑出来撕裂我喉咙的巨兽,让我时刻保持警觉。

我拼命思考着该如何回答他刚刚的问题。

"因为你被收养的背景,我想我可能会把你当作美国原住民。这些事情都是你自己跟我说的。"

"我说了,并不意味着你可以用。我只是告诉了霍桑先生,因为我在接受警方调查。我别无选择。而你是个窃听者。你根本无权出现在那个房间里。"

"天哪,乔丹。你不能指责我文化挪用。我的意思是……我并不是说它不存在。当然存在。这太可怕了!"我意识到自己的语无伦次。"我和你共事已久。"我接着说,"在见到你之前我就知道你的血统了。这又怎么样呢?按照你的说法,我不能写阿赫梅特因为他是土耳其人?不能写普冉奈因为他是印度人?"

"如果你说的普冉奈是那个舞台经理,那么他是巴基斯坦人!"他的眼里充满怒火,"你是怎么描述我的?你提到我的肤色了吗?还有我的马尾辫?"

"我应该是提到了……"

"这些都会加剧刻板印象。"

"你本来就梳着马尾辫啊!"我说,"这不是我的问题。而且你梳马尾辫很好看,很适合你。"

"我说过的其他东西呢?罗斯布德、波莫纳。你也打算写吗……?"

"为什么不能写呢?这些我之前都不知道,还有你被带离家人的方式、同化方案、卡莱尔印第安工业学校,都是骇人听闻的事!人们了解这些故事并从中学习,不好吗?"

"但那是我们的故事。"

"是的,当然。我完全理解。但故事的意义就在于分享,这是它们存在的本质。是故事将人们联系在一起,人们通过故事理解彼此,而理解就是我工作的目的。"我不想再继续这个话题了,我很累，想睡觉了。"你是说你希望我忽略你告诉我的事，假装你什么都没有说过吗？"

"我是说这与你无关。你对我的感受一无所知。"

"我连尝试的机会都没有吗？那我还能写什么？按照你的逻辑，我不能写阿赫梅特，不能写普冉奈，那我大概也不能写莫琳或斯凯……因为她们都是女性！幸运也不行，因为它是只狗！到最后，如果我听了你的话，我就只能写我自己！一本中年白人作家描述中年白人作家被中年白人作家谋杀的书！"

我们都深吸了一口气。就在那时，我突然意识到不对劲。

"你在这里不是为了这个。"我说，"和什么文化挪用没有关系。你只是不想让我写你的事，因为你感到羞耻。"

"我没有什么可羞耻的。"

"你威胁要杀了哈丽特！你捅了一个蛋糕。还有和斯凯的那个事。而且，你还和你的妻子发生过口角。"

乔丹明显退缩了："没有的事……"

"对不起。我对你的私生活完全没有兴趣。但每个人都听过你在电话里大喊大叫，她都没有来观看首演。"

"我说了，她在工作。"但他说话的时候，声音听起来犹豫不决，我知道我说中了。"我不希望你写杰恩的事。"

我对自己很失望。我从一开始就很喜欢乔丹·威廉姆斯，并且对他心怀感激。当他同意扮演法夸尔医生时，对我们来说是个重大突破。他全身心投入其中，从始至终地支持这部剧。在我们开演的前一周，他还在广播中说了很多好话。而现在我们却为了毫无道理的事在大声争吵。

"那个，"我说，"现在我没精力考虑那本书，我甚至都不想写它。我唯一关心的只有是谁杀了哈丽特·斯罗索比。"我深吸一口气,"你可能也知道,警方认为是我干的。他们关押了我整整二十四小时,还审问了我。法律意义上,我目前处于保释状态。现在你懂了吧。"

"可威胁她的人是我啊!"

"我知道。但是最后插在她胸口的刀是我的。"

他看着我,一脸不解。然后他像是想到什么的样子。"你在休息室的时候拿着刀呢!"他说,"我看见你拿着它。"

"你还记得我拿刀做了什么吗?"

"我想你把它放在了一边。靠近冰箱的地方。是的!我确定在那儿见过它。"

"到晚上结束的时候,它都在那儿吗?"

"我记不清了。"他摇了摇头,"可能有人拿走了。"

"这就是我们今天去剧院问你那些问题的原因。霍桑是我的朋友——嗯,算是吧。他只是在帮我免受牢狱之灾。"我感觉整个人都被掏空了,筋疲力尽。"如果冒犯了你,我很抱歉。"我说,"那真的不是我的本意。"

他笑了,那一刻我突然蹦出一个毫不相干的想法,他扮演神秘博士应该会非常出色。

"我也许能帮到你。"他说。

"怎么帮?"

"我可能知道谁是凶手。"

我盯着他。

"提里安。"在我开口前,他连忙继续往下说,"这些话有些不合时宜——不管发生什么事,别说是我告诉你的,但你也应该知道。哈丽特·斯罗索比真的让提里安很焦虑,他焦虑得要命!他觉得她会毁了他的事业,是指他在好莱坞电影中的那个出演机会。"

"怎么会这样？"

"你应该知道啊。你就在他旁边！"乔丹向我靠近一步，好像害怕被偷听似的，"在派对上哈丽特过来找我们的时候，提里安正在给我们讲《信条》。你还记得吗？"

"他说那个电影不好。"

"没错。其实他满嘴胡扯，因为他什么都不懂，但他大意是说那个剧本糟透了，那个导演——克里斯托弗·诺兰——根本不知道自己在说什么。"

"然后呢……？"

"他没看到哈丽特从他身后走过来，当他转过身时，已经太晚了。他说的每一个字她都听得清清楚楚！晚些时候我和提里安回到剧院后，我看他像叶子一样在颤抖。我问他怎么了，他告诉我，他害怕哈丽特会把他刚才的话写下来。"

"写到她的评论里？"

"不，她不仅仅写评论。她在《晚间标准报》有一个日记专栏。她可以写在那里。她也可以给诺兰的办公室打电话去爆料，也许还能换回一个独家采访。她就是个魔鬼，什么都做得出来。你认为然后会发生什么？如果他们开除提里安，他就会成为一个穿越的秘密特工，重新回到电视剧中的小角色。如果他们继续用他，就只能是这样。诺兰是好莱坞的皇族。提里安的职业生涯也就到头了。"

"你认为提里安杀了哈丽特是想让她闭嘴？"

"我一直劝他不用担心。我说她有更重要的事要处理。他好像听进去了，在休息室的时候看起来还好，至少在我们看到评论前是这样。但我不知道他当时脑子里在想什么。其实，我一直都不知道,这就是跟他合作的麻烦之一。也许第二天他去了她家,然后……"乔丹比画着刀刺向心脏的动作,用默剧完成了剩下的句子。

狗哀号了一声。

"我得回去了。"我说。

"好吧。"他伸出一只手,"不好意思,安东尼……"

"我也很抱歉。"我握住了他的手,"如果我奇迹般地真的写到了你,我会给你换个名字。如果你愿意,我也可以把你写成别的地方的人,比如韩国人之类的。"

"不。我想做我自己。"

我们握了握手。乔丹消失在公园的那一边。我回到了家。

第十六章　弗罗斯特和朗赫斯特事务所

第二天早上，我和霍桑约在霍尔本车站附近一个繁忙的十字路口见面。我到的时候，他正坐在一家咖啡店户外的桌子旁抽烟，很显然我来之前他已经抽完好几支了。我时常提到霍桑抽烟的习惯。想了想，我觉得他不仅是对香烟上瘾，更多是沉迷于抽烟的行为本身，他觉得不抽烟，他就不够完整。而且抽烟代表的不健康和不合群，让他更加坚定自己的行为。尽管霍桑的才华无可置疑，但他是一个非常孤独的人。他跟妻子和十几岁的儿子早就分开了，我也没有见过他的什么朋友。除了楼下的凯文和他那个相当古怪的读书小组之外，他从未提起过其他朋友。他独自生活。可能因为意识到自己生活中的乐趣寥寥，霍桑更加坚决地抓住仅存的一些爱好。谋杀和香烟，这大概就是他的全部了。

我给自己买了一杯热巧克力，坐到他跟前。旁边的车站里不断涌出赶着上班的乘客，早高峰的车流沿着十字路口的四个方向缓慢前行。这可不是见面的好地方，好在至少太阳终于出来了，天气变得宜人了些。我迫不及待地把昨晚遇到乔丹·威廉姆斯的事告诉了他。我一夜没睡一直在琢磨乔丹的话。打一开始我就对提里安·柯克心存疑虑。现在，乔丹又为这起谋杀案提供了明晰的动机。

令人恼火的是，霍桑并不认同。

"抱歉，老兄，"他吸了一口烟说道，"我知道提里安那次拒绝你的剧本之后，你就不怎么喜欢他。但这不合乎逻辑。"

"为什么？"

"首先，我们不能确定哈丽特在派对上真的听到了提里安说的话，他自己也不能确定。小餐厅里有很多人，根据你告诉我的情况，那里肯定非常嘈杂，放着土耳其音乐，大家都在聊天，等等之类。"

"他不需要确定，他可以去她家问她。"

霍桑点点头："这是有可能的，但你要记住谋杀发生的地点。"

"帕尔格罗夫花园。"

"我指的是房子里面的位置。"霍桑略带悲伤地看着我，"她是在门厅被杀的。"

"这有什么问题吗？"

"你看，提里安可能担心哈丽特听到他说电影的坏话，但很有可能她并没有当回事。毕竟，那是一个派对。大家都在喝酒。而且记者通常不会报道私人谈话。"

"她不是记者。"

"确实。但他仍然需要百分之百确定她会写对他不利的事，才会决定除掉她——否则他不会冒险。那他会怎么做呢？去她家，跟她谈谈，尝试为自己辩解，了解清楚她听到了什么，知道她打算怎么做。她在评论中说了他不少好话，也许他可以劝她忘了这个小插曲。但如果，事情是另一个走向，她决心毁了他的事业，那么，好吧，他就有理由拿刀捅了她。"

"但问题是，托尼，他们会站在门厅那里进行这样的对话吗？我觉得不会。旁边就是哈丽特的书房，他们大可以进去或者走到厨房,坐下来喝杯茶再聊。'嗨,哈丽特。只是想告诉你,我昨晚说的那些话不是真心的。我就是犯傻了……'类似这样。

"但事实并非如此。非常明显,那天早上去她家的人只有一个目的:就是杀了她。没有闲聊。没有犹豫。哈丽特打开门,被一刀毙命。"

"那就不是提里安干的。"

"也不一定。顺便说一句,我让凯文调查了他,核实他告诉我们的那些事,包括在威尔士长大,父母在车祸中丧生,搬到哈罗盖特,国家信托,等等……"

"然后呢?"

"一切都证实了。《心跳》的那一集叫《我的另一小片心脏》,虽然演员名单上他并没有出现。"

"他只是个跑龙套的。"

"我想他们称之为背景演员。"

我的心沉了下去。"卡拉·格伦肖那边有什么消息吗?"

"她又不会打电话告诉我。"

"法医实验室呢?"

"他们自己还没搞定。"他微微笑了下,"我以为你不赞同我的朋友凯文的做法呢。"

"我愿意破例。"

霍桑把烟掐灭,站起身来。我很高兴不用再继续喝那杯热巧克力了,它有一股汽车尾气的味道。"马丁·朗赫斯特在等我们。"他说。

这位阿赫梅特的会计师也去了派对;我见过他和哈丽特·斯罗索比聊天的画面。不知为何,他显得很紧张。凌晨四点我躺在床上时,突然想起这不是我第一次见到他,《心理游戏》首演夜他就坐在我后面一排。即便如此,我仍然不知道霍桑为什么对他感兴趣。我们已经知晓阿赫梅特面临的财务困境。除此以外,他还能提供什么信息呢?

与他们捉襟见肘的客户不同,弗罗斯特和朗赫斯特事务所显然运营得很好。事务所的办公室坐落在一条安静的后街上,占据了一座安妮女王风格建筑里的四层楼。他们的名字是整栋楼宇大门上唯一的标识。当我们走进接待区,豪华的地毯和原创油画(马匹和乡村别墅)让我不禁想起阿赫梅特在尤斯顿的地下室。为什么他们会接纳阿赫梅特这样的客户呢?这个机构看起来更适合高端律师、商人和对冲基金经理。

马丁·朗赫斯特几乎立刻出现了,他带着我们来到大楼更深处。在首演派对上,他显得很局促。在阿赫梅特办公室相遇时,我觉得他看起来病恹恹的,但可能只是因为他看到了演出的预售情况。此刻的朗赫斯特完全换了个人,一副泰然自若的模样,穿着塞维尔街定制的西装,黑色的头发往后梳理得整齐油亮,袖子上的金质袖扣闪闪发光。在他的领地穿梭时,他还特意停下来向我们炫耀了几幅画作——"这是爱德华·沃尔特·韦伯的作品。那匹马赢得了一八四〇年的大利物浦跳马大赛……"我们被带进一间会议室,里面摆着一张像镜子一样闪亮的橡木桌,十二把椅子,还有一个咖啡和茶水自助吧台。我们一边说话,一边坐了下来,他给霍桑倒了咖啡,给我倒了茶。

"安东尼,我很喜欢你的剧,觉得非常有趣。事实上,我女儿是你的粉丝。她年纪小,还读不了'亚历克斯·莱德'系列,但如果你能送她一本别的签名书——希望你别介意,她会很高兴的。"我看到桌子上有一本翻阅过很多次的《祖母》。如果一个房间里有我的书,那肯定是我第一个会注意到的东西。

朗赫斯特坐下来。也许因为他太高了，所以动作谨小慎微。他坐得笔直，用优雅的手指拿起一瓶气泡水。他三十多岁，可能因为继承的财富或年少有为，显得自信从容，跟我在尤斯顿见到的那个人截然不同。难道他会根据客户差异而打造不同的人设吗？遇到越是殷实和有地位的客户，他就会变得越温文尔雅、充满自信？

"那么，我能帮你们做点什么，先生们？"他终于问到了这个问题。

我没有答案。我稍感尴尬，因为不知道我们为什么在这里。

"显而易见，我们想和你聊聊哈丽特·斯罗索比的事。"霍桑说。

"我不知道有什么可以聊的，"朗赫斯特谨慎地选择措辞，"特别是关于她的谋杀案，我更没什么可说的。我的客户，尤尔达库尔先生，昨天告诉了我这件事，你可以想象我的反应。"

"尤尔达库尔先生做你的客户多久了？"

"我第一次见他大约是八年前，那时候他在为我们公司开发一款软件系统，做得很出色。后来他决定创业做戏剧制片人时，问我可不可以帮他查账目。虽然我必须承认他并不完全符合我们公司的形象——或者说不符合我跟合伙人希望打造的公司形象，但我还是同意了。很遗憾他的事业没有成功，但我相信他会东山再起。他是个神通广大的人。"

"你知道那天哈丽特·斯罗索比会去剧院吗？"

"我想到了她可能会去。不知道你为什么问我这个问题，霍桑先生。你是认为我与她的死有关吗？"

"嗯，你是最后几个和她交谈的人之一。"在朗赫斯特否认之前，霍桑继续说，"我知道演出结束后你们俩在托普卡匹土耳其餐厅见过面。"

朗赫斯特犹豫了片刻。"周围人很多,我和她说了几句话。"他承认道,"但我们没谈什么特别的事。"

"你是说,你之前从未见过她?"

我看到会计师的眼中闪过一丝愠火,他意识到无法隐藏真相。"不,我不是这个意思。事实上,虽然我不愿再提,但我们确实曾经有过一面之缘,但那是很久以前的事了,大约二十年前。"

"我明白你不愿再提,朗赫斯特先生。不幸的是,当有人被害,尤其是以极度残忍的方式被害,有些问题就必须得回答。"

"我没杀她。"

"但你有充分的理由杀她。"

"我有吗?"

"她写了一本关于你的书。"

听到霍桑的这句话,我突然意识到自己遗漏了什么。位于小威尼斯的哈丽特·斯罗索比的办公桌上,有三本她写的书,其中一本叫《坏男孩:英国乡村的生与死》。亚瑟·斯罗索比给我们讲过,"它写的是特雷弗·朗赫斯特和安娜贝尔·朗赫斯特夫妇的故事。你对他们还有印象吗?"他们的儿子牵涉进一位教师的死亡事件。朗赫斯特这个姓氏并不常见,霍桑肯定立刻就跟马丁联系到了一起。

"你的父母就是特雷弗和安娜贝尔·朗赫斯特吧?"霍桑问。

可能有半秒钟,朗赫斯特想要否认,但他明白这样做徒劳无益,于是他开口承认道:"是的。"

"你的弟弟叫斯蒂芬。"

"没错。"他仍然攥着那瓶气泡水,用短促且近乎暴力的动作拧开了瓶盖。

随即霍桑换成安抚的语气说道:"很抱歉不得不再提及这个,朗赫斯特先生。"他说:"我知道对你来说那件事依然非常痛苦。"

"你根本无法明白我的感受,霍桑先生。在我十八岁时,斯蒂芬因为犯错成了众人关注的焦点。他是我的亲弟弟,比我小八岁。在那之前,我的童年波澜不惊,可以说,非常幸福。但那一刻,我的世界彻底崩塌了。"

"你弟弟害死了他小学里的一位老师。"

"不。我刚说了,我弟弟只有十岁!不管法律怎么判定,我都认为他还没到负责任的年龄,根本不知道自己在做什么。他是个天真的孩子,被比他大一岁的男孩带坏了,于是才出了问题。他根本不是斯罗索比在书中描述的样子——那本书本身不过是一个见钱眼开的二流写手把一堆污蔑、无知的闲言碎语拼凑起来的垃圾。"

"所以,你对她的评价不高,对吗?"

"你大可以随意奚落我。我承认,你们一进办公室,我就应该马上坦白我和那个女人的关系。但时至今日,这么多年过去了,我的伤口仍未愈合。"

"碰到她肯定让你非常震惊吧?"

"我确实没料到。我刚才也说了,我知道她会去剧院。但是,阿赫梅特希望我去首演——毕竟他的经济前途取决于此——我不想让他失望。而且我觉得在六七百人的礼堂里相遇的概率很小。我看见了她坐的位置,所以我特意避开了。"

"直到你们去了餐厅……"

"嗯,是的。我大吃一惊。没想到她会参加首演派对,我听闻报纸评论家很少参加这样的活动。可以说是一个惊吓。"

"那你们谈了什么?"

"她先看到我的,"朗赫斯特解释说,"不然我早就找借口离开了。事实上,过去那么久了,她还能认出我来,这让我很意外,但她没有丝毫犹豫,径直走过来,做了自我介绍,提醒我她是谁,好像我会很高兴再次见到她似的。我实在不知道跟她说什么。她一靠近,我就感到生理性不适。她开场就问我父母怎么样了,我不知道该说什么。我内心深处只想马上离开,但我还是简短地回答说他们很好。"

"然后呢?"

"她问我是否喜欢这部剧,这让我感到很诡异。她是评论家,为什么要问我对剧的看法?"

"你怎么说的?"

"我反问了她同样的问题——'你呢?'当然,我并不在意。我只是希望尽快结束对话。旁边有乐队在演奏,听不清楚她说话。总之,她冲我奇怪地笑了下,回避了这个问题,'这是我的小秘密!'我猜她不想在写出来之前透露任何东西。"

他给自己倒了杯水,喝了一大口。我看着他的喉结随之上下移动。

"很抱歉,可能让你有些失望,霍桑先生。但这就是我和她的全部对话。我不知道她脑子里在想什么,也不理解她为什么认为我会愿意再见到她。我找了个借口走开了,然后立马就离开了派对。"

"也许她是故意想要让你不安。"霍桑提议说。

"我想有这种可能。"

"那么,给我讲讲那本书的事吧。是什么让你那么不爽?"

尽管言语粗俗①，但霍桑以他自己的方式表现出最大的友善。"顺便说一句，实体书已经绝版了，但我在Kindle上免费下载了一本。我还没有读完，但从目前读到的部分来看，这是一本我绝不会向读书俱乐部推荐的书。"

"必须要讲吗？"

"如果想要找出是谁杀了她，我们就需要快速行动。"

我根本不需要提醒。DNA、指纹、日本樱花花瓣，还有证人陈述。卡拉·格伦肖随时可能出现在我家门口。

显然，霍桑已经和会计师建立了某种信任。朗赫斯特缓缓地点点头，放下水杯。"好吧。"

我们等待着。

"关于一九九八年夏天你想知道的一切，我没法尽数说出来。"朗赫斯特终于开了口，"你得记住，那时我才十八岁，而且大部分状况发生时，我甚至都不在莫克翰。我的父母把我送去了马尔伯勒学院，那是所寄宿学校。斯蒂芬的事发生时，我正值间隔年（gap year），在纳米比亚教小朋友踢足球。父母给我写了一封信，解释了发生的事，并劝我不要回家，尽管这是我的第一反应。他们想让我远离公众视野，试图保护我，在很大程度上，他们做到了……至少在那本书出版之前是这样的。

"我相信你们已经知道，在千禧年前后，我的父母非常有名，经常出现在报纸、专栏或八卦杂志上。他们创办了一家公司，起初做儿童服装，后来扩展到其他领域，包括玩具、书籍、家具等。你们可能还记得这个名字——红色按钮。那时，有红色按钮商店、红色按钮餐厅，甚至红色按钮度假胜地和冒险中心。他们

---

①原文 piss off 是表示生气或不耐烦时的粗俗用语。

相当富有，而且和中左翼政党关系密切，当然我指的就是新劳工党。就在同年，彼得·曼德尔森发表了那个著名言论，让大家轻松地看待一些人暴富，或类似的话。他是代表首相发的言……可能暗指的就是我的父母。

"他们早就给新劳工党捐赠了一大笔资金。托尼·布莱尔在一九九四年竞选党首时，我父母是他的主要支持者，三年后，他赢得选举，我父母陪同他进入了唐宁街。我的父亲还参与了千禧年巨蛋相关的早期谈判，如果……没有发生那件事，他很可能会进入上议院。

"九十年代初，我的父母搬到了莫克翰希思村。我也说不清楚在威尔特郡中部生活到底是什么样子，因为我在那里的时间并不多。我基本要么在学校，要么在伦敦。那时候我们还留着斯隆广场旁边的房子。直到今天，我也不明白他们是怎么下定决心，认为乡村生活会适合他们——尤其在乡村的很多习俗他们都看不惯的情况下——但是我认为这无疑是他们做过的最糟糕的决定。从购置莫克翰庄园的那一刻起，就已铸成大错。那幢乡村别墅实在过于庞大，占地一百英亩，在村庄外面。乘坐直升机也很不方便——我父亲还得亲自驾驶。

"于是我们和他们（指村民）区分开了——尽管可能不是按照传统方式划定的界线。那时正值保守党失势，坚定的保守派地区难免存在怨恨情绪。我也说不好。我的父母不仅富有，在莫克翰有很多富人。他们是富有的新劳工党派人士。他们支持劳工党反对狩猎的立场，他们还想建一座风力发电机，你可以想象这激怒了多少人。一方面，破坏了风景！另一方面，不让当地居民猎鸟，却自己先害死了那些鸟！我父亲曾经参与过无铅空气运动，于是拥有的直升机停机坪就成了他虚伪的佐证。虽然我一直置身事外，但我仍然记得那时候总是争吵不断。为游泳池吵过；为他们想要把小径挪十米的事吵过；为教堂大厅的修复基金吵过；为每年的村庄集会吵过……那就是个小型英格兰，他们二人是外来者和伪君子……至少在大家的认知中是这样。他们做什么都是错的。

"也许就是因为这样，他们最终决定将斯蒂芬送到村里的学校——莫克翰希思小学读书。斯罗索比在她的书中也提到了这件事，说我父母利用斯蒂芬来讨好村民，想证明他俩是'他们中的一员'。不用说，这完全是无稽之谈，但她还是那么写了。

"再和你们讲讲我的弟弟。九岁之前——也就是离开伦敦之前，他是一个非常安静的男孩。他喜欢阅读，在学校表现很好，有许多朋友。哈丽特·斯罗索比把他描述成一个被宠坏的孩子，虽然我不认同这个用词，但他确实是娇生惯养。因为从各个方面来看，他就像是一个独生子。尽管我的父母经常说斯蒂芬的出生在他们的计划外，但却把他捧在手心里。

"斯蒂芬到了莫克翰希思之后，一切都变了。可想而知这对他来说有多艰难。刚才说了，我当时不在。他失去了伦敦的旧朋友，又很难交到新朋友。我父母在美国推出了红色按钮，他们待在国外的时间越来越多。斯蒂芬有一个可爱的贴身保姆，是个澳大利亚女孩，跟着家人搬到了威尔特郡，她一直在全力帮助斯蒂芬。但回想起来，我首先要承认他确实被忽视了。事情发生得非常快，当大家发现问题时，为时已晚。

"莫克翰希思小学的政策是广招各式各样的学生，而不是只想要当地乡绅和银行家的后代，我相信这是值得称赞的。然而，正是这样，招来的一个男孩从一开始就对斯蒂芬造成了恶劣的影响。他叫韦恩·霍华德，住在八英里远的切本哈姆镇郊外的一座庄园里。他从来没在乡村生活过,可能在一个更大的城镇里会更快乐。不管怎样,他每天坐公共汽车来上学,还和斯蒂芬成了朋友。"

他伤心地摇了摇头。

"他们第一次见面时分别只有九岁和十岁。还是孩子!但他们却结成了二人小团体,韦恩是头目。不久,两个人就失控了,总是给学校老师、邻居甚至警察惹麻烦。有一次有人举报他们在村子里一家叫作姜饼盒子的商店行窃。然后,我父母去了学校,要求将这两个男孩分开。但在一个小社区里说起来容易做起来难。其实,那时候他们就应该看到苗头,赶紧把斯蒂芬带回伦敦。但我说了,他们一心扑在事业上,认为'孩子就是孩子',能够遇到一个同龄人对斯蒂芬来说是件好事,而且船到桥头自然直。

"就是这个决定,无情地导致了他们的老师菲利普·奥尔登少校的死亡。

"他是一名退伍军人,在这个村庄出生,曾参加福克兰战争,退伍后接受了教师培训,在特罗布里奇工作几年后,申请调到了莫克翰希思小学。他任副校长职位;有点上了年纪,六十多岁,性格古怪,就是那种你想象中的威尔特郡小村庄中的人。他热衷板球,还开设了一家国际象棋俱乐部。他的书房里有一尊西塞罗的大理石半身像,坚固无比。我猜他是从父亲那里继承的。

"菲利普·奥尔登可以说是个很老派的人。他信奉纪律至上——他有从军背景,这并不意外,他对那些学习跟不上或在课堂上行为不端的孩子非常严厉。很快他就盯上了斯蒂芬和韦恩。在春季学期,事情达到了临界点。菲利普·奥尔登把一件非常愚蠢、令人不快的事扣在他俩身上,指责他们在图书馆里毁了很多书籍，撕掉页码，并在页边空白处涂写上污言秽语。他俩不承认，但菲利普·奥尔登还是惩罚了他们，不让他们去巴斯旅行。我知道用这种方式向你描述这一切听起来似乎微不足道，但最终结果却大相径庭。

"韦恩和斯蒂芬决定报复这位副校长，他们想到了一个书上古老的把戏。这当然是韦恩的主意。他们溜进奥尔登的书房，将西塞罗半身像架在门顶上，把门半开着——那个半身像那么重，天知道他们是怎么弄上去的。但书房里有很多书，其中一些放在高处，因此奥尔登需要使用小梯子爬上爬下，我推测他们可能是用了那个梯子。后来他俩说只是想开个玩笑，没想害人，但事实是奥尔登走进房间，半身像砸在他头上，导致颅骨骨折，第二天他就去世了。

"两个男孩被送上青少年法庭，因过失杀人罪受审。按照法律规定，他们都达到了刑事责任年龄，而且被他们害死的还是一位战争英雄，真是造孽。最终毫无意外，他们被判有罪，分别被判处五年和十年监禁，分开收押。斯蒂芬的律师团队证明了他是受到年长男孩的影响，因此他的刑期较短。但对于我的家人来说，结果都是一样的。审判结束后，他们的名字被公开。之前相对克制的媒体，一下子像饿狼一样扑上来。这一切对我的父母造成了毁灭性的影响。别再想什么美国市场了！红色按钮几乎顷刻破产。自己的孩子都在坐牢，还怎么销售儿童产品。所有的合作伙伴当然都背弃了他们。他们承受了巨大的压力，一年后，他们分开了。我父亲现在住在英属维尔京群岛，我母亲回到了温哥华——她本来就出生在加拿大。斯蒂芬在萨福克的沃伦山服刑四年，获释后，他被特许到母亲那里居住。他们现在一起生活在温哥华。"

沉默良久。我从未见过霍桑像此刻这般消沉,他自己有个十三岁的儿子,这个故事一定触动了他。"你们还经常见面吗?"他问。

朗赫斯特摇了摇头。"来往很少。几年前的一个圣诞节,我带着家人去过一次,我不知道怎么向女儿们解释这是他们的杀人犯叔叔。我的母亲已经开始了新的生活,并决定跟我和我的父亲断绝往来。这让我很伤心,但我觉得我能理解。"

"你知道哈丽特·斯罗索比为什么要写这本书吗?"

"知道。她当时是个犯罪记者,在布里斯托尔的一家报社工作,她认识那个村子里的一个人。"

"是弗兰克·海伍德?"

"没错。他也在她的那家报社,做戏剧评论员。他去世后,哈丽特接替了他的位置。他能够为她提供许多关于莫克翰人的深入见解,村里的很多人他都认识。在这件事上,我永远无法原谅他。"他的眼神暗了下去,"《坏男孩》完全歪曲了事实。它将我的父母描绘成恶棍。法庭明确表示,斯蒂芬任由那个大男孩摆布,两个男孩各自的判决也证明了这一点。但是哈丽特在书中的叙述,看起来像是我的父母要对奥尔登的死负责。他们忙于自己的奢靡生活,忽视了斯蒂芬,又把他宠得不成样子。他是他们不想要的孩子,所以他们才对他的不良行为睁一只眼闭一只眼。

"不仅如此,她还一章一章地安排了其他情节:他们跟村民对抗,他们傲慢自私,他们不尊重邻居,还有小径、集会……她将所有这些琐碎的争议展示出来,好像它们真的有什么意义似的。她让人觉得奥尔登少校的死不过是一个必然的结果。这是恶意攻击,但她写得不多不少,巧妙地避开了诽谤的边界。这本书出版时,我的父母还在一起,本来或许他们还有可能熬过这一关。哈丽特·斯罗索比摧毁了他们。我认为至少在某种程度上，是她导致了他们关系的破裂。可以说，拜她所赐，我失去了母亲和弟弟。"

他摊开双手，示意没有什么要补充的了。

"我不否认我恨那个女人。我并不喜欢憎恨这种情绪，但我相信哈丽特·斯罗索比对自己所做的事乐在其中。将一场悲剧的事故，一个玩过火的孩子的恶作剧，作为赚钱的工具？为了书的销量而扭曲或者——往好了说——简化真相？我不知道她是怎么看待自己的，我甚至可以说，无论是谁杀了她，都是为世界做了好事。"

他第一次笑了，但笑容中没有一丝温暖。

"我知道在你看来我可能有嫌疑。"他说，"你想知道她死的时候我在哪里吗？我想警方说的死亡时间是上午十点左右。"

"这会有所帮助。"霍桑说。

"我在九点半去了杂耍剧院，要去看一些阿赫梅特留在那里的文件。他给我安排了一个化妆间作为临时办公室。然后我刚好在十点半之前回到这里。"

"你在剧院待了很长时间。"

"不算很长，不超过四十分钟。我确定舞台经理看见我离开了。"

"你到的时候和走的时候有签字吗？"

朗赫斯特回想了一下。"没有，我想我没有。笔没墨水了。但你可以去问……我没有想隐藏什么。"

"谢谢，朗赫斯特先生。你对我们非常坦诚。很抱歉让你再次回忆起这一切。"

听到霍桑为一件事道歉非常罕见。回到街上后，我忍不住问:"你相信他吗?"

我们沿着皇后广场往前走,路的一侧是一个私人花园。阳光明媚,树木开满了花朵,但这幅景象对我来说并没有太多意义。霍桑已经陷入了沉思:"你具体指相信什么?"

为什么他要这么苛刻?

"一直以来,我们都假设匕首是在晚上的派对后被拿走的。"我解释道,"但也可能是马丁·朗赫斯特在第二天早上早些时候拿走的。"

"我没有假设任何事。"霍桑说。

我没有理会他的话。"一个半小时足够他去小威尼斯再折返。他可以先杀了哈丽特·斯罗索比,然后直接去上班。"

"带着一身血吗?"

"他可以穿件外套!"

"但他为什么要诬陷你?"他问。

"这个,你听见他的话了。他的客户要破产了,也许他怪我的剧本不好。"

霍桑停下脚步。"是有这样的可能性,朗赫斯特第二天早上去剧院时拿走了匕首。"他说,"但你还要思考三个问题:他如何知道匕首在那里?如果他是碰巧看到,他怎么知道那把匕首是你的?"

"还有第三个问题呢?"

"他是怎么拿到了你的头发?"

确实。"朗赫斯特离我很远,"我承认道,"他没法拿到我的头发样本……除非他跟着我进了理发店,而我已经几周没理过发了!"

霍桑停下脚步,我们前面是主路和霍尔本地铁站。

"我们先设想一下,'谋杀案'和'你参与'这两件事没有联系。"他说,"假设你跟这件事完全无关。"

"谢谢!"

"在莫克翰希思有个老人死了,是两个孩子杀了他。然后哈丽特把这一切写成了一本书。"

"你认为有人不喜欢她写的东西?"

"没人喜欢她写的东西。那是她的本意。但当命案发生,一般就会有激动的情绪。你问问自己,那本书为什么会在哈丽特的桌子上?"

"《坏男孩》……"

"也许她想告诉我们什么。"

"我们不会要去莫克翰希思吧?"

"托尼,老兄。卡拉·格伦肖离我们不远了。今天晚上,她会拿着所有的东西来逮捕你。"

一个小时后,我们坐上了火车。

第十七章 《坏男孩》节选

当然,他们还是小男孩。没有人能说清楚他们到底是不是有意杀害菲利普·奥尔登少校。那是一位授勋两次的老兵,曾在英国皇家海军陆战队服役并参加了福克兰战争;他是顾家好男人,也是备受学生爱戴的老师。当他们把西塞罗的大理石半身像架在书房门上时,我相信他们在咯咯笑。哇,真有意思!辩护方一直强调十一岁孩子的概念中不会有"颅骨骨折"这个词汇,尽管两名被告估计都在电视上看过《急诊室》和《巅峰实践》。

菲利普·奥尔登去世(四月十九日)的两周后,葬于美丽的圣斯威恩诺曼教堂。那个阳光明媚的春日午后,牧师谈到了宽恕和理解。好吧,我正在努力去理解。这本书的目的也是这样……去理解虚无的生命的意义。但跟从阿伯罗斯和斯坦利港等遥远地方赶来挤在小墓地的悼念者们一样,我很难原谅。菲利普的遗孀罗斯玛丽·奥尔登站在我身边,不停流泪,悲伤欲绝。看着她这样,我不断反思为什么我们会在这里,站在翠绿草地上挖出的丑陋的长方形墓穴前。

特雷弗和安娜贝尔·朗赫斯特送来了鲜花,至少,是他们的私人助理送来的。他们的花圈必须比其他人的大,并且要摆在教堂入口最显眼的位置。价值两百英镑的白色兰花和百合花,用黑色丝带系着，可能是怕人看错，送花人的名字大大地写在标签上。朗赫斯特夫妇本人没有露面，是出于尊重还是出于羞愧？不免让人心生疑窦。也许两者都有，答案如丧钟般回荡。

特雷弗和安娜贝尔从来就不受欢迎。当他们的儿子夺走了一位莫克翰村居民的生命后，他们更成了众矢之的。

我曾描述过他们如何拼命非要迁移一条有数百年历史的徒步小径，仅仅因为在这条小径上可以看到他们家豪华的新泳池；还有一直在莫克翰草地上举行的集会是如何被驱逐到维特罗斯超市停车场。我们已经清楚地看到，从抵达莫克翰的那天起，他们似乎就在刻意寻找理由来激怒那些饱受苦难的村民。

是的，这些鲜花也许写了某种致歉，就像其他花圈上写了兄弟、战士和再见一样。但就在这位老兵进行最后的背包行军时，一场危急的军事行动正在幕后悄然进行。朗赫斯特夫妇不惜血本集结了伦敦最咄咄逼人和毫不留情的律师团队，决意殊死一搏，要将他们儿子难辞其咎的命案扭曲为不幸和意外，使其置身事外。

我曾与一位在布莱克伍德律师楼工作的初级律师交流过，他参与了这起案件。通过严格保密和完全匿名的方式，他告诉我，这是他们商议达成的策略。"我们必须区别看待两个男孩。韦恩·霍华德年龄较大，他甚至都不住在莫克翰希思，而是住在附近切本哈姆镇的谢尔顿庄园。他的父亲因贩毒罪被捕。他个子更高，马上进入青春期。显而易见，尽管他只有十一岁，但却是一个阴险狡诈的人物，而斯蒂芬从他俩相识的那一天起就被他控制。我们的任务是让法官看到这一点，证明年长男孩对年幼男孩施加的心理操纵。简而言之，我们的目标是将斯蒂芬·朗赫斯特作为受害者的形象展现出来。"

斯蒂芬身材矮小，还没变声，有一双婴儿般的蓝眼睛，这些外貌特征对他很有利。虽然无从证实，但有几份报道显示，审判开始时（通过视频链接），斯蒂芬穿了一套量身定制的红色按钮的衣服，但这些衣服原本是为七岁孩子设计的。他手里还攥着他最喜欢的《狮子、女巫和魔衣橱》。这一切的目的就是为了让他看起来极尽可爱和无辜。

正如我们所见，这只是真相的一部分。我们还有罗斯玛丽·奥尔登的回忆，她曾在莫克翰希思小学帮忙，认识两个男孩；也有斯蒂芬的保姆丽莎·卡尔的证词，她至今还带着与他在一起时留下的伤疤；以及警察布朗洛的证言，他是在村庄分配土地的事件之后首次遇到这两个男孩。那么，所有这一切加在一起意味着什么呢？很简单。斯蒂芬·朗赫斯特是名副其实的被宠坏的恶童，对员工粗鲁，对动物残忍。往最好说，他是一个等着被引入歧途的无辜者。就算没有韦恩·霍华德，也会有别人。那么这一切应该归咎于谁？

我们再说到特雷弗和安娜贝尔·朗赫斯特夫妇。

他们总是不断地说第二个儿子不在他们的计划内，本来并没打算要生下这个孩子——你们认为这样的话会对斯蒂芬造成什么影响？是的，他们给他提供了丰富的物质财富——四轮摩托车、电子游戏，甚至他还不满九岁时就拥有了自己的马匹——但他们实际上从未真正在他身边，他们的心思都花在投资组合、美国业务和时尚慈善项目上。虽然他们的家在威尔特郡，但他们的心在伦敦和纽约。这个十岁的孩子与十几岁的哥哥基本没有什么联系，那个自我为中心的兄长过去五年一直在顶级公立学校就读，并且即将进行一次非洲的"慈善"旅行。马丁·朗赫斯特并不需要什么间隔年（gap year），他应该看看他和弟弟之间再明显不过的鸿沟（gap）。

斯蒂芬·朗赫斯特形单影只，身边只有受薪员工，没有一个爱自己的家人。他简直是韦恩·霍华德这种男孩的完美目标。就像奥利弗·特维斯特找到了他的机灵小子……在这个实例中，毫不夸张地说，机灵小子就是一个出生在犯罪窝里的小无赖。当韦恩第一次踏入莫克翰庄园时，他肯定认定自己捡到了宝。他和斯蒂芬两个人在蓄意破坏和违法乱纪方面一拍即合。他们踏上了一条只能通向灾难的道路，一场暴力而无辜的死亡只在咫尺之遥。

然而，我仍然为韦恩·霍华德感到遗憾。他可能是个恶霸和负面典型，但我必须提醒自己，他也只有十一岁，而且在一个破旧的公寓楼区长大。生活给过他什么机会呢？父亲因贩卖A级毒品被定罪；母亲在廉价伏特加和香烟上将儿童补助金挥霍一空。后来去谢尔顿庄园霍华德家到访的社工——当然这样的造访为时已晚，描述了他家里一片肮脏的景象。我会为韦恩辩护，因为有一件事是确定的：没有别人替他辩护。

特雷弗和安娜贝尔·朗赫斯特以及他们犀利的律师团队早就已经决定，如果可以拯救他们自己的孩子，那么抛弃韦恩在所不惜。讽刺的是：他们是一群社会主义者，倡导新工党的价值观，高喊机会和教育平等的口号，却准备对一个工人阶级的孩子发起攻击，而这个孩子从来没有享受到他们儿子十分之一的特权。这可能不是我的观点，但正是这一观点在菲利普·奥尔登少校的葬礼结束时被引用。第一天的庭审即将来临。

第十八章　莫克翰庄园

和霍桑一样，我也在 Kindle 上下载了哈丽特的书，在去切本哈姆镇的火车上匆匆浏览了一下。该怎么评价哈丽特·斯罗索比的写作风格呢？那是一种混合了蜜糖般的感伤和砒霜般的恶毒的大杂烩，Kindle 上"0.00 英镑"的标价可谓货真价实。我不得不赞同马丁·朗赫斯特说的话。将一个微不足道的事件，一起发生在英国村庄的悲剧，转化成一种像米尔斯与布恩出版公司[①]那样的道德寓言，这种做法令人深感冒犯。读了这本书，我对她给《心理游戏》的评论有些释然了。毁掉一部戏剧是一回事，但她用《坏男孩》这本书毁掉了一些人的生活。几乎每一句话都在向我阐释，她是一个多么令人讨厌的人。我为什么要在意这样一个人对我的看法呢？这是一个有趣的悖论。评论家越人道，他们的观点反而越伤人。

作为一名犯罪记者，她具有一项非凡的本事，那就是混淆事实，以至于几乎无法确定她的同情心到底倾向哪里——虽然总体上她似乎对所有人都心怀恶意。斯蒂芬是被韦恩带坏而误入歧途

[①]米尔斯与布恩（Mills & Boon），英国知名出版公司，始于一九〇八年，以出版爱情小说闻名。

的小孩,他被冷漠的父母抛弃;但同时他和小爵爷①一样,锦衣玉食、备受宠爱,他所有的一切都是应得的。韦恩·霍华德是他最大的宿敌,是把他带坏的人,是所有罪行的教唆者;然而韦恩自己也是受害者……受困于他的成长环境和社会地位。奥尔登少校是一位爱国者和战争英雄,但他却墨守成规,根本不应该被现代小学所接纳。他的妻子罗斯玛丽·奥尔登对孩子们关心备至,但从不站在他们的一边忤逆丈夫。诸如此类。

霍桑带了 iPad,但一路上并没有阅读。也许他已经猜到里面没有任何有价值的东西。终于这一次能先他一步,真是好极了,但当我一页一页地滑动屏幕,我明白《坏男孩》也不会对我有太大帮助。哈丽特歪曲了一切。这是一种所有权的表现,她让整个世界成为自己的领地,就像她对待我的戏剧、她和亚瑟的婚姻、《圣女贞德》的制作以及她坚持擅闯的所有首演派对一样。我终于开始了解这个女人,只是杀害她的凶手的身份让我束手无策。

我只希望这次出行不会一无所获。专家们仍在警务法医科学实验室奋战,留给我的时间已经不多了。

我一直以为哈丽特·斯罗索比的被害与《心理游戏》有关。毕竟,杀害她的刀是从杂耍剧院偷走的,而且还有一个无法回避的事实——有人故意陷害我。就我而言,这仍然是最大的谜团。我能理解为什么凶手恨哈丽特·斯罗索比,但我到底做了什么让他/她想要伤害我呢?到目前为止,霍桑对这方面几乎只字未提。虽然他拦截了我头发的 DNA 分析报告,但他也没有给出关于它是如何出现在尸体上的任何解释。对于带有我指纹的匕首、

---

① 《小爵爷》,伯内特夫人的经典名作,畅销近一个世纪,多次被拍成电影。讲述了一个天赋美质的小男孩经历人生巨变,成为爵位继承人的故事。小主人公在各种荣辱面前表现出来的从容优雅,宽容与爱心感染了他周围的人,也感染了一代代读者,唤起人们向善的心愿。

闭路电视图像以及日本樱花花瓣亦如此。也许因为他仍然觉得我比其他人有更大嫌疑。

但他在会计师办公室外面说的话是有道理的。哈丽特之所以被杀并不是因为她写了一篇差评。莫克翰希思的事件提供了一个更加合理的杀人动机。一个人死了,两个男孩进了监狱,一个家庭毁了。哈丽特把这一切都写了出来,还写得不堪入目。说不定有人决定是时候让她付出代价了。

我们搭乘一辆出租车,从切本哈姆火车站出发,沿着环形路、高速路和乡间小路行驶。司机不太愿意开这么远的路,起初愁眉苦脸,但是当霍桑告诉他我们会全天包车时,他变得高兴起来。我发誓,我花在出租车上的钱比我写霍桑的书赚到的还多,但这一次我毫无怨言。我们没赶上十一点钟从帕丁顿出发的火车,只好等了三十分钟坐下一班。这是一趟慢车,途经雷丁、斯劳、斯温顿和其他六座我从未听过的车站。尽管我努力把注意力集中在这本书上,但仍然无法把卡拉·格伦肖逐出脑海。我甚至有点期待她就在下一站的月台上等着我,我感觉自己像是希区柯克电影中的逃犯。

我们沿着乡间小路前行,穿过一条两旁满是新绿的山毛榉树的隧道,路边散布着野花。光线变得明亮,尘埃在阳光中跳动起舞。前方,一堵干砌石墙蜿蜒延伸至远处,仿佛在召唤我们跟随它前行。每逢初春,英国乡村的美丽总是令我目眩神迷,但威尔特郡有一种特殊的能力,能够让人仿佛回到过去。在那一刻,除了我们乘坐的汽车之外,没有任何迹象表明我们处于二十一世纪。

"等一下!"霍桑打断了我的沉思,他对司机喊道,"在这里右转。"

一时间我有点困惑，接着我看到我们即将驶过一扇敞开的大门，门口摆着一只褪色的石狮，旁边的木制标牌上写着莫克翰庄园。我们到达了村庄的郊区。这就是当年他们十岁的儿子害死副校长时，特雷弗和安娜贝尔·朗赫斯特居住的房子——至少偶尔居住。

司机的反应有些慢，车子冲过了大门几米远。他嘟囔着倒车，然后转入一条铺设整齐的碎石路。为了防止行人可以看到旁边的房屋，路旁栽种着茂密的树林。司机带着我们穿过树林，大约一分钟后，我们进入了一座堪称独立王国的庄园。莫克翰庄园占地广阔，始建于十九世纪，周围环绕着修葺整齐的草坪，绵延至一道低矮的金属栏杆。茂密的草地在栏杆的另一侧继续延伸，不同的绿色在山丘上起伏，一直到视线尽头。前方是一座匪夷所思的白色大理石喷泉，喷泉里的海神手持三叉戟，正与一群丘比特和海豚搏斗。绕过那里后，我看到了玫瑰花园、观赏花园、菜园和石景园。还有那个著名的直升机停机坪，紫色沥青圆圈中印着一个白色的H。我的第一印象是这座房子非常漂亮，花纹砖、石灰岩的外墙、对称排列的窗户、灰色的瓦片和烟囱。但当一点点靠近，我看到了那些现代风格的附加建筑：不协调的温室、门前的假柱廊、游泳池周围的玻璃和钢壳。这让莫克翰庄园一下子就失去了灵魂。我可以想象把它租出去作为高档婚礼场地，但绝不会把它当作理想的居家之所。

出租车停住，我们走下车。

"霍桑，你希望在这里找到什么？"我问。

"没什么，老兄。但这里是哈丽特的书开始的地方。既然路过，我想我们可以看看。"

"我觉得这里没有人。"

然而，从草坪和花坛的状况，以及所有东西的整洁程度来看，肯定有人在这里工作。这点显而易见。有人在照看这个房子，而且这么大的地方，这么多房间，每周来一次肯定不够。我跟着霍桑走向前门，看着他按下门铃，我感觉自己就像一个入侵者。门铃没有响，或者是在外面听不到。我们等了一会儿，但没有人出来。

"现在怎么办？"我问，心里想着我们应该改去村里。

我听到踩着碎石的脚步声，一个人从房子侧面走了出来。从他的外形来看，应该是园丁或花匠。他穿着夹克和背心、系着黄色的领结，踩着一双昂贵的长筒靴，唯一缺少的就是手臂下的霰弹枪和拉布拉多寻回犬。随着他的走近，我看出他应该六十多岁或更年长，脸上满是岁月的痕迹。他的鼻梁上有阳光晒出的红色痕迹，脖子上有寒冷引发的银屑病斑块，脸颊被雨水褪去了光泽，头发被狂风吹得凌乱不堪。仅仅看着他的脸，我就能感受到威尔特郡在一年内的天气变化。

"你们在找人吗？"他的声音听起来并不友好。

霍桑处变不惊地问："你是哪位？"

"我是约翰·兰普里，负责为戈利尼施捷夫先生照看房子和庄园。"

"他是房子的主人？"

"是的。这里是私人领地。"

"戈利尼施捷夫先生在家吗？"

"很抱歉，我不能提供这个信息。"

"看来他不在家。但没关系。我们感兴趣的是特雷弗·朗赫斯特和他的家人。"

兰普里不以为意。"你们是谁？游客吗？还是新闻记者？如果是记者的话,你们来得有点晚了。那都是很多年前的事了,他们已经不住在这个地方了。"

"我是一名侦探,正在调查哈丽特·斯罗索比的凶杀案。你可能在报纸上看到过这个新闻。"

兰普里第一次显得饶有兴趣起来。

"是的。我看到有人用刀子捅了她。你有证件吗?"

"需要吗?"霍桑总是有办法对人作出判断,然后给出让对方觉得有趣的回应。

"也许不需要。"他说。

"你和她说过话吗?"

"哈丽特·斯罗索比?是的,我见过她,尽管我希望我没有。"

"那么,也许你可以帮到我们……如果你能给我们十分钟时间。"

兰普里打量了我们一会儿,然后慢慢地点了点头。"好吧,我看不出有什么拒绝的理由。你们愿意的话,可以进来聊。"他推开前门,原来门并没有锁。

"戈利尼施捷夫一家在哪儿?"霍桑问。

"他们一年只在这里待三到四个星期,"兰普里回答道,"通常是在打猎的季节……十月、十一月。你认为斯罗索比小姐可能是因为她的书而被害吗?"

"理论上是可能的。"

"我一点都不意外。她写的书就是一派胡言。"

他带我们从前门走进大厅,里面有镀金的镜子、现代的钢化玻璃吊灯、波斯地毯……所有这些东西看起来都像是从陈列室拿出来的物件,而且跟陈列室一样毫无灵魂。看起来这座房子砸了不少钱,但却完美得过犹不及。屋里的画作不仅仅抽象,简直难以辨认。所有的家具都格格不入。兰普里把我们领进厨房，这让我想起了霍桑家的，只不过这间有三倍之大，干净得令人不适。壁炉应该从没生过火。如果没有窗外的草坪，这里就跟贝尔格莱维亚[①]毫无二致。或者说跟任何一个上流住宅区都相差无几。

"你住在这里吗？"霍桑问。也许他和我想的一样。

"我住在附楼里，那里也有一间独立厨房，但我不想让你们走太远。"

"你以前为朗赫斯特一家工作过。"

兰普里点点头。"那时我是家里的园丁。他们离开之后，我留下来照看这个地方。空了三年。后来这座房子被当地一家人买下，但对他们来说太大了，最后他们也走了。再然后俄国人来了。他们对房子进行了全面翻修……把这些东西都搬了进来。花了一大笔钱！他们不喜欢的就会拆了重建。楼梯、浴室，所有的都是！差不多就这些。"他已经自己作了判断，没有再额外补充什么。

"奥尔登少校被害时，你在这里吗？"

兰普里又缓慢地点了点头。"我认识那位少校。整个村子的人都认识他。他有些古怪：秃顶，留着胡子，总是穿着三件套西装。他在世的时候一直强力支持当地的狩猎活动。其实他人不坏，尽管一些孩子可能不这么认为。"

"你说哈丽特·斯罗索比写的是一派胡言。我想知道你具体指的是哪些。"

"你看过她的书吗？"

"看过一些。"

[①]贝尔格莱维亚，伦敦的上流住宅区。

"她从布里斯托尔过来这里。她在村里有个朋友,叫弗兰克·海伍德,就是他把她介绍给我认识的。是我的错。因为她是别人推荐的,所以我以为可以信任。我和她就坐在这个厨房里谈的话……那时的厨房和现在不一样。她来之前,大厅已经清空了,朗赫斯特一家也离开了。无论如何,我大错特错。她记下了我的话,选取了她想要的部分,歪曲了其余的。我猜她到这里之前就已经决定要怎么写了。"

"你跟她说了什么?"

"我跟她讲了那一家的事,还有那两个男孩。我当然非常了解斯蒂芬·朗赫斯特,而另一个孩子韦恩·霍华德经常在这附近玩,我也认识。我还讲了学校、村庄。我们谈了两个小时,她把一切都记在了小笔记本上。一直写,一直写,一直写。你不记笔记吗?"

"我不需要记笔记,兰普里先生。你说她是哪里弄错了?"

"都错了!"他抽了下鼻子,然后又用食指和拇指捏了捏,"首先,特雷弗和安娜贝尔没有那么坏。他们是外地来的,在莫克翰这样的地方,难免会遇到一些麻烦。你知道这个地方的问题是什么吗?这里有很多退休的银行家和律师,他们有大把时间。这些人曾经举足轻重,现在却无所事事,所以他们只能忙着夸夸其谈。你知道她书中写的那些争吵吧?按照她的描述,估计都会引发第三次世界大战。但当时并没有那么严重。

"我们从村庄集会说起吧。如果朗赫斯特先生搬来几个月了,然后提出不希望在他的前院举办,那也是他自己的事。如果村民们坐下来好好沟通的话,他最终也会同意的。还有那条小径!从那里可以看到游泳池,朗赫斯特夫人喜欢一大早裸泳。她想改道并不奇怪,而且只是要求将小径移动几米而已,并不是要重新绘制地图！如果他们两个人有错，那就是太着急了，但他们毕竟是伦敦人。在伦敦，每个人都快马加鞭地做事。如果想适应乡村的生活方式，就必须得放慢脚步。

"至于那些村民，读了斯罗索比的书之后，你会以为他们成群结队，拿着火炬和草叉，到这里来烧杀掳掠。事实并非如此。在当地的桥边酒吧和高尔夫俱乐部里，的确有人嘀嘀咕咕。朗赫斯特一家在村里也确实不是很受待见。他们富有而且有些傲慢，所以难免会有人嫉妒。但我也跟斯罗索比女士说了，你去任何一个村庄，都会有抱怨的人。人们总要找点事来埋怨。但是到了周末，一切就会被抛诸脑后。都是来去随风的事。"

"跟我们说说斯蒂芬·朗赫斯特吧。"

"嗯，那是最糟糕的部分。她为什么不听我说的话？我告诉过她关于斯蒂芬和韦恩的所有细节，但只是浪费口舌。当我看到她的那本书时，简直无法相信她写了些什么，而且我的名字还出现在书后的致谢页，好像我是那个信口雌黄的人。我想让她的出版商把这本书彻底下架。我妻子让我别内耗了，但我从来没有忘掉。那真是奇耻大辱。"

他深吸了一口气。

"她完全颠倒了黑白。你说你没有读完整本书，那我来告诉你。按照她的描述，斯蒂芬是被韦恩毁了的无辜小孩，他不知道自己在做什么。当然，这并不意味着她喜欢他。她说他被宠坏了。她在书里讲了丽莎的那件事，说她是被推到了铁丝网的栅栏上。事实上那只是一个意外，根本不像她说的那样。

"但她最大的谎言是：韦恩操控一切。你只要看看这个地方，就知道那不可能。你告诉我！一个拥有世界上所有特权的小孩，去了切本哈姆附近的一个庄园，最终崇拜一个十一岁的孩子，这个孩子有个坐过牢的父亲,住在三个小房间里、周围堆满了脏碗和垃圾,这可能吗?别开玩笑了!恰恰相反!我在这里,目睹了一切。韦恩只是一个普通的孩子。他来这个房子的时候,还以为自己到了天堂。游泳池、桑拿室、私人影院,冰箱里摆满了他从未见过的食物,还有马和狗……

"韦恩才是对斯蒂芬心生敬畏的那个。斯蒂芬虽然小一岁,但他清楚自己在做什么。我并不是说他是坏孩子,但他在这里很无聊,对父母把他带过来心存怨怼。他之前大部分的时间都生活在城市里,他的朋友也在那里。他在这个乡村该做些什么呢?能在泳池里游泳或在蹦床上跳跳,但也就那么一两次。如果你想听我的意见——我也是这样告诉斯罗索比女士的——他想报复他的父母和整个世界,而那个年长的男孩给他提供了机会。斯蒂芬一到这里就变了,我亲眼见过他非法入侵、小偷小摸、破坏公物。是斯蒂芬决定要做什么,韦恩可能同意参与,但他只是个跟屁虫。"

"那么虐待动物的事呢?"我问——那是我在书里读到的。

兰普里对这项指控不予理会。"他们两个人骑着四轮摩托车,不小心撞到了一只羊。只是个意外!在她曲解的千千万万的事情里,这个只是九牛一毛。丽莎来自墨尔本,不是悉尼。这座房子是十九世纪建造的;斯蒂芬骑的是美洲奎特马,名字叫布雷,而不是布锐。而且他没有摔下马——是韦恩!也许这会让你对他们两个人的事多一些了解。韦恩从没骑过马,但斯蒂芬非让他骑——接下来的事你就知道了,他脸朝下摔了下来。我记得他坐在火边,鲜血从鼻子里淌出来,就像所有十一岁的孩子一样,号啕大哭。他在那次事故之后进了医院!他做这些事,只是因为不想丢脸,我敢肯定他们对奥尔登少校玩的那个愚蠢的把戏也是同样的情况。朗赫斯特家说服了法官,让他们认为韦恩是主使,他最终的刑期是另一个男孩的两倍。但事实并非如此。"

"你当时有跟警方说这些吗?"霍桑问。

兰普里摇了摇头,"轮不到我,我只是个园丁。而且,也没有人问我。"

他已经说了很多,当他再次开口时,眼中闪烁着一丝遥远的记忆。

"他们两个都不是坏孩子。"他说,"我不是说他们是完美的。但他们只是孩子!他们需要彼此。我曾看着他们在花园里互相追逐,或者坐在一起有商有量,就在那只老狮子旁边。那是他们的秘密据点。我亲眼所见。他们以孩子特有的方式友好互爱。我和妻子谈论过这个,你知道她说什么吗?她说他们正在互相救赎。她就是这么说的,或多或少是对的。他们都很孤独,都被抛弃了。其中一个富有,另一个贫穷。但当他们在一起的时候,他们是快乐的。直到今天,我仍然能听到他们孩童时的欢笑声和喊叫声。

"至少,我曾经听到过,但再也不会有了。这正是哈丽特·斯罗索比的那本书夺走的东西。她把他们变成了他们从来都不是的坏孩子,我永远不会原谅她。那是邪恶的行为。"

他把我们送到门口。出租车还在等着。我们开始沿着车道折返。当我们转弯时,我回头看到约翰·兰普里仍然站在那里,宏伟庞大的房子在他的背后显得毫无生气、空空荡荡。

第十九章　阴魂不散

到达莫克翰希思的中心区域后，霍桑让司机停车，我们下了车继续步行。我们俩都没有说话。或许，霍桑正努力感受村庄的氛围，想象着朗赫斯特一家在适应新家园的过程中会是什么样子，尽管他们最终以失败告终。也有可能，他的思绪还停留在约翰·兰普里告诉我们的事情上，就像我一样。

作为一个曾经承载很多悲伤的地方，莫克翰希思却有一种摄人心魄的美，就像那种在拼图游戏或"哈利·波特"系列电影中才会出现的画面。夏天，这里可能游客云集，但在这个明亮的四月天——还不是周末——它看起来完全贴近真实的生活；这里不再只是旅游景点，而是一个宜居场所。我们下车的地点是座桥，也是这个社区的正中心，桥的两个石拱横跨着一条看起来像是河流的小溪。桥两边的房屋和商店都是用巴斯石建造的，闪耀着其他建筑材料没有的温暖光泽。我的目光又逐一发现了许多细节：常春藤、竖框的窗户、烟囱、春花盛开的石瓮、原始的灯柱、战争纪念碑和马喝水的石槽。我想象着朗赫斯特一家第一次来到这里，望着潺潺流水和远处的教堂穹顶。也许他们决定留下来并不意外。很难相信，切本哈姆镇，那个拥有环形公路、布满商业园区，还建造了通往伦敦的六车道 M4 高速公路的小镇，距离这里仅有几英里之遥。

莫克翰希思只有三家商店。在路过一家报刊亭和一家肉店兼杂货铺后，我们到达了姜饼盒子。这里主营糖果和纪念品，仍在营业，此处正是当年斯蒂芬和韦恩扒窃狂欢行动的目标。我意识到，莫克翰希思尽管对我充满吸引力，但在一个在伦敦长大的富家子眼里，这个地方一定无聊得要命。街上行人寥寥，而且基本都在六十岁以上。一位牧师从街对面笑意盈盈地走过。牧师！我是不小心闯入了《骇人命案事件簿》的剧中了吗？

但当我们爬上通往教堂的山坡时，二十一世纪终于开始现身。突然间，示意禁止停车的黄线标识出现了，而与之相悖的，比标识更多的停放车辆也出现了。一栋现代化的楼房和一座平房立在那里，就像水平低劣的牙医种的牙齿一样突兀。我很高兴看到这座村庄有自己的图书馆，但那是一个二十世纪六十年代的奇葩建筑。我们来到了圣斯威恩教堂附近，看到教堂的名字，我在想难道我们是要去拜谒奥尔登少校的坟墓。但我想多了，霍桑是我见过的最不多愁善感的人，他甚至没有朝教堂的方向瞥一眼。

他的目的地在马路的另一边：另一座古老的楼宇，这是一幢维多利亚风格的红砖建筑，只有一层，侧面还有个格格不入的玻璃扩建部分。标志牌上写着莫克翰希思小学。透过教室的窗户可以看到墓地，这是对生命短暂的生动阐释，尽管孩子们可能不会理解这一点。人行道上有几个家长正在晃荡，我看了看手表，两点五十五分。想必学校是整点放学，时间正好。我们逗留了一会儿，直到听见下课铃声响起。校门打开，孩子们涌了出来，女孩们穿着蓝白相间的格子裙，男孩们穿着短裤和蓝色Polo衫。他们冲进父母的怀抱，把练习本、卷着的水彩画和用纸板制作的各种物品一股脑地交给父母。转眼间，学校变得空空如也。然后我们走了进去。

作为一所有四五十个孩子的学校来说,这里不算宽敞,但接待区却很是开阔。那里一侧是玻璃隔断的办公室,里面摆着来访者登记簿和一些安全通行证。要进入学校,需要按铃开启推拉门,这让我不禁想到杂耍剧院的后台入口。在这里,基思的角色由一位穿着蓝色西装、干练的年轻女士承担。霍桑告知了我们的身份,并询问是否可以和校长谈谈。接待员看起来有些疑惑,但还是打了电话过去。

小学校园大概是用我的名字唯一能够通行的地方。不到一分钟,一位身材高大、神采奕奕的女士冲进接待区来迎接我们。第一眼,我就觉得她正是我十岁时特别想要的那种班主任。她长得有点像小说《魔法校长》中的特朗布尔小姐,所以外貌看起来稍许古怪,却让人觉得非常温暖。她满脸笑意,中年模样,眼镜挂在脖子上,和串珠项链缠在一起。她介绍说自己叫海伦·温特斯。

"孩子们看到你来这里一定很兴奋,"她并没有理会霍桑,对我说道,"你的书在图书馆里非常受欢迎。"

"恐怕我不是来拜访学校的。"我说。

"我们想知道当年菲利普·奥尔登被害时,是否有人就在这里。"霍桑直截了当切入正题。

"哦……"校长迟疑了一下,这个问题完全出乎她的意料,"恐怕没有。说实话,我们在努力忘掉许多年前发生的事,对于学校来说那不是什么好事。"

"没有老师还在这儿了吗?现在这里没有人记得斯蒂芬·朗赫斯特了?"

"肯定没有。我们这里的教职员工都很年轻,我本人在莫克翰也只待了四年。"

"你在奥尔登当年的那间办公室里工作吗?"

"不在,那个房间现在是我们的静音房。"

"我们能看一下那个房间吗?"

"我不明白你为什么想看,霍桑先生。一切都变了,所有的家具都搬走了……连书架也移走了。屋子还重新粉刷过。"

"但是门还在。"

我看得出海伦·温特斯已经后悔来见我们了。"好吧。"她说,"但我真的想不出这对你们有什么帮助。"

她带着我们穿过推拉门,沿着走廊往里走。走廊两边的墙上装饰着孩子们的画作。我们一边走,我一边赞赏着墙上的作品,谈论着书籍,试图让她开心一点。我们还路过了图书馆,那是一个明亮的房间,里面摆着迷你桌子和豆袋椅。牌匾上显示它由迈克尔·莫普戈创办。

"他是个十分亲切友善的人。"海伦有点尖刻地说。言下之意很明显。与我不同,这位前儿童桂冠作家没有来这里调查快要被遗忘的副校长死亡案。"你见过他吗?"

"见过很多次。我是他的忠实读者。"

我们到达了她的办公室,那是个细长狭窄的房间,桌上堆满了文件,墙上挂着各种证书。静音房就在隔壁,已经进行了现代化改造,精心设计以安抚情绪不稳定的孩子。一切都很柔和:沙发、地毯、豆袋椅、毛绒玩具,以及我们站在里面时从粉红色逐渐变为紫红色、再变为绿色的灯光。一面墙上覆满了描绘水下场景的壁画,矮桌上摆放着熔化变形了的熔岩灯。开灯的同时,也随之响起了音乐:是电影《战马》的主题曲。莫普戈的影子似乎遍布整所学校。

"这就是奥尔登少校工作的地方,"海伦说,"我来这所学校之前这是一间办公室,但副校长一职空缺多年,所以我决定将这个房间改造成了现在的用途。"

"你们这里有很多难管教的孩子吗?"霍桑问。

"我们不认为任何孩子是难以管教的。"海伦·温特斯回答道,她的口气暗示霍桑是在再次消耗她的耐心。"所有的年轻人都需要时不时地冷静下来。对于九岁或十岁的孩子来说,现代社会显得压力过大。如今的孩子们承受着很多压力。这个房间是供所有人使用的设施。有时我自己也会坐在这里。"

霍桑已经转过身去,背对着她。他正在检查门框,这个门框异常的高。他打开门,手扶住门板。我看得出他在思考把西塞罗的半身像放在上面有多大的难度,这一次我确信我们俩得出了同样的结论:一个孩子不可能独自完成这个圈套,他俩必须一起行动。而且半身像掉落的距离很长,如果底座的尖锐边缘正好指对方向,很容易就会磕裂奥尔登的头骨。

"你看够了吗?"海伦问。

霍桑点了点头。"村里肯定还有人记得奥尔登少校。"他说。

"我不明白你为什么这么感兴趣,霍桑先生。"

"我需要向你解释一下,温特斯女士。两天前,伦敦发生了一起凶杀案,受害者是位名叫哈丽特·斯罗索比的剧评家。她在自己的家中被刺身亡。我相信她的死与这所学校发生过的事有关。我知道那是很久以前的事了,但凶杀案阴影不散,我只是试图找到一点曙光。"

如果他意在挑衅,那么他成功了。"我从没见过哈丽特·斯罗索比,"她说,"但我知道她是谁。她写了一本关于莫克翰希思的书,我觉得书里的内容并不友善。"

"她没有来过学校吗？"

"有，我相信她来过。但那是在我来这儿之前很久的事了。当那一切发生时，我还住在巴斯。我做了校长后才了解到这里发生的事，我刚才也说了，我尽量不让这些可怕的记忆干扰到我。"

"但是现在村子里一定有人事发时就在吧。"

海伦·温特斯想了想。她大概率不想告诉霍桑任何名字，但与此同时，这也是摆脱他的最快方法。她最终做出了决定。"我想你可以去找罗斯玛丽·奥尔登。"

"奥尔登少校的妻子？"我说。

"遗孀。她还住在村庄，仍然住在菲利普·奥尔登在这里工作时他俩一起居住的房子里。"

"二十年了？这有点不寻常吧？"霍桑立刻抓住了这个细节。

"她没有其他地方可去，而且说实话，朗赫斯特一家非常慷慨。他们以菲利普·奥尔登的名义设立了一个信托基金，购置了格里布小屋，这样她就可以继续免费居住在那儿。他们花了不少钱，但我想鉴于那件事，他们做的不值一提。"

"在哪里？"霍桑问。

"格里布小屋？就在离姜饼盒子不远的地方。但我得提醒你，她年事已高，身体状况也不好。去年还中风了，现在不怎么出门了。如果她同意和你们交谈，你们得温和点。"

听到这个消息时，我的眼神变得呆滞，但我什么也没说。

她坚持要把我们送回到主入口。"你从未和斯蒂芬·朗赫斯特有过任何接触？"霍桑在返回的路上问她。

"没有。两个男孩都没再回到莫克翰希思。有传言说韦恩参军了；至于斯蒂芬，他出狱后去了美国。"她停顿了下，继续说，"不过我见过他的哥哥。"

"马丁·朗赫斯特？"

"对。"

"他来过学校？"

"这件事有点奇怪。那是几年前的事了。他说他正在考虑把孩子送来这里……"

这确实很奇怪。马丁·朗赫斯特那时已经三十多岁，他完全可能有读小学的孩子，但他从来没有提到过想要回莫克翰希思的计划。他的生意在伦敦市中心。而且这个村庄与他家的破败有着千丝万缕的关联，这应该是他最避之不及的地方。

"当时你知道他是谁？"霍桑问。

"他说了自己的名字，我立刻就联想到了。他很高，相当咄咄逼人。我和他在一起时感觉特别不舒服。"我们第二次经过图书馆，突然她似乎想到了什么，"其实，他提到了你。"

她指的是我。"哦，真的吗？"

"是的。不得不说，你们来这儿真是个有趣的巧合，也许有某种联系。"她回想起来，"他在图书馆里看到了你的一本书，他提到他小时候很喜欢。"

"那是好事。"

"不见得。我不确定是否应该告诉你，但他接着说，他在十四岁时给你写了一封信，但你从未回复过。对此他相当沮丧。"

这也是他从来没有提过的事。

"我向来会回复所有粉丝来信。"我告诉她。

"好吧。你肯定是漏掉了他的信，我相信你不是故意的。但这很有趣，不是吗？有些事对有些人来说非常重要。"我们继续往回走，片刻后我们到达了前门。

"格里布小屋。"海伦提醒我们。

"谢谢。"霍桑说,并补充道,"这所学校看起来很不错。"

她笑着说:"我们再接再厉。"

我和霍桑向山下走去。

第二十章　过去的罪行

"奥尔登夫人不会见你们！"

格里布小屋应门的是一位矮小而凶悍的女士。听口音应该是东欧人。她皮肤黝黑，头发扎在脑后，目光锐利；穿着一件宽松长袍，胸前别着一只表，看起来像个护士，但她却自称私人护理。霍桑跟她说了我们的身份和拜访的目的后，她不为所动。

"奥尔登夫人正在休息。"

"我们不会占用她太长时间。这件事很重要，关乎她的丈夫，菲利普·奥尔登少校。"

"她不想谈他的事。"

格里布小屋和旁边的两座房子之前都是救济院，它们并排坐落在高街路边。房子的一切都是半份大小的尺寸，就像剧院的布景似的。屋顶倾斜不平，墙壁偶有隆起。如果再缩小一点，就可以放到旅游商店里出售，一个完美再现威尔特郡小屋的复刻品。

护理员正要把那扇全橡木的屋门关上，就在那时，她身后出现了一道人影，正是罗斯玛丽·奥尔登，她倚着拐杖支撑着自己。"是谁，塔拉？"她问。

"他们想聊聊奥尔登少校的事。"护理员回答道。

"想聊什么?"

霍桑显然想要亲自解释,但塔拉坚定地挡在他和门厅之间,"他们正在问。"

"问什么?"

"我跟他们说了,让他们离开。"

"不,让他们进来。"

护理员犹豫了一下。她本想违抗,但老太太声音中的坚定让她改变了主意。我也听到了——这种坚定在她对我们一无所知的情况下显得有些奇怪。塔拉不情愿地让开路,我们走了进去,穿过一条比欢迎光临的门垫还窄的过道,来到了一个相当舒适但有些过于温馨的客厅。

罗斯玛丽·奥尔登已经坐进一把高背椅,正小心翼翼地把拐杖靠在扶手上。她周围堆满了杂物,仿佛两三个房子的东西都被倾倒进这个小小的空间里。屋里到处摆着装饰品:壁炉架上、窗台上,还有一些专门用来展示陈列的临时茶几上。这些装饰品大多与狩猎有关,我想起莫克翰庄园的看守约翰·兰普里曾经描述过这位少校在世时一直强力支持当地的狩猎活动。好吧,这些都是证明:壁炉上方的银制酒杯、穿着鲜红夹克的陶瓷狐狸、钉在墙上的马鞭以及刺绣着猎犬图案的靠垫。还有几张菲利普·奥尔登骑马的照片,照片上他的身边围绕着其他的狩猎爱好者。

罗斯玛丽的生活——或者说余生——交织其中。她喜欢书籍;不是现代的平装书,而是皮革装订的精装本,可能是她的家族世代传承下来的。她收集小小的银盒、水晶罐、陶瓷动物饰品和玻璃芭蕾舞者摆件。她旁边的桌上摆着一碗风信子,在这狭小的空间里,这是最不适宜养的花,它们令人作呕的气味弥漫在高温的空气中。

至于罗斯玛丽本人,她应该年过七十,但看起来还要再老十岁。在流逝的岁月中,她的身材变得更加矮小,臂膀和肩膀变得紧绷,颈部的肌腱也突出了。她身体不好,几乎无法行走,一年前的中风导致她的半边脸僵硬,那边的眼睛肿胀得像一颗大理石。她穿着一件漂亮的碎花连衣裙,裙摆垂至脚踝,戴着夹式耳环和珍珠项链。她的头发梳理过,还化着精致的妆容。我猜这些都是塔拉做的。她可能正准备外出——也许是去喝茶或打桥牌——但这种可能性微乎其微。这里就是她的整个世界,她过着一种虚幻的生活。

"你可以走了,塔拉。"

"您确定吗,奥尔登夫人?"

"天哪,姑娘,我可以照顾自己!"

"我已经把您的晚餐放进烤箱了。"

"我知道。我知道。谢谢你,塔拉。"这不是表达感激,而是在打发她走。

塔拉很不开心,但知道不该争论。她从椅子上拿起棉袄,走出前门离开了。直到门"砰"地关上,我们谁都没有说话。奥尔登夫人转向我们,用那只凸出的眼睛审视着我俩。

"我想要一杯威士忌,"她说,"在那个角落有一瓶达尔维尼威士忌。如果你们不介意的话,我想要少来点儿,加一点点水。"

她的饮料推车上挤满了不同的瓶子。我找到威士忌,往一个厚重的矮杯里倒了一些,又从水壶往里加了水,然后端到她面前。

"塔拉不喜欢我喝酒。医生说这会害死我,但他是个蠢货。我已经七十八岁了,看看我!我正在慢慢死去。你们觉得这有什么区别?"她颤颤巍巍地将杯子送到嘴边,吃力地咽下口中的液体,"你们想和我谈谈菲利普?"

"如果你不介意的话。"

"为什么?我听见你告诉塔拉你是个侦探。你看起来不像侦探,更像殡仪馆的人。你们在调查我吗?"

这个问题听起来很奇怪,但霍桑没有眨眼。

"不是,我们正在调查一起伦敦的凶杀案。我们相信可能与这里发生的事有关。"

"谁死了?"

"一位名叫哈丽特·斯罗索比的女士。"

"我记得她。她一段时间之前来过这里。她写了一本关于学校那件事的书,不过我从来没读过。"

"似乎她写的很多东西都不是真实的。"

"当然不是。她什么都不知道。"她笑了一下,但只有半边的嘴角动了动,"这就是你来这里的原因吗?因为你想知道真相?"

"我已经知道真相了,奥尔登夫人,你也知道。我只是想听听……"他瞥了一眼菲利普狩猎的照片,"当事人口中的故事。"

她盯着他看了一会儿,至少,她的一只眼睛盯着他,另一只眼睛则注视着不远处的某个地方。"你的话听起来很无礼,这位先生……"她的声音越来越轻,"你说你叫什么名字?"

"霍桑。"

"霍桑!你怎么可能了解我?你才刚进来!"

霍桑没有回答。

奥尔登夫人拿起杯子,把威士忌一饮而尽,然后把杯子递给我,说:"再来一杯。"

"你确定吗?"

我没有说出口,但我一定表现出了这个想法,因为她瞪了我一眼。"你认为我会怎么样?"她厉声说道,"喝醉了在桌上跳舞?如果愿意,你也可以喝一杯。也许这会让你不那么假正经。"

从她说话的语气,那个当年在莫克翰希思小学走廊上巡视的副校长夫人可见一斑。我完全能想象出那时的她是什么样子。把衬衫塞进裤子里!小点声。走廊里不准跑步!当我上预备小学时,学校里也有一位这样的女舍监,我们都害怕她。

我走到推车旁,倒了第二杯酒,但比第一杯少一些。如果她在还没说出霍桑想知道的事之前就昏厥过去,霍桑肯定会不高兴。我把杯子递给她,她又喝了一口。这真是一场相当出色的表演,尤其考虑到现在才下午四点——但我怀疑对她来说时间没有意义。房间里没有时钟,可能是有意为之。

"我并不怕你,霍桑先生。"虽然她没有口齿不清,但显然酒精对她的发言还是产生了影响,帮她摆脱了拘束,让她变得大胆起来。"那两个男孩罪有应得。他们偷溜进菲利普的书房,把那个半身像放在门顶。当他进去时,半身像砸在他的头上,砸碎了颅骨。他陷入昏迷,第二天就去世了。"过了片刻,她才稍许恢复,"我一直告诉他把那个蠢东西扔掉。他对西塞罗没有兴趣,但觉得那会给孩子们留下印象。"

"你的丈夫是个什么样的人,奥尔登夫人?"

"他过得很不容易。"她使劲摇晃着杯中的威士忌,有种一饮而尽的冲动,"他退伍后花了很长时间才找到自己。他非常怀念战友之情。他想回到威尔特郡,因为那是他出生的地方——他在科尔舍姆长大。他的父母在那儿有庄园,但在我认识他之前,他们的钱就败光了。我们俩都一贫如洗。虽然他有退伍军人的抚恤金,但那根本不够用。我们甚至没有自己的房子。"

"你有这个房子啊,而且还免租金。"

她犹豫了一下。"是的。学校一直对我很好。"

"你的丈夫为什么会当老师？"

"他需要工作，我们也需要住处。是我建议他去做老师的。显然，如果菲利普能在一所私立寄宿学校找到工作，学校就会给我们提供住宿，一举两得。他曾申请过这个地区的几所预科学校，但都没被接受。所以他参加了一项教师培训课程，在特罗布里奇那个糟糕的地方待了几年！最后来了莫克翰希思小学。一开始我们租了一间房子，他晋升到副校长后，学校把格里布小屋分配给了我们。从那时起，我就一直住在这里。"

"他在莫克翰希思过得愉快吗？"

"愉快。他很快就适应了。实际上，他在村里成了名人。他喜欢钓鱼。"

"还有狩猎。"霍桑说的这句话听起来像是在指责。

"嗯，周围到处都是证据。是的，狩猎是他的至爱，尽管他几乎负担不起。也许你会感到惊讶，其实不是每个狩猎的人都是有钱人。菲利普会和埃文河谷狩猎队一起骑行，他有时租一匹马，但猎犬队长很喜欢他，经常把自己的栗色马匹借给他。菲利普结交了很多照顾他的朋友，狩猎圈的人总是很慷慨……有点像军队。"她指着一张银相框里有点失焦的黑白照片，照片上的男孩一只手放在一匹马的身上。"那是十二岁时的菲利普。他小时候和父亲一起在科尔舍姆狩猎。他有很多回忆。他总是滔滔不绝地谈论那时候的事！"她叹了口气，继续说，"他最快乐的经历就是在寒冷的早晨和朋友们出门，一起驰骋在乡间小道上，疾驰穿越乡间，跨过篱笆和小溪。虽然每次都冒着颈椎骨折的风险，但只有那时，他才真正地活着。那是他期盼的生活。"

"所以他不太喜欢斯蒂芬·朗赫斯特吧。"

罗斯玛丽·奥尔登愣了一下。"我不知道你是什么意思。"

"他的父母与工党政府关系密切,而工党政府想要取缔狩猎。"

"那不是孩子的错。"

"也许你的丈夫不是那么想的。"

"菲利普确实不喜欢那对夫妇。没人喜欢他们!"她不假思索地脱口而出,很快又恢复了淡定。"那时发生了很多不愉快的事。"她继续说道,"报纸和电视上都有很多议论。我们村里甚至出现了破坏分子,骑着摩托车四处骚扰猎犬。还有人破坏公物……到处涂鸦……还伤了一匹马。而禁猎呼声最高的声音就来自我们的新居民,朗赫斯特夫妇。他们来到这个社区,却对我们的生活方式一无所知。他俩就是巢穴中的毒蛇——菲利普一直这么称呼他们。"

"那你住在这里肯定不太舒服吧。"霍桑说,"刚才你说学校对你很好,让你住在这里。但你肯定知道是特雷弗和安娜贝尔·朗赫斯特付了钱。"

"我不知道。"

"你可不是撒谎的高手,奥尔登夫人。"

"你竟敢这样说我!"

"跟我们说实话吧。朗赫斯特夫妇买下了这座房子,并为你设立了专门的信托基金。你当然都知道。"

她把杯里的酒一饮而尽。"我没有别的去处。"

霍桑等待她平静下来。当再次开口时,他表现得更加通情达理起来。"奥尔登夫人,你难道不想倾诉一下吗?"他问,"这不是你让我们进来的原因吗?你已经坐在这里思考了十七年。但过去的罪行就是这样,永远不会放过你。你在这里谈论死亡,并担心有人会来调查你。"

她伸手递过酒杯,"再来一杯!"

"我觉得你已经喝得够多了。"霍桑伸手接过杯子,"我跟你说说我的看法吧。首先,我认为奥尔登少校弄错了,我指那件图书馆书籍的事……撕掉书页之类的。斯蒂芬·朗赫斯特不会做那种事。关于这一点,我们了解他,他很喜欢书。如果他和韦恩想伤害你的丈夫,那一定不是因为他不让他们去巴斯,而是因为他在他们并没有做的事上冤枉了他们。"

"胡说八道。你怎么可能知道?而且,那只是一件小事,很久很久以前的事了。"

"一件导致了你丈夫死亡的小事。你是在否认吗?"

"我什么也没说!"

"那让我来说。因为我还知道另一件事。韦恩在两个孩子中年龄大一点,还住在政府救助房里,因此大家都认为他是那个煽动做坏事的人,他是领袖;但事实正好相反——韦恩是无辜的,斯蒂芬才是主使。"

"你为什么跟我说这些?现在还有什么意义?"

"因为韦恩被关了十年,而斯蒂芬只关了五年。"霍桑停顿了一下,盯着她的眼睛。他向她倾了倾身子,继续说道:"奥尔登夫人,你是否在法庭上做过证?"

罗斯玛丽·奥尔登屏住呼吸,妆容下面的脸像一张羊皮纸一样惨白。最后她开了口:"我作了陈述。是的。"

"虚假陈述。因为朗赫斯特家的律师找过你,对吧?他们告诉你要说韦恩是始作俑者,而斯蒂芬并不知道自己在做什么。而这就是给你的回报——这座小房子,一个安身之所。你支持了他们的故事版本,而这座房子就是对你的酬谢。"

"不是!"罗斯玛丽·奥尔登笔直地坐在椅子上,就像被电击了一样。"你们滚!"她的声音颤抖着,在喉咙里打结。

"等你说了我想知道的事之后,我会离开的。"

"塔拉……!"

"塔拉不在这里。你把她打发走了。"

霍桑气势汹汹。他并不在意审问对象已经年过七旬并且疾病缠身。我非常担心罗斯玛丽可能会心脏病发作或再次中风。那样的话卡拉·格伦肖会幸灾乐祸——在我进入房间五分钟后,又发生了一起命案。

"是谁毁坏了图书馆的书?"霍桑问。

"我不知道。"

"反正不是斯蒂芬和韦恩!"

"我不知道是谁!"她喘息着说,"菲利普也不知道……"

终于,她承认了。

"菲利普知道不是他们,"她继续说,"他告诉过我!他找不到真正的罪魁祸首,所以拿他们开刀。"

"其他的事呢?"

"我不知道你指什么……"

"律师的事。"

她点了点头。她此刻只想让霍桑赶紧离开。"宣判之前,一个律师来找过我。那是个把头发向后梳得油亮、虚情假意的年轻人,他没有告诉我他的名字,只说他是代表那家人来的,如果我同意帮助他们,也许他可以帮助我。我做证说斯蒂芬是个好孩子,他不知道自己在做什么,是另一个男孩影响了他。我没有撒谎。这不是我的谎言。我所做的只是支持他们所谓的真相。"

"做伪证。"

"你可以这么说,但我能怎么办?我走投无路了,我不得不搬走。我没有工作,没有收入,也没有去处。菲利普已经死了,没人管我。"

一滴眼泪从那只健康的眼睛里流了出来。霍桑站起身。"我们现在可以让你一个人清净地待着了,奥尔登夫人。你做了件正确的事,就是告诉了我们真相。"

"我会被逐出格里布小屋吗?"

"不会的。你可以留在这里。我们来的目的并不是这个。"

他向门口走去,但她叫住了他。

"霍桑先生,你能帮我做件事吗?如果你将来找到那两个男孩,能告诉他们我知道错了,我非常抱歉吗?他们两个都不该进监狱。那只是一个恶作剧。你能告诉他们我有多懊悔吗?"

霍桑停下了脚步。"亲爱的,我不得不说,现在为时已晚。"

他离开了房间。我带着一丝歉意向她耸耸肩,然后跟着霍桑走了出去。

第二十一章　贾玛哈尔

我以为我们会直接返回伦敦，但霍桑已经提前打过电话，安排好了最后一个会面。阿德里安·威尔斯是哈丽特于布里斯托尔《阿古斯报》供职期间的在任主编。在那间报社，哈丽特先是担任犯罪记者，后来成为戏剧评论家。阿德里安仍然居住在布里斯托尔，我们现在正前往那里。会面之后，我们将从那里乘火车回家。

我的不安越来越强烈，但并不是因为我知道时间不多了。恰恰相反，事情正在以旋风般的速度发展。星期二我的剧首演，星期三哈丽特被杀，星期四霍桑现身，而今天才星期五。我现在的问题是，尽管我清楚我们已经获取了很多信息，但却不知道这些信息有什么用。

我们了解了斯蒂芬·朗赫斯特的真相。跟大家的普遍想法以及法官明确的判决相反，他并没有看起来的那么无辜。我们得知了一个歪曲事实的阴谋，罗斯玛丽·奥尔登被匿名的伦敦律师贿赂，在法庭上提供了伪证。菲利普·奥尔登本人是个报复心极强的恶霸。还有马丁·朗赫斯特的诡异行为。他去学校做什么，为什么谎称要把自己的孩子送去那里？

但这一切和哈丽特·斯罗索比的死有什么关系呢？霍桑说过

哈丽特被害的原因可能和莫克翰希思有关，但除非是约翰·兰普里或者那位少校的妻子前往伦敦复仇（这似乎不太可能），否则我们好像只是在浪费时间。

阿德里安·威尔斯已经退休了，而且他恨不得让这个消息尽人皆知。他身体端坐，双臂交叉着放在肥胖的肚子上，穿着变形的羊毛衫和拖鞋；一头银发又长又乱，脸上胡子拉碴。他独自住在克利夫顿区的一座公寓里，公寓是由教堂改建而成的，还保留着之前的彩色玻璃窗户，非常适合他的风格。他看起来就像一个颓废的圣人。

"我当然记得哈丽特，"他告诉我们，"她是一个可怕的女人。不过她是个好作家。她从来不会让事实妨碍一个好故事。"他被自己的冷幽默逗得笑起来。

"具体是什么意思？"霍桑问。

"她不说谎，但会美化事实。她用特有的视角看待事物，并确保笔下的文章反映了自己的观点——即使全世界都不是这么想的，她也毫不在意。所以，如果她喜欢某个人，她会让这个人看起来很讨喜，即使他是杀妻、碎尸，并把尸块藏进冷库的恶魔……实际上这就是她报道过的一个故事。"

"她喜欢和罪犯为伍？"

"这是个好问题。"威尔斯又笑了一下，"她确实有取悦他们的办法，同样也能讨好他们的妻子、丈夫、邻居或受害者！这就是她能够获得这么多内幕的原因。她会去其他记者都不敢去的地方。我猜你对罗伯特·瑟克尔这个名字不了解吧？"

"她写过一本关于他的书。"

"没错。他是一名在不同的疗养院里杀害了六位老妇人的医生。警方怀疑了他两三个月之后才逮捕他，就是在那段时间里，哈丽特和他成了好朋友。我觉得她对杀人犯有一种吸引力。"

"那她欣赏他们吗？"

"我觉得没到那个程度，但她肯定对他们也很有兴趣。"

"她告诉过我，她觉得罪犯们很乏味。"我插话道。这是哈丽特在派对上跟我短暂交谈时说的。再一次，我又想起不久之前，她手里拿着饮料活生生地站在我面前。

"对于哈丽特，所有的一切最终都会变得乏味。朋友、同事、丈夫……包括我！这是因为她自恃过高。"

"亚瑟·斯罗索比也在报社工作过。"

"没错。我参加了他们的婚礼。既然你提到了，我就说一下，他们的婚姻维持了这么久，我觉得很不可思议。哈丽特不可能满足于只有一个男人，我确信亚瑟知道她在外面乱搞。"

"她有外遇吗？"

"霍桑先生，别那么大惊小怪。她以前是个很有吸引力的女人。我也有些迷恋她！她身上有种气质——能量满满、野心勃勃，我也说不清楚。她利用性来获取自己想要的东西。她不会让任何事阻挡她的道路。"

"她和弗兰克·海伍德有婚外情吗？"

"意料之中。老实说，我不太清楚。他们确实关系亲密。他经常带她去剧院，所以她才有了当评论家的想法。我说她疯了。为什么要把现实生活的戏剧换成一群在舞台上的跳梁小丑？而且，她太因循守旧，太固执己见了，不适合当戏剧评论家。弗兰克去世后，她评论的第一部剧是关于女同性恋的爱情故事，她将这部剧痛批了一顿——不是因为戏糟糕，而是因为她不赞同这个主题。我觉得她还是坚持原来的路线更好，但她不听我的。"

"是弗兰克·海伍德引荐，她才去了莫克翰希思吗？"

"你是指那位老师被杀的时候？是的，是弗兰克。他住在那个村子里。"

"她写的书有没有引起什么波澜？"

"天哪，太有了！朗赫斯特一家和他们的律师扬言要控告她诽谤。莫克翰村庄的信托也写过信来。她甚至把当地的国会议员都牵扯了进来。但是一切都过去了，就像她预料的那样。当你读她的作品时，你可能不喜欢，可能觉得有些可怕，但她知道自己在做什么。她总是把火候把握得恰到好处。"

"她在《阿古斯报》做了多久的戏剧评论家？"

"不到一年半。她没有等多久就离开了，但我怀疑她只是把报社的职位当作跳板。我说过——她知道自己想要什么。我不想给她那个职位，但她逼得我别无选择。弗兰克去世后的那周——顺便说一句，她写了他的讣告——她到我的办公室给出最后通牒：要么接受她的条件，要么就彻底失去她。"

"你能告诉我一些关于弗兰克·海伍德死亡的信息吗？"

外面天色渐晚。彩色的玻璃窗慢慢失去了轮廓，圣母玛利亚和她的侍从天使逐渐消失在阴影中。阿德里安·威尔斯伸手打开了一盏万向灯。

"你问这个真是巧了。就在这周，我才刚刚谈论过这件事。我甚至想到我可能会向警察透露一点线索。"

"你是说……卡拉·格伦肖吗？"我问。

"谁？我没听过这个名字。我还只是有个念头……"

"什么念头？"我希望自己听起来没有太过惊慌。

"我相信你们也知道，弗兰克·海伍德死于食物中毒。严格来说，死因是心脏衰竭。他是个老烟鬼，而且从来没有做过任何锻炼，所以身体不好。心脏衰竭也不意外。更关键的是，他当时正在一家臭名昭著的印度餐厅就餐。就是圣尼古拉斯市场附近的贾玛哈尔餐厅。那家餐厅人气很旺，尤其布里斯托尔的学生都喜欢去那里。但是健康与安全机构曾多次造访，对这家餐厅颇有微词。我们的美食评论家称之为'死亡哈尔'。

"导致弗兰克死亡的心脏病发作是因为一道有问题的咖喱羊肉。哈丽特那天晚上和他在一起，也感到了不适，尽管她只在圣迈克尔医院住了一个晚上。几天后，我去看她的时候，她看起来很糟糕。餐厅是她选的，她无比内疚。她把他的死归咎到自己身上。"

"是食物中毒，而且是很久之前的事了。你为什么认为警察会感兴趣呢？"

"因为哈丽特也被杀了！"他的语气听起来似乎答案很明显，"这让我开始思考。你看，我听到一个传闻，她可能是因为写的东西——一篇评论而被害。我知道这听起来有点荒谬，但弗兰克去世的前一周，他跟我说过一模一样的话。关于他写的东西——是的，他有点刻薄。哈丽特的这点就是从他那儿学到的：享受那种揭人伤疤的快感。那时，我们两个人正喝着啤酒，他提到了他看过的一部时长很短的戏剧——他对那部剧真的很不满意。'如果那个作者提着镐来报复我，我一点也不惊讶。'他只是开玩笑。但一个星期后……砰！

"也许是我了。这就是太闲带来的后果——但也确实让人思考。我们开过贾玛哈尔的玩笑，但之前那里从没死过人。当时也没有警方去调查，因为两个人都病了——不只是弗兰克——而且不管怎么说，他是由于心脏病离世的。你是个侦探。你觉得呢？一位不满的作家跟着他们进入餐厅，往咖喱里放了些东西。对恶评的报复。"

221

"我想你应该不记得内容了吧?"霍桑问。

"事实上,我记得。时长只有一个小时。故事发生在一座青少年监狱,一群少年犯演绎着《真诚的重要性》。弗兰克说这是他看过的最匪夷所思的情节,问题就在这里,他暗示这部剧的作家可能有精神问题。剧名叫作《手提包》。"

"那你知道是谁写的吗?"

在他回答前,我截下话头。

"是我。"

第二十二章　安全屋

回伦敦的路上我一直闷闷不乐。阿德里安·威尔斯猜测我是一个连环杀手，专门杀害不喜欢我作品的评论家，这个荒谬的言论霍桑当然不会相信——反正我是这么告诉自己的。霍桑什么也没说，只是拿出了他的iPad，不紧不慢地翻阅着哈丽特·斯罗索比的书。

顺便说一下，我对《手提包》非常自豪，这是我为国家剧院的"新联系"计划创作的第一部短剧，后来在巴斯的青年剧院节上演出了一周。正如威尔斯所说，它讲述了一群关押在监狱里的孩子的故事。他们生活中唯一的希望就是演出王尔德的杰作，他们认为这样会让自己看起来跟正常的孩子一样。可悲的是：他们一个字也听不懂。这是一部关于失败和永不屈服的作品。

我从来没有看过弗兰克·海伍德的评论。

我和霍桑在帕丁顿车站分别，霍桑答应第二天会给我打电话。然后我乘地铁回到法灵顿。当我从地铁站爬上街道时，差不多晚上九点，天已经黑了。我整个人筋疲力尽。由于是周五，而且雨终于停了，人行道上挤满了在城堡酒吧和三个罗盘酒吧外面喝酒的上班族。我正准备走到牛过街时，手机突然响起了短信的嘀嘀声。我拿出手机看了一眼屏幕，是凯文·查克拉博蒂发来的消息。

安东尼——坏消息。朗伯斯法医科学实验室已恢复运作。格伦肖确认了头发的结果匹配。建议你赶紧撤离。

凯文。

当我还在盯着屏幕,两辆警车闪着警灯飞驰过拐角。地铁站的入口前面是个行人区域,所以他们没有看到我。但我清楚地看见他们急刹车停下,卡拉·格伦肖探长和米尔斯探员从第一辆车里冲出来,两名制服警员从后面的车里下来。我满心恐惧地看着他们按响了门铃。我还没有告诉妻子这些事,她会如何应对呢?

在反应过来之前,我已经下意识地转身朝另一个方向疾步走去,尽量与卡拉·格伦肖拉开距离。我产生了一种诡异的割裂感。就在刚才,我还是人群中的一员,朝着家的方向奔走。此刻我却成了警方的通缉犯!我孑孓独行,但实际情况比这更糟糕。我感觉有一台高高在上的全视摄像头正录制着地上的画面,而我正在屏幕前盯着自己。我意识到此刻的我就像个逃犯,于是强迫自己放慢脚步。如果有人看到了警车,然后再看到我,二者之间的关联就不言自明了。

我转进前一晚乔丹·威廉姆斯出现的小巷,回到我俩相遇的那座公园。我需要找个地方坐下来想想,我知道晚上的这个时间那里的人比较少。此刻我心中最强烈的念头就是我不能回到托普德尔街去,不仅仅是因为肮脏和羞辱,而是如果我再身陷其中,就不会只是二十四小时的事了。霍桑不会再来救我。卡拉也有了充分的证据。那些证据会被法庭采信吗?当然会!托普德尔街是走向监狱生活的第一步。

公园已经关了,我绝望地坐在人行道边。

所有这一切都太令人抓狂了。我没有杀人,但匕首、指纹、头发、日本樱花和闭路电视影像却处处证明了我的嫌疑。我有杀人动机。有证人可以证明我曾威胁过哈丽特·斯罗索比；还有证人可以证明我赞同她该死的观点。而且，这些还没把我谋杀的第一个受害人考虑在内——布里斯托尔《阿古斯报》的评论家弗兰克·海伍德。我百口莫辩。如果我是陪审团，也会判定自己有罪。

我不知道在那里待了多久。也许卡拉已经离开，我可以溜进家门，躲在床底。可惜这套公寓没有后门，甚至没有可以让我爬进去的窗户。我不敢回到牛过街去，那里可能会有警察整夜蹲守。最后，我做了一件最开始就应该做的事——拿出手机给我的妻子打电话。

她在第二声铃响时接起了电话。"安东尼？你在哪儿？"

"卡拉·格伦肖还在吗？"

"嗯，她还在。"她接着说，"你为什么这么做？"

"做什么？"

"谋杀那个评论家！"

"什么？我根本没接近过她！你真的认为我和案子有关吗？！"

"警方似乎认为他们胜券在握。"

"你相信他们，却不相信我？"

"那个，我知道那篇差评让你很焦虑。"

"但我不会焦虑到去杀人！"

"那你为什么不跟我说？"

"我以为你不想知道。"

"你说得都对！我真是太失望了——"

我本想继续说下去，但卡拉·格伦肖从吉尔手中夺走了电话。"你在哪儿，安东尼？"

"我不会告诉你的。"

"你逃不掉的。整个伦敦都在找你。如果你能自首,局面会对你更有利。"

"我不想和你说话。我要和吉尔说话。"

"她很难过。她完全不知道自己嫁给了一个什么样的男人。"

"你为什么不去死,卡拉!"

"你是在威胁我吗?"她停顿了一下,"你在附近?"

我挂断了电话。她的最后一个问题吓到我了。难道她能追踪通话?我在很多电影中看过那样的场景,警察一直让嫌疑人说话拖延时间,以便可以追踪信号——事实上,我也写过这样的情节。我一直想知道具体需要多长时间——也许现在警方正在实时追踪。我得动起来。我站起身,沿着原路往回走。

但我没有去车站,那是他们第一个会去找我的地方。相反,我朝霍尔本的方向走去。如果我想把自己淹没在人群中,那么市中心是最好的选择,而且任何地方都比法灵顿安全。可恨的是,我今天穿着牛仔裤和套头毛衣,要是穿的连帽衫或者出门戴了棒球帽就好了!那样我就可以遮住头部。所幸作家很少受邀上电视,而且我上一次在电视上露脸已经是一年多以前了。我把手插进口袋,低头盯着人行道,希望没有人能认出我来。

走了几分钟之后,我开始琢磨我这是在做什么。我打算在哪里过夜呢?住酒店是不可能的,估计我还没到房间,前台就把我上报了。我在城里有几个朋友,但我不确定是否要把他们牵扯进来,毕竟可能会引来警察给他们带去麻烦——而且,卡拉·格伦肖几分钟前还拿着我妻子的手机。很可能她会记下吉尔所有的联系人,然后挨家挨户去排查。我能去萨福克找我姐姐吗?不行,那样就得去车站和乘火车。

走到查尔斯街时,我突然冒出一个想法。我需要藏身之处——一间安全屋,而只有一个地方可能会向我敞开大门。我毫不犹豫地朝着河边走去,返回到黑衣修士桥。那是我感到最暴露的地方,水面之上,又空旷开阔,人行道上只有我一个人,车辆从我身边飞驰而过。我可以看到前方多吉特酒吧的灯光,那就是我要去的地方。我加快脚步,希望早点结束这段行程。现在唯一的问题是——霍桑会让我进去吗?

他极其注重隐私。认识他以来,我只进过他的公寓四五次,而且他的待客之道仅限于厨房里的一块奇巧巧克力……虽然有那么一次,他招待过我一杯朗姆酒加可乐。我甚至不知道他有没有多余的房间。有没有可能卡拉·格伦肖知道他住在哪里?不太可能。霍桑绝对不会把他的住址告诉她;公寓属于海外的一个人,不在他名下;他没有支付任何房租;产权证上没有他的名字——甚至水电费账单上也没有。我越想越觉得瑞沃考特是全伦敦最安全的地方。但我仍然很紧张。虽然事发以来,霍桑从来没有全力维护过我的清白,但他肯定不会在深夜把我拒之门外。

我走到前门,按响门铃。没人回应,我开始在想他可能不在家、可能睡着了,或者只是不想回应。但是很快,扬声器里传出了遥远又刺耳的声音。"托尼!"我不需要说话,他已经在监控中看到了我。

他听起来并不惊讶。

我把脸贴在扬声器上,声音中的焦急呼之欲出。"我需要进去,"我说,"卡拉·格伦肖在我家,凯文发短信跟我说,他们拿到 DNA 结果了。他们要逮捕我。我需要一个地方躲一下!"

一阵沉默。

"很抱歉,托尼,不行。"

我的心沉了下去。我早该知道他不会让我进去。与此同时，我觉得这句话似曾相识，他表达的方式好像在提醒我什么似的。随即我想起来了，这就是我跟他说不再写书时说的话。浑蛋！他选择在这个时候报复我。

这次，我实在忍不了了。"霍桑，如果你不让我进去，我发誓再也不理你了。你可以永远忘记奥尔德尼岛，我会撕毁我们的合约，不再写第三本书。永远不会。"

"我以为你已经开始写了。"

"我会将它付之一炬。"

"你听起来情绪很糟。"

"我当然情绪很糟！我正在被警察追捕。快让我进去！"

又是一阵漫长的沉默。我想尖叫，但随后传来振奋人心的电子锁的嗡鸣声。我推开门，一下子冲进接待区。我走过去时电梯已经到了，不知道是不是霍桑按下来的。所幸四下无人，没人看见我进来。我钻进电梯，一个人上到十二楼。

霍桑正站在走廊上等着我。他还是白天的装束，只是换了一件灰色 V 领针织衫。他看上去紧张兮兮。"快点，老兄，"他轻声说，"别被人看见。"

有半秒钟的时间，我以为他是认真的。然后我意识到，他只是在用自己的方式享受着这一切。我还记得他刚来托普德尔街时是多么不屑一顾，他一生中唯一打过的东西就是电脑键盘。我成为逃犯的想法让他觉得很好玩。而当下，环顾四周，鬼鬼祟祟地关上门——他只是在表演。

我们走进客厅，我看见桌上摆着他的 iPad，周围是他正在组装的军用车模型的复杂零件。我敲门时，他应该正在读哈丽特·斯罗索比的书。无论如何，这总算是个好消息。他仍在全力调查。

"霍桑，"我努力让自己的声音保持稳定，"我今晚得借宿在这儿。我回不了家。卡拉·格伦肖在我家，跟我的妻子在一起！我也不能去酒店。我没有别的地方可去。"

他悲伤地看着我。"我不确定，老兄。如果警方发出你的逮捕令，收留你就涉嫌违法。这可能会让我成为共犯。"

"你担心违法？"我几乎冲他嚷起来，"你因为把一个恋童癖推下楼梯被警局开除，后来你还劝诱他自杀了。还有，你经常入侵警方的计算机系统！你在开玩笑，对吧？除了是个侦探，你根本不把法律放在眼里。你得帮我。我本以为我们是一伙的。因为你，我已经住过两次院了。我们一起做过那么多事——难道对你一点意义都没有吗？"

让我震惊的是，我感到眼泪刺痛了我的眼眶。这又是无比漫长的一天。我简直不敢相信自己会陷入这样的境地。

"放松点，老兄。喝一杯？"

"你有什么喝的？"我祈祷不会又是一杯朗姆酒加可乐。

"我有些格拉帕。"

"格拉帕？"

"就是意大利白兰地。"

"我知道那是什么。"我强迫自己冷静下来，"好吧，麻烦给我来杯格拉帕。"

"稍等。"

他离开了房间，而我仔细看着眼前的模型。那要么是个坦克，要么是某种移动式火箭发射装置。他还没组装多少，看不出具体是什么，此刻我也没有心情去理清剩下的八九十个散落的零件。房间一如既往地空荡。霍桑没有拉窗帘——这里根本没有窗帘。我依稀能看到泰晤士河闪烁的光亮。今天可能是满月，尽管之前我完全没有注意过。

霍桑回来了，一只手里端着一杯浸着冰块的清澈液体，另一只手拿着一个小碗。他把东西都放了下来。"给你，老兄。我猜你会喜欢小米饼。"

"你真是太好了。"

碗里有十几块小米饼。在它们的提醒下，我想起自己还没有吃晚饭，也想起为什么我会在这里。

"霍桑，"我说，"告诉我到底是谁杀了哈丽特·斯罗索比。"

他皱了皱眉，说："我也希望我能告诉你。"

"你肯定知道！我们和所有人都聊过了，还去了莫克翰希思。通常来说，这种时候你就知道了……"

"呃，这次有点棘手。实话跟你说：有三个主要嫌疑人。"

"别告诉我我是其中之一。"

他避开了我的目光。

"我不知道我为什么还要浪费时间。"我喝了一口格拉帕，又甜又腻，喉咙有点烧痛。酒精对我一点作用也没有。"我还是自首吧。"我说。

"没必要这么悲观。"霍桑试图表现得欢快起来。

"我还能做什么？如果你不让我留下的话……"

终于，他似乎对我产生了同情。"听着，老兄。我不习惯有客人在我这里过夜。那不是我的行事风格。而且我这儿只有一间多余的卧室。"

"有张床就行！"

"不是这样……"他内心挣扎着。最终他似乎下定了决心，"好吧。我给你安排一晚。但只因为是你，对其他人我可不会这么做。"

"谢谢。"我是真心的。我觉得我连离开的体力都没有了。

"你想吃点东西吗?"

"我吃不下。"

"那也好。冰箱里什么都没有。"

"霍桑,求你告诉我吧。有三个嫌疑人,如果不算上我,就是两个。你肯定有办法……"

"我们明天早上再谈这个。我要早起。"

"但是你肯定已经掌握了所有的事实!"

"其实,老兄,这就是问题所在。事实,正是让我困惑的原因。事实太多了,不可能全部正确,我得梳理梳理。"

我不知道他在说什么,但他不想再多说了,我也不想步步紧逼给他施加更多的压力。我一口气喝光了剩下的格拉帕,希望能够助我入睡。随后我跟着霍桑走出厨房,穿过对面短短的走廊。那里有三扇我从未见过的门。

霍桑指了指最远的那扇,说:"那个是我的房间。旁边是一个客用浴室。我给你找一个牙刷。你住这儿吧。"

他打开了最近的那扇门。

"我希望你不要谈论我住在哪儿或者怎么住,明白吗?我绝对不想在你的书里看到这个。"

"我没在写书。"

他没有说话。我走了进去。

我一眼就认出这是他儿子的房间。屋里有单人床、阿森纳球队的被子、长颈鹿毛绒玩具、漫威超级英雄的海报以及不少书。不同于公寓里的其他区域,这个房间是精心装饰过的,非常适合小男孩居住。虽然空间不大,但很温馨。角落里有一张小书桌。

墙壁是蓝色的，天花板上贴着恒星和行星。

我刚要转身对霍桑说些什么，发现他已经走开了，还轻轻地带上了房门。我觉得自己像强行闯进了这个房间，感觉自己很过分。我对他的儿子威廉所知寥寥，但霍桑曾告诉过我他们父子很亲密，威廉有时会在他家过夜。而我却住进了这个房间，这样是不对的。我看到相框里有张照片，于是拿起来看了看。威廉是个帅气的男孩子，长得很像妈妈。我曾经见过他妈妈一次。照片是在动物园拍的，威廉一头金发，脸上带着迷人的微笑，正和霍桑手牵手，两人一起看着长颈鹿。也许毛绒玩具就是那个时候买的。不知道拍照片的人是谁。

现在退出房间已经太迟了。我脱下衣服，爬到床上。在关灯之前，我瞥了一眼满墙的书架。霍桑曾经说威廉不看我的书，但那里却有我的全部作品，或者至少有十五本："亚历克斯·莱德"系列、"钻石兄弟"系列、神话传说集、《祖母》还有《葛若思汉姆农庄》。看起来那些书被翻阅了很多遍。

意想不到的是，我几乎一秒入睡。我想我的精神和体力都透支了。当我躺在狭窄的床上，脚还露在被子外面时，我最后一个清醒的想法是：我竟然住在霍桑的家里，而他此刻就在离我几扇门之外的床上。在过去的四天里发生了很多奇怪的事，但这才是其中最不可思议的。

第二十三章　对事不对人

我睁开眼睛，看见了星星。过了一会儿我才记起这是粘在威廉房间天花板上的恒星和行星，而我此刻正睡在他的床上。我双脚冰冷，因为被子只盖到了脚踝；由于睡觉姿势很不舒服，脖子也阵阵酸疼——尽管能睡着已经实属奇迹。空腹喝的一大杯格拉帕显然起了作用，但也在我口中留下了难闻的味道。我该刷牙了。

我翻了个身，听到身下的弹簧嘎吱作响。霍桑给儿子买的是一张老式铁架床，看起来像是从寄宿学校或军营弄来的。有那么一瞬间，我就躺在那里，感受着周围全然的寂静。每座房子都有自己的声音，对于居住其中的人来说，这些声音会成为日常生活的一部分。我在克莱肯威尔的公寓，它的声音是管道加热时的咔嗒声、狗狗等着出门的咕咕声、妻子在跑步机上的喘气声，还有厨房收音机里尼克·罗宾逊的播报声。而这里，什么都没有。我仔细听着，周围鸦雀无声。不知道霍桑是不是出门了。

我起身坐在床沿上，穿着自己的内衣裤待在别人的房间里，感觉有些不自在。我没有新的衣服可换，于是套上了前一天的牛仔裤和套头毛衣。我轻轻打开房门，向空无一人的走廊张望。霍桑的卧室房门紧闭，但客用浴室开着门。我走进去，看见马桶座上整齐地叠放着一条毛巾，旁边摆着牙刷和牙膏。不得不说，浴室非常干净，就像从没用过一样。想必这是为威廉准备的，他来时会用。这让我了解到了关于霍桑的一些事，虽然我早有察觉，但没有完全意识到。他有洁癖。或许这也是他很少在公共场所用餐的原因——出于对病菌的恐惧。

我洗漱完，用毛巾擦干水池，然后走出浴室，轻声喊着霍桑的名字。没有回应。我拿出手机看了看时间，已经快九点了。我的第一反应是给吉尔打个电话，告诉她我在哪里，但想到信号可能会被追踪，决定还是算了。绝对不能把卡拉·格伦肖引到霍桑家门口。我沿着走廊走进厨房。那里也没有人，但桌上放着一个盘子和一个碗。袋子里有两个牛角面包，还有一堆在酒店里常见的迷你麦片盒。牛角面包肯定是霍桑出门买回来的，而麦片，我猜是威廉的。

霍桑给我留了一份报纸，还有一张纸条：

> 我得出去一下，十一点前回来。冰箱里随便找点吃的——别打电话，也别开门！有紧急情况的话，去找凯文。

出于好奇，我打开了冰箱。一盒没开封的牛奶、一块黄油和一小罐橘子果酱，没有别的了。前一天我几乎什么都没吃，现在感觉十分饥饿。我狼吞虎咽地吃完了两个牛角面包，又吃了一碗香脆玉米片，还有一碗可可米。然后给自己冲了杯咖啡，快速翻阅完报纸，看到上面没有我的名字，松了一口气。我坐下来沉思着。

相比昨晚，情况稍微好了一些。警方正在追捕我，但他们不知道我在哪里。我暂时是安全的。霍桑在纸条上没有明说，但他似乎还在调查，不然为什么这么早出门，他会带回来什么消息呢？我希望是凶手的身份。

我折好报纸，心中渐渐萌生了一个念头，此刻是我的绝佳时机。从遇见霍桑那天起，我就始终希望能多了解他一些，但他总是将我拒之千里。我曾经费了好大劲联系上一个与他共事过的警督，但对方并没有说出任何有效信息，还收了我一百英镑。奥尔德尼文学节时，霍桑匆匆谈论过自己，但却是信息寥寥，而且我也不知道他说的哪句真哪句假。随着我们一起解决了三起案件，他那种几乎偏执的保密态度让我越来越恼火，我们经常为此争吵。如果对他的过去一无所知，我怎么写关于他的故事呢？正好，现在我独自一人在他家里。四处看看，一定有许多线索可以填补关于霍桑生活的空白。在里斯发生的事是我要解开的首要之谜，但还有各种各样的事我想要弄清楚。他在哪里出生？为什么会做警察？不和我一起调查凶杀案的时间里他在做什么？长颈鹿背后是个什么故事？

我久久地坐在桌前，陷入两难境地。霍桑并不是邀请我来他家做客的，只是因为我有麻烦，无处可去，他才收留了我。我不确定应不应该辜负他的好意，借机"扫荡"他家。我在想，可能会从卧室开始。这是人们袒露自己最多的地方，那里放着外衣和内衣，摆着睡前读物，还有最为私人的东西。甚至连铺床的方式也是一种自我展现，是皱巴巴的床单和被子，还是松软的枕头、新奇的靠垫和玩偶？但我心知肚明，如果打开那扇门，我会瞧不起自己。也许以后，每每看见霍桑，我都会自惭形秽。

那么书房呢？第一次来这座公寓时，我向里瞥过一眼。那里面都是案件的资料，我只是快速看一下，应该无伤大雅。我走到客厅远处的一边，来到书房门口。"霍桑……？"明明知道不会有回应，在进去之前我还是喊了一声他的名字。我突然想到或许公寓里有隐藏摄像头，甚至此刻霍桑或者凯文可能正在监视我。我尽量表现得很随意。我只是要找张纸，记一下关于案件的笔记——我对隐形的观众这样说道。我会打开书桌抽屉，只是因为工作需要，对事不对人。

书房和我记忆中的样子如出一辙——一张靠墙的桌子，两台我从未听过的小众品牌电脑，端口和插座上插着的各种部件设备，乱成一团的电线。桌面上没有文件或笔记本，只有一本平装版《了不起的盖茨比》，书的好几页都折了角以标记位置。我猜他是跟着读书俱乐部的节奏在读这本书。我仔细观察他的书架，但他读的书太杂了，实在看不出所以然：有文学小说，惊悚小说，经典名著……从丹·布朗到陀思妥耶夫斯基……我的书一本也没有。

有八九张装在相框里的照片显得更为有趣，其中一半是威廉在不同场合照的——有的在家里、有的在学校里，还有些是和他妈妈一起拍的。有一张霍桑妻子的肖像照，与其他照片稍稍分开。这不是随意的快照——拍摄时非常注重光线、发型和姿势，用了很多心思，一看就是心爱之人为她拍的。另外三张照片，尽管没有提供太多确切的事实，却记录了霍桑过去的生活。一张照片上他大约十二岁，穿着短裤，站在两个大人中间。其中一个是穿着制服的警察——应该是名警长；另一个是身着礼拜服的女士。这是他的父母吗？两个人都很传统，站姿非常正式——看起来跟霍桑一点都不像。至于霍桑，他的身上已经隐约有了一种超脱的感觉。他牵着他们的手，但面无表情，好像在完成任务似的。

下一张是霍桑穿着警察学员制服的照片，可能是在某个毕业典礼上拍的。他努力对着镜头微笑,却只显出尴尬。他的外形在二十年里没有太大变化:只是随着时间的推移,变得越来越有威慑力。最后一张是他和一个同龄男子的合影,照片上两人都举着杯子,应该是在一家酒吧拍摄的——我能看到阳伞,而且背景里有条河。并不是泰晤士河。看起来不是在伦敦。我用手机拍下了这张照片,也许以后我能认出这个地方。

我把注意力转向书桌:一共六个抽屉,前两个几乎是空的,只有一些零散的文具、几个电脑配件、一部旧手机和一台数码录音机。当我伸出手打算去打开第三个抽屉时,猛然停了下来。我这样做不仅是不对的,而且甚至没有任何回报,没有得到任何具体信息。大错特错。我删除了刚刚拍的照片,回到厨房。报纸还在静静地等着我,我打开报纸,努力让自己开始阅读。

当一个人担心自己成为新闻时,就很难专注于新闻。我忍不住一直在想卡拉·格伦肖正在做什么。我真的可能会坐牢吗?吉尔会怎么说?希尔达会不会抛弃我?我翻到填字游戏,但就像哈丽特·斯罗索比的凶杀案一样,那些线索对我一点用也没有。大约过了一个小时,我听到电梯门"叮"的一声开了,一时以为可能是霍桑终于回来了。但不止一个人,门外听起来有两个人的声音。随着他们走过门口,声音变得清晰起来。

"瑞沃考特在这条河岸上算是一个地标,而且在十二楼,视野最棒。"

说话的人听起来很有教养,饱含房地产经纪人向潜在购房者展示公寓时恰到好处的热情。接着更多的词语飘进我的耳朵——"两间卧室……非常私密……"然后,走廊远处的房门打开又关上,声音戛然而止。

我又给自己冲了一杯咖啡,继续玩着填字游戏——但对我来说那只是一堆黑白方块。我紧张起来，难道霍桑出了什么事？已经十点四十五分了，他说过会在十一点前回来。

门外传来一阵敲门声。

我站起身，想要去开门，但随即想起霍桑纸条上的指示。

又一阵敲门声，一个声音喊道："有人吗？"

片刻停顿后，我听到钥匙插进锁孔的声音，然后门开了，一个男人走了进来。

他大约四十岁，穿着西装，卷发，面庞闪耀着光泽。乍看之下，他显得有些超重，人到中年，外形普通，站在那里带着一种特别英式的尴尬。我一下子认出他就是霍桑书房照片上的那个拿着酒杯的人。他冲我眨了眨眼，开口说道："呃，你好！"

我也听出了他的声音。刚刚就是他从门口路过。然而，他的某些方面并不太符合我对伦敦房地产经纪人的印象。首先，他年纪过大；其次，从歪斜的领带到凌乱的头发，他的仪容给人一种太过随意的感觉。此外，他的棕色绒面皮鞋跟灰色西装完全不搭。他的手里拿着一个密封的大号牛皮纸信封。

"你好。"我对他笑了下。

"抱歉，实在对不起。我不是有意闯进来的，没想到里面有人。"他茫然地挥了挥那个信封，"我本来是要把这个留给丹尼尔的。"

丹尼尔？我之前从没听过有人这么称呼霍桑。"你可以等等他，"我说，"他应该马上就回来了。"

"好吧，我不太了解……"见到我显然让他非常惊讶，他在等着我的解释。

我告诉了他我的身份。"霍桑昨晚让我住在这里的。"我说，"我们在一起工作，我正在写关于他的书。"

"我知道你是谁。我读过《关键词是谋杀》,非常喜欢,尽管我不确定你是否完全捕捉到了丹尼尔的特点——至少,我所认识的那个丹尼尔。"

"你是他同父异母的兄弟?"

霍桑跟我说过,他同父异母的兄弟是一名房地产经纪人,并安排他住在这套公寓里。这只是一个猜测,但是,是一个有根据的猜测。那人点了点头,"可以这么说。"

"我还不知道你的名字。"

"是吗?太失礼了。我叫罗兰。"

"罗兰·霍桑?"

"是的,没错。"他把信封放在桌上,我能看出那个信封相当有分量,里面可能装了三四十页纸。"我把它留在这儿吧,麻烦你告诉他我来过……"

"没见到你他会很遗憾的。"我指了指水壶,"我刚才在煮咖啡。要一起喝吗?"

"好吧……"

趁他还没来得及阻止,我已经走进了厨房区,按下水壶的开关,然后转过身来,问:"要牛奶吗?"

"稍微加一点吧,不要糖。"

他不情愿地坐了下来。我以最快的速度冲好了咖啡,端到他面前。"所以你是房地产经纪人,"我说,接着又加了一句,"刚刚听见你走过去,还有个客户。你是在售卖这套公寓吗?"

"不是售卖。"

"那就是另一位看管人?"他茫然地看着我。"霍桑跟我提过,他在替一个外国业主管理这套公寓。"

"他是这么说的吗?"

"难道不是这样吗？"

"他确实在帮我们一个忙。"

我能感觉到他已经开始后悔来到这里。因此，在他找借口离开之前，我迅速追问下去："那么你是在哪家房地产经纪公司工作？"

"确切地说，不算是房地产经纪公司。我们更多是提供创意和业务发展服务。"他为什么要含糊其词？"我们为客户提供各种便利。"他空洞地总结道。

我盯着那个信封，竭力回想着我对霍桑的了解，突然冒出一个想法。"霍桑为你工作？"我问。

这很合理。他找我写书是因为他需要钱。他被警局开除了，所以必须得有赚钱的途径来维持还算体面的生活。他是一名私家侦探，警察是不稳定的客户。肯定还得有其他收入来源。

"他不为我工作。不，不，不。我全职在这家机构工作，而他只是偶尔。在这种情况下，我只是……那种……一个中间人。"他明显在自己的解释中纠缠不清。

"这是一份委托吗？"我继续问道，眼睛盯着那个棕色的信封。

"是的。"

"有人被杀了？"

"不是的。没有那么严重。不是你会想写进书里的事。实际上平平无奇。一个不忠的丈夫，妻子认为他在外面有人……也许确实是这样，尽管他们在大开曼干了些什么……"他意识到自己说得太多了，猛然停了下来。"我真的该走了……"他嘟囔着。

"当我问你是不是他同父异母的兄弟时，你似乎不太确定。"

"这个嘛……我知道他是谁。我也知道我是谁。但我在思考这个问题。同父异母的兄弟必须得是父母中有一方再婚,对吧?可没有这种事。"

"你们没有血缘关系。"他们的外貌看起来没有任何相似之处。

"没有。"

"但你俩同姓?"在某种程度上,罗兰和霍桑一样让人恼火。他不想告诉我任何事。唯一的区别是,他控制不住自己。"你是被收养的吗?"我问。这是唯一可能的解释。

"我不是!我的天哪,不是!"他发出一声轻笑。

"那他是?"

罗兰立刻变得严肃起来。"这是相当私人的问题,你知道的。他真的不喜欢谈论这个。"

"是你的父母收养了他。"

是照片上的那两个人。警察和穿着礼拜服的妻子。霍桑被收养这件事并没有让我感到惊讶,但让我对之前了解到的他的事有了新的视角——甚至包括 Airfix 模型。他为什么会称罗兰是他的同父异母兄弟呢?我想他可能不想透露太多。

"没错,虽然我并没有把他当作没有血缘关系的兄弟。我觉得我们亲近得多。他是个了不起的人。我们已经认识一辈子了。"

"他的亲生父母怎么了?"罗兰局促地扭动了一下身体,已经完全把咖啡忘到了脑后。我看到他的眼睛盯着房门,计划着如何逃离。"我记得霍桑提到过他们住在里斯?"我在撒谎,霍桑从来没有这样说过。我是在试探。

罗兰上钩了。"在约克郡。是的。"

"他们去世了吗?"

"如果没有去世,他就不需要被收养了。"

"确实。真是可怜。"

"触目惊心。"

"他们是怎么去世的?"

这个问题过分了,而且我问得太过直接。

我看到他的眼皮像百叶窗一样垂下来。"这个我真的不能说。"他站起身,"我最好还是先走了。很高兴认识你,安东尼。丹尼尔跟我说过很多关于你的事。也许你可以告诉他我来过。"

但并不需要。就在这时,门开了,霍桑站在那里,疑惑地看着罗兰,目光又转向我。然后他整个人松弛下来。"罗兰!"他说。他在和没有血缘关系的兄弟打招呼时更为友好。

"哦,你好,丹尼尔。一切还好吗?"他拿起信封,"莫顿让我把这个给你送来。巴拉克洛夫的档案。"

霍桑接了过去。"你见过托尼了,是吧。"

"是的。他刚刚介绍了自己。一开始看见他在这儿,我吓了一跳。"

"他在躲警察。"

"哦。怪不得。"

"要留下来喝杯咖啡吗?"

"喝过了,还是谢了。我最好先走了!"他转向我,"也许下周我会去看你的剧:《心理游戏》。看起来很有意思。"

"也许不会再演了。"霍桑说。

"那真是可惜了。好吧,再见!"

罗兰离开了。留下霍桑和我独自二人。"谁是莫顿?"我随口问道。霍桑没有理会。虽然他面无表情,但我猜他可能怒火中烧。"不是我让罗兰进来的,"我说,"他有钥匙。"

"你一个人在这里还好吗?"

"挺好。谢谢你的牛角面包和可可饼干。"他不知道罗兰在这里待了多长时间,也不知道我们谈论过他。我在他的书房里没有留下到访的蛛丝马迹。他瞥了一眼放在厨房桌子上的咖啡杯和摊开的报纸,决定不再追问。"我们该行动了。"他说。

"去哪里?"

"杂耍剧院。"

我不明白他说这话是什么意思,但突然恍然大悟。"你已经找出杀害哈丽特·斯罗索比的凶手了?"我问。

他点了点头。"对,老兄。他们正在那里等我们。"

第二十四章　重返杂耍剧院

我们走上黑衣修士桥，一言不发。桥下的河水在阳光的照耀下闪闪发光。

他没有提起罗兰，而我也明智地不再过问有关他的这位没有血缘关系的兄弟——或者其他罗兰想描述自己身份的称谓——的问题。他垂着肩膀，眼睛盯着前方的道路，看起来急于奔到目的地，然后将这整件事抛诸身后。显然，他在后悔让我进入他的公寓，并且已经明了我成功穿越了他的一些防线。

我具体获悉了什么？我知道了他在里斯出生，也知道了他的父母已经过世，大概率同时双双离世。我猜，也许是由于外伤。车祸吗？因此，他被一名在职警察领养。他的主职是一名私人侦探，同时在一家机构做兼职工作，这家机构的经营者可能叫莫顿，属于什么性质仍然是个谜，显然和瑞沃考特有关联。看来霍桑并不像他说的那样在照看公寓，他住在那里另有缘由。

稍后我会弄明白这一切，现在我脑子里有其他的事。霍桑已经找出杀害哈丽特的凶手！我们正前往杂耍剧院跟他/她会面。我试着想象谁可能在门厅等我们，想象着他们一个个的样子：手里拿着美国香烟的阿赫梅特，穿着毛皮披肩的莫琳，还有身材高大、紧张兮兮的马丁·朗赫斯特。突然我想起出门之前霍桑对罗兰说的话。我的剧可能下周停演，是否意味着有名演员会被逮捕？或者是导演伊万·劳埃德？

我们穿过桥，转入河岸街。"你今天早上去哪儿了？"我问。

霍桑走了几步，才回答道："我去了佩蒂法兰西。"

佩蒂法兰西在威斯敏斯特区，那里有许多政府机构。我记得护照处之前也在那条街上，就算那里没搬迁，周六肯定也会关门。"你是在那里找到答案的吗？"我问。

"我在那里找到了我想要找的东西。"

"好吧。很高兴这件事快解决了。"他这样神秘兮兮的让我特别讨厌。

剧院就在我们前方。我看见我的剧仍在上演。其实下午三点还会有一次日场演出。霍桑帮我拉开前门，我走进了大厅……

……我站在那里，心怦怦直跳，胃缩成一团，绝望的感觉迎面袭来，因为我看见卡拉·格伦肖探长和米尔斯探员正向我走来。格伦肖脸上挂着得意的笑容，她的助手则是一脸不悦地冷笑。他们两个在等我。

"算你说话算话。"是格伦肖的声音，她的话是对霍桑说的。

"霍桑——！"我不敢相信他竟然这样对我。

"对不起，老兄。格伦肖探长今早给我打了个电话。不知道她是怎么弄清楚你在哪儿的——真令人惊讶，因为思考从来不是她的强项，她还跟我说清楚了利害关系。我可不能阻碍司法程序。"

"但我还以为我们是朋友！"

"我会去监狱探望你的。"

"我不会进监狱。我没有杀人。"我快要哭出来了。不仅仅是因为被指控莫须有的罪行，更重要的是霍桑欺骗了我，引我入瓮。

"我昨晚去看了你的剧,"卡拉说,"我带米尔斯去的。德里克,你觉得怎么样?"

"不怎么样。"米尔斯说。

"我倒还挺喜欢的。我觉得哈丽特·斯罗索比很不公正。如果我是作者的话,我可能也会忍不了去杀了她。不管怎样,我们开始办正事吧。"

"你有权保持沉默——"米尔斯开始了,他之前已经给过我一份官方告知。

"稍等,"霍桑打断道,"我想你忘了我们的协议,卡拉。"

"什么协议?"我像抓到了一根救命稻草,幻想着也许他们是让我逃跑。

"三十分钟。我会解释发生了什么,然后你再逮捕他。"

"我们知道发生了什么。"卡拉咆哮着说。

"那也仍然是我们的协议。"

她叹了口气,丰满的胸部上下起伏。"好吧,霍桑。但我没有多少时间。"

"不在这里说。"霍桑说,"去里面。"

"在剧院里?没想到你会小题大做,但我不介意坐下聊。我从早餐开始一直站到现在,快累死了。赶紧吧。"

我们走下楼梯。回到观众席让我有一种沿着红毯走向死囚牢房的感觉。但当我们走进一楼,我惊讶地停住了脚步。我的目光越过一排排空着的座位望向舞台,幕布升起,有九个人在《心理游戏》的舞台上等着我们,他们一些坐在剧中使用的家具上,还有些坐在从后台搬来的塑料椅子上。荒谬的是,剧中的人体骨架还摆在角落。

演员们在舞台的一侧:乔丹·威廉姆斯挨着斯凯·帕尔默,

再旁边是提里安·柯克。伊万·劳埃德在不远处,独自一人坐着。然后是阿赫梅特·尤尔达库尔和莫琳·贝茨并肩坐在一张沙发上,他俩贴得非常近,让人稍感不适。他们的会计师马丁·朗赫斯特在他身后。亚瑟·斯罗索比和他的女儿奥利维亚也来了,坐在剧中会变成墙的窗户旁边。我们四人走下过道时,想来他们已经等待了一段时间,看上去不太高兴。这时我才发现代理后台门经理基思也被叫过来了,他坐在边缘,身体被舞台侧翼遮住了一半。

我们走到舞台前方。

"你们留在这儿。"霍桑对格伦肖和米尔斯说道。然后他转向我:"你跟我来,托尼。"

舞台前方摆了一段台阶。当两名警察坐进第一排的座位后,我和霍桑爬上了舞台。我看见舞台中央放了一把空椅子,显然是为我准备的,于是坐了过去。我知道此刻所有人都在审视我,于是我将目光定格在了空荡荡的观众席,无形的观众似乎比真实的观众更令人不安,那些想象中的眼睛都聚焦在我身上。与此同时,霍桑脱掉了外套,他怡然自得,甚至享受着这一刻。紧接着,他用他的方式开始了演出,沉浸在自己的世界中。

"感谢大家的到来。"他开口说道,"我知道通知得有些仓促,但格伦肖探长在星期六只工作到中午。"

"到底怎么回事?"乔丹问。一如既往地,他比其他人更恼火。

"显而易见,今天的主题是哈丽特·斯罗索比凶杀案。我们并不是来排练的。你们每个人都或多或少与此案有关,我觉得你们应该都想知道发生了什么事。"

"你知道是谁杀了我妻子?"亚瑟·斯罗索比问。

与两天前我们第一次见面时相比,他的悲伤缓解了不少。此刻,他穿着崭新的衣服——色彩鲜艳的夹克,戴着领带,还理了发。在我看来,他不仅接受了妻子的离世,而且习惯了眼前的生活,甚至可能发现这样的状态更适合他。在他身旁的奥利维亚一言不发,显然很紧张。

"如果我没有答案,也不会把你们都叫来。"霍桑回答。

他甚至还没有开始,但格伦肖和米尔斯已经显得百无聊赖了。

"冒昧问一下,霍桑先生,为什么我们必须都在这里?"说话的是提里安,"今天是周末,我们还有两场演出。我可不想待在这儿。"

"很抱歉破坏了你们的早晨。"霍桑说,听起来一点也不像是在道歉,"因为还有一些问题需要你们每个人回答。这起凶杀案的有趣之处就在于,它比想象的要复杂得多。有人敲响了帕尔格罗夫花园的门,然后谋杀了斯罗索比夫人。公平地说,我认为这个舞台上的每一个人都有充分的理由想让她死。"

"你怎么能这么说!"亚瑟·斯罗索比说,尽管他的语气听起来并没有多少愤怒,"难道你真的认为奥利维亚或者我——"

"别管了,爸爸!"奥利维亚打断了她的父亲,"我们当然都是嫌疑人。我们都恨她。"

"但是事发时我不在家。我当时在学校。"

"我和你的学校谈过了,"霍桑说,"你在九点半到十点一刻之间没有课。你跟我们说你在学校有目击证人,但实际上对你来说,离开易如反掌。你有自行车,来回单程十分钟,再加上两分钟摆脱她……"

亚瑟·斯罗索比陷入了沉默。"我没有碰她!"他喃喃自语道。

　　霍桑不为所动。"你们每个人都有可能做到这一点,"他继续说,"事实上,你们中没有人可以完全说清楚她死亡时你们在干什么。从星巴克溜出去且不被发现,是很容易的。"这句话说的是奥利维亚,"就是抽根烟的工夫。"

　　"我不抽烟。"奥利维亚说。

　　霍桑没有接话,接着说:"马丁·朗赫斯特在离开这座剧院到办公室,中间有九十分钟的空当无法解释。我们也不知道当时乔丹·威廉姆斯在哪儿。"

　　"你没有问过我。"乔丹抗议道。

　　"你想我现在问你吗?"

　　"我当时在家,在睡觉。"

　　"我希望人们不要说那么多谎言。这让我的工作变得步履维艰。"霍桑悲哀地摇摇头,"但一切马上就会真相大白。关键在于:这起犯罪本身非常简单,而且更重要的是,从一开始凶手就很明显。他在派对那晚威胁过哈丽特,并明确表示他认为她该死。他知道她的住址,被她公寓附近的闭路电视拍到过。他使用了只为他所有的凶器,还愚蠢地在刀柄上留下了指纹。他在犯罪现场掉了一根头发,而且外套上沾到了樱花花瓣,与帕尔格罗夫花园里生长的樱花完全一样。更糟糕的是:事实证明哈丽特可能不是他杀害的唯一一个剧评人。"

　　"你在说谁?"斯凯·帕尔默问。

　　"我觉得你们都知道我指的是谁。"

　　"他说的是安东尼。"卡拉·格伦肖喊道,她的声音在空荡荡的周围回荡开来,"所以,如果你说完了,霍桑,我们就可以逮捕他了,大家也可以回家了。"

短暂的寂静,我能感觉到每个人都在盯着我。

"我就知道是他。"莫琳说着转向阿赫梅特,"他第一次走进办公室的时候,我就警告过你离他远点。那部剧里满是暴力!没有人能云淡风轻地写出那种东西。"

"一派胡言,"伊万意外地站在了我这边,"莎士比亚也写过一些极其暴力的悲剧。看看《李尔王》中的葛罗斯特被挖去双眼的情景,或者《泰特斯安特洛尼克斯》中的一次次杀戮,其中一些描写恶心至极,但——"

"让我们先将英国戏剧讲座告一段落,不过仍然谢谢你。"霍桑截过话头,"问题是,如果凶手是安东尼,为什么还有这么多未解之谜?"

"什么未解之谜?"卡拉问。

"我能想到至少六个。"霍桑一边数着指头一边说。

"为什么休息室的垃圾桶里有三根断掉的香烟?为什么伊万·劳埃德那晚离开剧院时会感觉有不祥之兆?为什么有人蓄意破坏了一楼的灯泡?哈丽特的评论还没在网上发布时,斯凯·帕尔默是如何读到的?为什么乔丹·威廉姆斯要在离开剧院的时间上撒谎?而莫琳·贝茨为什么同意帮他?"

"我可什么都没做!"莫琳轻蔑地说。

"尽管听起来不太可能,不过让我们暂且想象一下,假设格伦肖探长搞错了,托尼并没有杀人。那么现在我们就有一个更大的问题需要思考:为什么有人故意诬陷他?很多证据都是间接的。闭路电视摄像头只拍到了一个穿着与托尼相似的夹克的人。其实伦敦的很多区域都有不少吉野樱花树,碰巧的是,在圣约翰花园也有一棵,那正是他遛狗的地方。他知道哈丽特的住址吗?也许不知道。但尸体上发现了带有他指纹的匕首和一根他的头发,这点是毋庸置疑的。要么是他愚蠢至极,要么这些都是有意为之。那么,他做了什么事,让有的人如此生气,以至于希望看到他身陷囹圄呢?"

"因为他写了那部剧。"提里安说。

"这个听起来有点过于苛刻了,"霍桑回答道,"跟因为哈丽特写了一篇差评就被杀如出一辙。也许我有偏袒,但我认为托尼不会干这样的事,而且我绝对不相信他因为被一篇评论激怒就去杀人。

"还有最后一点。我们在调查的有几起谋杀案?哈丽特·斯罗索比只是个开头,但她还写过一本关于威尔特郡一名教师被害的书,事实证明凶手之一是马丁·朗赫斯特的弟弟斯蒂芬。"

"你无权把斯蒂芬牵扯进来。"朗赫斯特靠在椅子上,第一次开了口,"霍桑先生,把我卷进你的控诉里已经够糟了。斯蒂芬在那件事中只是受害者,你不应该把他牵扯进来。他和这件事毫不相干。"

"我会说菲利普·奥尔登才是受害者,"霍桑回答道,"他才是被砸碎了脑袋的死者。至于毫不相干,别忘了哈丽特·斯罗索比出过一本关于你父母和莫克翰希思事件的书,写得非常恶毒。你跟我们说过,你父母的婚姻破裂以及你的生活受的影响都归咎于她。你还责怪布里斯托尔《阿古斯报》的戏剧评论员弗兰克·海伍德,是他认识哈丽特才把她带进你们的生活。他还为她提供了所需的信息。这就引出了第三桩死亡,因为弗兰克表面看是在一家印度餐馆食物中毒,其实是被杀了。那是很久以前的事了,我们无从确认,但也许事情并不像看起来那么偶然。"

"我从没听说过弗兰克·海伍德。"格伦肖抱怨道。

"那是因为你没有做好你的工作。"霍桑回应道,"你应该问问自己，为什么哈丽特在身亡的那天早上拿出她写的《坏男孩：英国乡村的生与死》。也许她想要告诉某人一些事。

"你明白我在说什么吗？所有这些错综复杂！坦率地说，真让我头疼。"

霍桑陷入沉默。

漫长的停顿后，他仍然没有继续，德里克·米尔斯在座位上喊道："那么，如果不是托尼，你知道是谁杀了哈丽特吗？"

"我知道，"霍桑微微一笑，"这很简单。"

第二十五章　最后一幕

"你们知道我一直不明白的是什么吗？"霍桑问，"正如我刚才所说，台上的每个人都有杀害哈丽特·斯罗索比的理由。但为什么要陷害托尼呢？我的意思是，那太愚蠢了。托尼不仅人畜无害，而且很明显他不可能杀人，至少对于除了格伦肖探长和米尔斯探员以外的所有人来说，这点都再明显不过。如果凶手想要栽赃，那也应该是栽赃给乔丹·威廉姆斯。他是对评论最恼怒的人，而且还在大家面前宣称'我要杀了她'。我发誓……就应该捅她一刀！

"还有一点。为什么要用托尼的刀？如果哈丽特·斯罗索比是被菜刀捅死的，那就有一百万个嫌疑犯，伦敦的任何人都可能杀了她。但因为使用了一把麦克白的匕首，凶手将嫌疑人的范围缩小到了今天在座的各位。"霍桑用手扫过我们这群人，"只有坐在这座剧院里的人才能拿到那把麦克白匕首。"

"我可拿不到。"奥利维亚说。

"确实，"霍桑表示赞同，"但是有人可以帮你拿到。"

"谁？"

"你的朋友，斯凯·帕尔默。"

"我俩都不怎么认识。"

"真的吗？"霍桑继续对她说，"我们在你家的时候，你可跟你父亲说过：别再装了。"

"那又怎么样？"

"那你为什么还在装？你在害怕什么？你的母亲已经不会再对你大喊大叫了。"

"你在说什么？"亚瑟·斯罗索比厉声说。

斯凯·帕尔默终于开口了。"他是在说我。"她站起身，走到奥利维亚身边，双手放到她的肩膀上，"不妨告诉他吧，他知道了。"

奥利维亚瞥了一眼她的父亲，然后把自己的一只手放在斯凯的手上。"我俩在一起了。"她简短地说道。

斯凯盯着霍桑："是谁告诉你的？"

"不需要谁告诉我。或许奥利维亚在首演派对上穿了一件印有著名同性恋标志的T恤只是巧合，但显然你们两人关系密切。她去过你家很多次。"

"我从来没说过。"斯凯抗议道。

"是没说过。但我们在剧院见面时，你提到了运河沿路的闭路电视，这就说明你知道那间公寓在运河附近。你肯定去过那里，因为你见过那些摄像头。"斯凯没有说话，于是霍桑继续说，"否则奥利维亚为什么会破解她妈妈的电脑，把评论发给你呢？我想过为什么你要隐藏你们的关系——我的意思是，当今这个时代，你们这样的两个女孩可以光明正大地出去玩——但当我在布里斯托尔和哈丽特的老主编交谈时，一切都有了答案。他说哈丽特怒批了她评论的第一部剧，就是因为她讨厌同性恋。我可以想象这给你们造成了多少困扰。"

最后的这些话是对奥利维亚说的，她听后点了点头。"我不能告诉她,那会带来很多不必要的麻烦。"

"我也不想这么说,但这确实给你们两人制造了想要摆脱她的理由。"

斯凯直视着霍桑的眼睛,说:"我无力反驳。"她从一旁拖来一把椅子,坐在了奥利维亚身边。

霍桑走回舞台中央。

"你们这些人,有个有趣之处,就是没有什么是直截了当的,不是吗!她们俩不是唯一在关系上撒谎的人。乔丹和莫琳呢?如果说诡异的一对的话,他俩绝对榜上有名。"

"你在暗示什么?"莫琳怒不可遏。

"别担心,亲爱的。我知道你们俩没有上床,但你敢说你没有一丁点儿喜欢他的感觉吗?"莫琳没有回应。于是他继续说道:"我们在你办公室的时候,你跳出来维护他——他在剧院休息室里说的那些话,只是开玩笑,不是认真的。你说这话时甚至没有考虑到他可能杀了人。尽管你暗地里相信他已经兑现了那些威胁的话,确实做了那样的事。"

"你怎么可能知道这些?"

"因为在凶杀案发生的前一晚,他求你替他隐瞒,而且你同意了。他并没有真的离开剧院,你是知道的。你撒了谎,对警察……还有我。"

"离她远点!"是乔丹·威廉姆斯的声音,他生气地站了起来。

"你是打算否认吗,乔丹?"霍桑微笑着说,"我们知道你和你的妻子意见不合,我们也知道她没来看首演。而且你的化妆间里堆满了衣服……你甚至带来了结婚照——你们两人站在伊斯灵顿登记处外面的那张。你们吵架了,对吗?你无处可去,所以你一直在剧院留宿。"

"这与哈丽特·斯罗索比的死无关!"

"无关?你威胁要杀了她——就在凶杀案之前的那个晚上,你还让莫琳替你撒谎——"

"我没有!"

"——而她会同意,是因为她在你演《猫》里的科米斯托费利斯时见过你。也许你就是那个她第一百次看这出戏时在后台遇到的人。"

乔丹深吸了口气。"是的。"他承认。

"他太耀眼了!"即使在此刻,莫琳的低语中也带着忍不住的兴奋。

"这就是为什么你确定她会同意那天晚上在剧院帮你签字。"在其他人有机会打断之前,霍桑继续说道,"基思确实不知道进进出出的都有谁,他也没有看见托尼离开。"

"我不可能看到所有人!"基思抱怨地说,半个身体仍藏在侧翼后面。

霍桑没有理会他。"莫琳很容易就帮你签了字,记录你比她早走了五分钟:凌晨十二点五十五分。她只犯了一个错误。其他人使用的都是十二小时制的时间格式,你自己签到时写的也是晚上十点半。但她使用的是二十四小时制,她在二十三点二十五分到达,一个半小时后,在零点五十五分离开。她给你写的是零点五十。"

"我整晚都在剧院里。"乔丹声音嘶哑地承认道,"我和杰恩莫名地吵了一架——或许这就是为什么我对那篇评论如此激动的原因。派对结束后,我回到化妆间,几乎立刻就睡着了。那天太漫长了,我简直精疲力竭。第二天早上,我从消防楼梯溜了出去，然后就直接回家了——杰恩可以证明——我十点半到的家……"

"还是有足够的时间可以绕道去趟小威尼斯。"

"那时候我没有想着哈丽特·斯罗索比！我想见我的妻子……为我说的那些话道歉。"

"你们所有人都在想着哈丽特·斯罗索比！我们已经知道马丁·朗赫斯特和她的那本书。她的那篇评论对阿赫梅特和他的制作公司是致命一击，莫琳对此也心生芥蒂。如果她将听到的提里安对克里斯托弗·诺兰的评价转述出去，提里安的职业生涯也会完蛋……"

我本以为霍桑在我提出这点的时候已经否决了这个想法，但也许他只是在试图刺激提里安。这招奏效了。"这太荒谬了！"提里安厉声说道，"她不可能听到我说的话，就算她听到了，我为什么要在乎？那是一次私人谈话，她是不可以写的。"

"还有伊万。"霍桑接着说，"他因为哈丽特写了他制作的《圣女贞德》而对她积怨很深。"

"那是很久以前的事了。"伊万说。

"是的。但正如你告诉我们的那样，她非常谨慎地选择用词，在派对上见面时她在有意激怒你，那些话就好像在嘲笑你一样——那种大酒店不太能燃起我的火焰——考虑到你现在与那位受伤的女演员的关系，如果你被激怒去寻仇，也是情理之中。"

"我和索尼娅已经学会了跟过去和解，哈丽特对我毫无意义。"

"但愿如此。"霍桑听起来有些怀疑。

"你已经说了很久了，霍桑。这到底有什么意义？"打断的声音从观众席传来，当然，来自卡拉·格伦肖。

霍桑笑眯眯地俯视她。"如果你觉得跟不上我的思路,不要担心,卡拉。我可以稍后再讲一遍。"他转回身来,"大家都知道现在说到哪儿了。"他总结道:"但在宣布是谁杀了哈丽特之前,我们需要先看一下另外两起死亡案件:弗兰克·海伍德和菲利普·奥尔登少校。这两个人都和哈丽特息息相关,你们会问——在某种程度上,他们是否预示了多年后她的被害?

"让我们从海伍德开始,这位戏剧评论家据说是在一家名叫贾玛哈尔的餐馆吃了羊肉咖喱后心脏病发作身亡。他是哈丽特的密友。甚至可能有私情——这是她的主编阿德里安·威尔斯的看法。他还告诉我们,她总会想方设法得到她想要的,这点我想我们也都知道,但这让我不禁要问——如果她想要接任戏剧评论家的位置,她会不会希望他死?

"我说不好。这都是陈年旧事,而且没有目击证人。警察从没怀疑过有人故意下毒,怎么会进行调查呢?哈丽特和弗兰克都中毒了,这家餐馆又以有危害的食品而闻名。不管怎样,弗兰克是因心脏病发作而去世的。

"但有一件事我们是清楚的,是哈丽特选了这家餐馆。威尔斯在会面时告诉了我们这一点。她知道这家餐馆臭名昭著,为什么还要去那里?还有另外一点需要考虑。在她写第一本书《无悔》时,设法接近了案件的主要嫌疑人,一个叫罗伯特·瑟克尔的医生。这个人后来就是因使用老鼠药(活性成分是砷)毒死几个老妇人而被捕。假设她从他那里拿到了几剂毒药,以备不时之需,你们会觉得太牵强了吗?"

"你是说,有可能是我妻子杀害了弗兰克·海伍德?"亚瑟·斯罗索比问道。

"正是此意,"霍桑回答道,"对他来说是大剂量,对她来说却微不足道。咖喱会掩盖味道，餐馆会背上黑锅。你真的认为完全不可能吗？"

亚瑟·斯罗索比思考了一会儿，然后轻轻地笑了。"我觉得她做得出来！"他尖声说道，"我的哈丽特什么都能做得出来。如果她和他上过床，那也只是因为她想从他那里得到什么。"他又想起了什么，"你知道，确实很奇怪。现在我回想起来，第二天她出院后，当我走进她的卧室，她正坐在床上，为布里斯托尔的《阿古斯报》写弗兰克的讣告。"

"这有什么奇怪的？"奥利维亚问。

"那时候他还没死。"

大家目瞪口呆，说不出话。

"弗兰克·海伍德就到这儿吧。"霍桑继续说，"那菲利普·奥尔登少校又是怎么回事呢？关于他的死亡，谁是责任人并不是谜，但完整真相从未完全浮出过水面。真正讨厌奥尔登少校的人是斯蒂芬·朗赫斯特，也是他想出了害死他的计谋。"霍桑走向马丁·朗赫斯特，"你知道关于你弟弟的真相吗，朗赫斯特先生？他才是真正的幕后主使，而不是另一个男孩，你了解吗？"

"我只知道我父母告诉我的事。"

"你的父母，或者说他们的律师，贿赂了其中的一个证人。他们妨碍了司法公正。一个可怜的孩子背负了更重的判决——十年监禁——而真正应该负责的，是斯蒂芬。"

"我不知道。"

"你为什么回学校？为什么假装你要把自己的孩子送去那里？"

"我说不清楚，霍桑先生。"朗赫斯特低下头，"我一辈子都活在莫克翰希思小学那件事的阴影中。它让我的家庭支离破碎。

就算哈丽特没有写那本书，它也会摧毁我们。我只是想看看事发地点，试着去理解。我没法向校长解释，所以编了一个我自己孩子的故事。我想你可以说我在试图战胜一个心魔。"

"顺便说一句，我想让你知道，我肯定给你回信了。"我说。即使台上的人都不知道我在说什么，我还是忍不住插了一句。

马丁·朗赫斯特也一头雾水。他茫然地看着我问："不好意思，你说什么？"

"校长说你以前常读我的书。你写过信给我，但我没有回复。"

"不是的。"他皱了皱眉头，"她记错了。不是你，是迈克尔·莫普戈。"

"哦。"我感到脸颊发烫，扭动身体换了个坐姿。

所幸霍桑已经走到舞台前边，朝着最后一幕继续行进。"你还醒着吗，卡拉？"他喊道。

"这最好是个重要的消息，霍桑。"

他转过身，背朝着她。

"哈丽特·斯罗索比被害的原因跟这部剧没有关系，和托尼也没有关系。"他说，"我一开始犯的错误是认为有人想要陷害他。他的头发、他的匕首，这些不仅毫无意义，更糟糕的是，还使整个罪案变了形。直觉告诉我这件事跟托尼毫不相干，我本应该听从自己的直觉。但是只有在我和你们所有人都谈过之后，我才得到了完整的画面，明白发生了什么。

"乔丹·威廉姆斯曾表示他想杀了哈丽特·斯罗索比。他当着所有人宣之于口，所以凶手陷害他合情合理。但是问题就出在这里。托尼只是一个失误。

"回想一下派对那天晚上发生的事。托尼到的时候淋湿了，乔丹递给他一条毛巾。"

"我用毛巾擦干了头发!"我说。

"对,老兄。你这个年纪难免脱发。后来,有人进了乔丹的化妆间,从他的毛巾上取下一根头发,以为那是乔丹的。但事实上他拿的是你的。就这么简单。"

"然后他把头发留在了尸体上!"

"没错。至于刀,则是另一个失误。基思下楼收走了乔丹的匕首,放到水槽那边。与此同时,托尼把自己的匕首留在了显眼的位置,而凶手再次以为那是乔丹的,拿走了它。当然,凶手小心翼翼地没在刀柄上留下自己的指纹。托尼将那把刀从包装纸里拆出来——同时还擦拭干净——之后,就没有人再碰过它,所以只有他自己的指纹出现在上面。

"所以,我们需要思考的问题不是谁想陷害托尼,而是谁可能对乔丹怀恨在心?我认为这里的每个人都知道答案。"

突然,他站到了提里安面前。

"我很喜欢你,提里安。"他说,"我为你感到难过。但我必须告诉你。我什么都知道了。"

"不,不可能。"

"我也希望不是这样,老兄。但你不能再隐瞒了。我都知道了。"

提里安盯着霍桑看了许久。然后,令我震惊的是,提里安的眼睛里涌出泪水,当他再次开口时,听起来就像个孩子。"但我当时做得那么严密!"他哭着说,"我毫无破绽!"

"并非毫无破绽。一开始你就搞错了头发和凶器。"

"除了这个!"眼泪顺着他的脸颊淌下来。

卡拉·格伦肖立刻站了起来。"提里安·柯克杀了哈丽特·斯罗索比?"她惊叫道。

"好样的，卡拉！你终于明白了！"霍桑对她笑了一下，"你只需要一些点拨。"

"但是为什么？因为她不喜欢那部剧吗？"

"你没听见我的话吗？我要重复多少次？这与《心理游戏》无关。"

"那……为什么呢？"

提里安瘫坐在椅子上，一言不发地流着眼泪。他甚至没有试图否认霍桑的话。其他的演员，还有马丁·朗赫斯特、阿赫梅特，特别是莫琳，都惊恐地看着他。

"让我们从派对那天晚上说起，"霍桑冷静地提议道，"提里安甚至在离开剧院之前就决定要杀害哈丽特了。我们稍后再说原因。当乔丹·威廉姆斯发表了他的死亡威胁，提里安看到了一个不容错过的机会。乔丹会成为替罪羊。去楼上从梳子或毛巾上拿到乔丹的一根头发易如反掌——但他还需要带有乔丹指纹的匕首，这才是重中之重。

"他是第一个离开休息室的人——大约在午夜过后二十分钟。他在十二点二十五分签字离开，但他清楚自己必须在剧院关门之后再回来，而那时只有一种进入的方式，就是从里面打开消防门。所以他的做法是：顺走了阿赫梅特的一包香烟，当作楔子。他打开门栓，朝小巷的方向推开门，然后把香烟盒滑到门板底下，这样门就不会完全关上了。

"但有一个问题。他知道基思坐在舞台门办公室的屏幕前。地下走廊的灯光太亮了，当他开门时，灯光会溢出去，基思大概率会看到——即使在黑白屏幕上，一束强光也很抢眼——也许基思会过来查看。所以他匆匆上了楼，很可能在那时，从乔丹的化妆间偷了头发，然后打碎了一个灯泡。"霍桑瞥了我一眼，"他并不是为了让走廊变暗，只是在制造干扰。然后，他立刻跑到楼下，打开消防门，此刻基思正在处理碎玻璃。万事俱备。他等了一会儿，回到楼上，从后台门离开——他还有意和基思聊了几句，确保一切看起来再正常不过。

"他没有搭火车去布莱克希思——至少不是那时去的。他在半夜回到剧院，他算准所有人都离开了——尽管他不知道乔丹正在自己的化妆间里酣睡，不过这个无关紧要。他通过消防出口偷偷溜了回来，把皱巴巴的烟盒扔进垃圾桶，偷走了他看到的第一把刀，不过那恰好是错误的匕首。顺便说一句，其实有一个人注意到了离开休息室时消防出口是开着的。那个人就是伊万·劳埃德。他告诉我，他的脖子后面感到一阵寒意——他以为那是不祥之兆，他并没有意识到到底是什么问题……那是一个寒冷的夜晚，他只是感到了微敞的门带来的一股寒风。

"第二天早上，提里安去了哈丽特家。他从一篇杂志文章中找到了地址。她见到他并不惊讶。她其实一直在等他。"

"你怎么知道？"亚瑟问。

"因为她桌子上的三本书。她是在门厅被杀的，所以她肯定在他到达之前从书架上取下了这些书。这是她的资格证书，你可以这么说。这三本书让她想起了自己当犯罪记者的日子，但实际上与这起谋杀案相关的是那本《坏男孩》。如果她能多活几分钟，那也是她会向提里安展示的东西。"

霍桑深吸了一口气。提里安还在哭泣，在和霍桑共事的时间里我曾见过他揭发的一些凶手，但从未遇到有人如此崩溃。我有些为他感到遗憾，但同时也察觉到一些可怕的东西。哈丽特·斯罗索比在她的评论中形容他像个孩子，显然，她看到了我没有看到的东西。

"所以，事情就是这样。但我相信你们所有人——尤其是卡拉，都想知道为什么。"

"你别得寸进尺，霍桑。"卡拉嘟囔着。

"要理解这点，我们就得再回到派对本身。托尼向我原原本本地描述了一切，就像我在现场一样。

"哈丽特·斯罗索比，当然，也在那里。她有个习惯，经常闯入首演派对，因为她喜欢让别人难堪。我想我们都已经知道了，她的恶意深不可测。还有两件事情我们需要记住：一个是伊万已经解释过她是如何把语言当武器来使用，她总是以一种故意伤人的方式自我表达，比如燃起她的火焰。另一件是托尼告诉我，她在和他交谈时一直避免目光接触，她总是看向我背后，就好像更有趣的人走进了房间似的，这是托尼的原话。他猜对了一半。

"她不是在跟托尼说话，她是在跟提里安说话。一旦你想通了这一点，一切都水落石出了。

"她说了什么？每个面孔都历历在目，她假装在谈论曾经看过的某个惊悚片的演员。但我敢打赌，她当时正看着提里安的眼睛。片刻之后，奥利维亚提到了托尼的'亚历克斯·莱德'系列，她又是怎么说的？写的是一个年轻刺客的故事。这并不准确，明明是一个年轻的间谍。那为什么这样描述呢？"

"她认出我了！"提里安哭着说出这些话。

"没错。为了确保你明白她认出了你，她甚至在那篇评论里又强调了三次。最令我失望的莫过于提里安·柯克，第一次见他时，我就认出……你看，她在告诉他她知道他是谁。他的表演相当孩子气，用词莫名其妙，不是吗？孩子气。她认识他的时候他还是个孩子。还有最后一句，当事情变得暴力时，难以置信的是，他演得太假了，为什么难以置信？除非哈丽特知道他曾经施加过致命暴力……"

"所以他到底是谁?"德里克·米尔斯也站起身来,倚靠在舞台前侧。

"你希望我告诉他们吗,提里安?"霍桑问。

提里安点了点头,说不出话。

"他的真名叫韦恩·霍华德。"

马丁·朗赫斯特猛地站了起来,他的椅子向后倒在了地板上。"他和斯蒂芬……"

"正是。"霍桑冷冷地说,"他就是在菲利普·奥尔登的死亡案里被你父母栽赃的那个男孩。韦恩和斯蒂芬在莫克翰希思是最好的朋友,正是你的弟弟激发了他现在用的这个名字的灵感。斯蒂芬受审时,带了一本'纳尼亚'系列的《狮子、女巫和魔衣橱》。据园丁回忆,两个男孩经常在莫克翰庄园外的雕像前见面。那是另一只狮子——在书中,许多动物被变成了石头。斯蒂芬管他的马叫布雷。这个名字出现在'纳尼亚'系列中的第五本——《马和他的男孩》中。说到马,我们就看一下提里安吧。他的鼻子是弯的,肯定是什么时候摔断过。我猜应该是由于斯蒂芬的力劝,他在莫克翰庄园骑马时摔下来造成的。"

"提里安·柯克……?"我努力回忆在哪里听过这个名字。

"国王提里安是《最后一战》中的一个角色。我知道所有纳尼亚传奇的书,因为我和儿子一起读过。迪戈里·柯克在其中三本书里出现过!当我第一次听到这个名字时,就觉得有点可疑。这就是为什么我会问他这个名字的来历。直到我们去了莫克翰希思,我才完全明白其中的含义。"

"稍等一下!"我不想再次插话,但有一件事我必须搞清楚,"你是说提里安·柯克其实是韦恩·霍华德。但你告诉我,你已经验证过,他给我们讲的关于自己的一切都是真的。"

"不,老兄。我是说我已经搜索过他,验证了他告诉我们的每一件事。这不是一回事。他的整个人生故事是假的。不管怎样,我也有点费解。提里安讲述自己的事时,为什么要加入那么多细节呢?撞死他父母的车是一辆送货卡车。他的姑奶住在哈罗盖特的一家改建的牧师住宅里,离市中心五分钟路程。他的戏剧老师叫哈维吉尔小姐……诸如此类。就好像他在用科学蒙蔽我们。你在我家的时候我跟你说过——事实太多了,听起来不太对劲。"

"都是他编造的!"

"没有!韦恩·霍华德见过报,还成了一本书的题材。他刑满释放时会得到保护,这是多机关公共保护机构的工作。他们会给他安排一个全新的身份,换一个新的名字。他不可能回到莫克翰希思——但他在哈罗盖特有亲戚,所以安排他去了那里。不过他并没有和姑奶住在一起,而是住在一家经批准的招待所。你知道的,我有个朋友在国家刑事管理局和缓释局工作,就在佩蒂法兰西,我今天早上和他聊过。他挖出了真相。

"韦恩释放后仍处于特殊许可状态。他很清楚自己随时有被召回的风险。他不许联系和菲利普·奥尔登或朗赫斯特有关的任何人,也永远不能进入西南地区。他定期要和他的假释官见面,假释官会在他生活中的每一个环节都进行风险评估。即使成为演员后,也仍然保持这样的状态。"霍桑又和我对视了一眼,"这就是为什么他不得不拒绝你那部电视剧的角色,托尼。让他扮演一个年轻罪犯是不可能获批的,太容易被认出来了。这也解释了为什么他从没去过法国,他说这个的时候,你可能有点惊讶。他之前没有护照,不被允许出国,直到他被选中出演那部大电影。很多做法都是为了保护他。他必须获得特殊许可才能出演《信条》，其实假释服务部门也不希望阻止他。所有的这一切都是为了帮他恢复正常生活。

"不幸的是，正是《信条》引发了所有的麻烦。可以想象，在和哈丽特·斯罗索比相遇后，他一定恐惧万分。"

"她会到处说的！"提里安已经泣不成声。

"这就是她对你的威胁。其实我认为她只是在和你玩游戏。她就是这么恶心。但眼看着大好机会灰飞烟灭，职业生涯土崩瓦解，杀了她是唯一的出路。"

霍桑进入收尾阶段。米尔斯和格伦肖已经踏上了舞台的台阶，等着抓捕提里安。

"我第一眼看到提里安的化妆间时，就感觉有什么不对劲。"霍桑说，"他基本没什么卡片，也没有照片，孤家寡人的感觉。而且一切都太整齐了！靠垫之间的距离恰好十厘米，毛巾也叠成了完美的正方形。这是曾被关押过的人相当明显的迹象。其余演员都跟他很疏远也不足为奇。乔丹说他冷淡，伊万说他不合群……他就是这样的人。孑然一身。"

霍桑走到提里安身边，他终于停止了哭泣，疲惫不堪地瘫坐在椅子里。霍桑伸出手，放在这个年轻人的肩膀上。"你不应该这样做，"他说，"没必要的。"

"我只是太害怕了！"

"我知道。但不需要再害怕了。都结束了。"

霍桑退后一步。

两名警察走了过来。

第二十六章　虚线处签字

我有一段时间没有见到霍桑了。经历了那么多事后,我需要好好休息一下——而且我还欠吉尔一个道歉,都是因为我才给她带来了那么多困扰。我们预订了法国南部的一个小酒店,位于一个名叫圣保罗·德·旺斯的要塞村,在那里待了十天,晒太阳、散步、游泳、参观艺术画廊,在当地人玩滚球的尘土飞扬的广场边喝粉红葡萄酒。

提里安被逮捕了——《心理游戏》也毫无悬念地立即停演。那时,我只是想忘掉这一切。我感到非常难过,一部分是因为我的剧作失败,但奇怪的是,想到提里安却让我更加心痛。我通常不会对凶手心生同情,但提里安不太一样。命运从未给过他任何机会,先是被特雷弗·朗赫斯特的律师迫害,继而又被塞进了一个并非真能帮助到他的系统内。我曾多次参观过少年监狱——或者现在称为"安全中心"的地方,也一直对将年轻人关进牢房持怀疑态度,尤其是在成本和再犯率都如此之高的情况下。不可否认有些儿童会对公众和自己构成危险,我也曾遇到过那样的人。这正是我的剧作《手提包》的灵感来源。但大多数情况下,这些孩子其实是出现了心理问题,而不是犯罪倾向,他们需要的是帮助,而不是惩罚。无论报纸上怎么说,也不管哈丽特的书怎么命名，我遇到的青少年罪犯，他们的悲多于坏。在我看来，监狱系统将他们教育到十八岁，然后送进成年监狱，是极其疯狂的做法，因为所有的善意都会被消磨。就像提里安一样，他们大多数人在出狱后根本没有准备好如何正常生活。

我总是不禁思考，对他来说，谋划新的职业是一种怎样的体验。他不仅仅是一个演员，他生活中所有的一切——他的口音、摩托车，还有私立学校的外表——都是在表演。可怜的韦恩·霍华德。他的成年生活只是被困在另一种监狱中，直到他杀了哈丽特·斯罗索比才彻底解脱。

不管怎样，我最终还是重整旗鼓回到伦敦，虽然我小心翼翼地让自己避免走过杂耍剧院——用戏剧界的术语叫"停演"——但我的生活已经恢复了正常。我在着手创作的新的小说《猫头鹰谋杀案》，仍停滞在开篇章节。我努力回忆着已经融进主体结构中的所有线索。这并非易事。乔丹·威廉姆斯是如何认识莫琳·贝茨的？兰普里是怎么评价斯蒂芬·朗赫斯特的？这个角色要如何出现在故事中？不对，这都是现实生活。这部新小说的背景，虚构的村庄——水上的塔利，并未接纳我，因为我的脑中充斥的仍是两周前的事件。

正当我坐在书桌前苦苦挣扎时，手机发出了"叮"的一声，那是一条来自希尔达·斯塔克的短信，她让我下午去见她。我感到很意外。我和经纪人见面不多，据我所知，没有什么事是不能通过电话沟通解决的。不过，她的办公室在查令十字路口附近，在那里逛逛仅存的两三家二手书店，也是个不错的选择。我走出家门，希望新鲜的空气能让我的头脑清醒一些。

希尔达的办公室位于希腊街，楼下是一家历史悠久的意大利咖啡馆。我走进侧门，沿着一段鬼屋里常见的狭窄楼梯爬上去。

这是一家成功的经纪公司，有几位知名作家，但却空间逼仄，装修过时。前台区域里陈列的并没有我的书。一个年轻的接待员坐在古董桌后面，面带微笑地迎接我。

"我来找希尔达·斯塔克。"我告诉他道。

"您是？"

她做我的经纪人只有四年。我说了我的名字，他接通了电话。"是的，她在等您。您知道去哪里找她吗？"

"知道。我应该能找到路。"

当走向后面的大门时，我听到了一种似乎从未听过的声音。希尔达居然在笑。在我的印象里，只有在她阅读畅销书榜时，脸上才偶现微笑；但大多数情况下，她都专注于手头的工作，将欢笑拒之门外。我敲了敲门，走了进去。

希尔达不是一个人，霍桑正双腿交叉地坐在一把扶手椅上，手里拿着一杯咖啡。他们两人都穿着西装，让我突然觉得自己的T恤、牛仔裤和运动鞋显得非常邋遢。我回了回神才记起，霍桑现在也是由希尔达代理。似乎他告诉我他们达成协议已经恍如前世。他们两个人为什么会一起出现在这儿？他们为什么要找我？

"你看起来气色不错。"希尔达说。她是在炫耀最近从巴巴多斯度假太阳浴带回的美黑肤色。"你已经开始着手关于奥尔德尼的书了吗？"

"你知道我正在写《猫头鹰谋杀案》。"我说道。我坐到另一张空椅子上。"你看我的剧了吗？"我问。

"我本来是周六下午场的门票。还打算带整个办公室的人都去看，但到剧院时，他们说那一天刚刚停演了。"她抽了一下鼻子，"好在我们的钱回来了。"

"你们聊什么呢？"我有点愤愤地问。

"你好吗，老兄？"霍桑望着我，他看起来也异常高兴，"我刚才正在讲哈丽特·斯罗索比凶杀案的事。"

"哦。你知道的，有一次我居然猜对了！"我本来不打算那样突然说出来，但事实就是如此。当我离开提里安的化妆间时，我说过提里安·柯克可能是凶手。

"你并没有完全猜对，"霍桑回道，"你之所以认为是他，是因为他拒绝出演你的电视剧。"

"好吧，我不信任他。在这一点上，我是对的。"在法国度假时，我终于有时间思考发生的事，现在我不禁问道，"霍桑，为什么他们要联合起来针对我？我是指，乔丹说在他扬言要杀了哈丽特时我表达了赞同。伊万也是这么说的。奥利维亚告诉你我威胁过她母亲。还有斯凯·帕尔默说我在杂志上看到了哈丽特的地址。这些都不是真的！"

"这是基本的心理学，老兄。他们四个都感到了压力。奥利维亚心里有愧，因为她偷了她母亲的评论转给了女朋友；斯凯因为让大家看了那篇评论而感到内疚；伊万在维护乔丹；而乔丹……嗯，他是整件事的始作俑者。对于他们每个人来说，都是一样的。转嫁！他们指责你，是为了不让我指责他们。"

"还有一件事。"这个问题也一直萦绕在我心头，"首演当晚，马丁·朗赫斯特就坐在我后面，我敢肯定我感到后颈有什么东西扎了我一下。一直以来，我都以为他可能是那个拔下我头发的人。"

"你之前为什么没说？"

"我不知道。我只是不能确定……"

"好吧，他和这件事没有关系。你可能只是首演时太紧张了。"

"或者可能是虱子。"希尔达提议道。

"我没有虱子。"我咆哮着说。

霍桑笑了笑，说："无论如何，托尼，一切都结束了。而且我得说，如果不是我，你也知道你现在会在哪里。"

"确实。"我不能否认，"你把一切都弄清楚了，霍桑。你一直站在我这边。我欠你很多感谢。"

他轻轻咳嗽了一声。"事实上，你欠我的不仅是感谢。"

"什么意思？"

"你雇了我。这次，我不是在帮警察。你是我的客户。我一共花了四天时间，凯文也出了力。"在我来不及抗议之前，他举起了一只手，"别担心。我会给你一个友情价，打九折——"

"霍桑！我不敢相信你居然会说这种话。太过分了。"

"我不明白为什么过分。如果不是我，你现在就没有工作了。我刚和希尔达聊到这个。"

"因为谋杀评论家被捕可不好看。"希尔达赞同地附和道。

我盯着霍桑。"所以我们之间只有这些吗？你只把我当作一个客户？"

"是你自己说过你不想再写书了。"

他一语道明原委。突然间，我明白了这是什么意思。

"我已经和企鹅兰登书屋谈过了，"希尔达截过话头，"你的决定让他们非常伤心。《关键词是谋杀》在你所有的书里销量最好，而且你知道他们有多热衷于系列作品。霍桑让我代表他本人给他们打个电话——我不想在你休假的时候打扰你，不得不说，他们开出了非常慷慨的条件。"

"条件？"

"完成《一行杀人的台词》后，还有四本书。"她打开办公桌的抽屉，拿出了一份合同，"当然，这完全取决于你的决定。我不希望你做任何自己感到不舒服的事。"

她把文件递给我。我看到上面写着：

《协议备忘录》

于二〇一八年四月二十日

甲方：安东尼·霍洛维茨（以下简称"作者"），由希尔达·斯塔克有限公司代理（以下简称"代理"）；

乙方：企鹅兰登书屋（以下简称"出版商"）；

就四部小说作品，每部长度为九万字，暂分别命名为：

《霍桑探案》（以下简称"第四卷"）

《未命名霍桑第五卷》（以下简称"第五卷"）

《未命名霍桑第六卷》（以下简称"第六卷"）

《未命名霍桑第七卷》（以下简称"第七卷"）

（以下简称"作品"，根据上下文合并或分别提及）

双方达成以下协议：

…………

这就是我眼前看到的东西，后面还有大约六页的法律术语。世界上有哪个作者会详细阅读并理解这些东西呢？但这不是重点。我已经看够了。

"我绝对不会将我的书命名为《霍桑探案》！"我说。

"那只是个建议。"霍桑耸了耸肩，"好写。"他继续说，"嫌疑人不多。大家又都喜欢戏剧。你觉得我为什么要把大家聚集在舞台上？这都是为了你，老兄。这个结局太棒了——就像阿加莎·克里斯蒂的作品一样！"

"你是为了这本书才那么做的吗？"

"只是想帮你个忙。"

我盯着那几页纸。"你是认真的吗?如果我不签这份合同,你就会向我收取几百英镑的服务费?"

"我不会那么做!"霍桑把手放在胸前,"我对你满心尊敬,托尼。不过,应该是几千英镑。"

我转向希尔达。"我以为你会站在我这边。"

"我代表的是你的最大利益。"希尔达向我保证道。

"你一开始不赞成我写这个系列!"

"我完全没有那个意思。我只是因为你在没有任何讨论的情况下突然提出来而恼火,但我已经看到这对你来说可能是个转机。你在书中出现真是不同寻常。《关键词是谋杀》得到了很好的反响。The Goodreads 给了它四星半的评价,《星期日邮报》上也有一篇极好的评论。"

"感谢评论家。"霍桑说。

"如果你想考虑一下,没问题的。但这是一笔绝佳的交易,即使版税是六四分成。"

"五五分!"

"这个可以商量。"

我低头看着膝上的纸张。我知道自己已经被逼到角落,但老实说,在一定程度上,这也是我心之所向。霍桑确实拯救了我的职业生涯,更重要的是,随着一个个案件,我越来越接近他,发现了他更多的秘密。

现在,除了里斯,还有神秘组织,叫莫顿的男人和养父母……这些罗兰·霍桑心里的谜团。我的整个生命都在寻找故事。我是否愿意放弃这个故事呢?

我拿出笔,叹了口气。

"好吧。"我说,"我应该在哪里签字?"

致谢

　　创作这本书对我来说可谓十分不易。首先我想感谢我的心理医生丽莎·比奇，是她帮助我在这段经历中得以重生。此外，格雷厄姆·巴特莱特也给我提供了很多宝贵的建议。作为一位前侦探兼作家，他事无巨细地向我介绍了托普德尔街发生过的故事，并提供给我有关多机关公共保护机构及国家刑事管理和缓释局的重要信息。

　　我要谢谢杂耍剧院的剧院经理格雷厄姆·汤普森。在《心理游戏》停演很长时间后，他还带我参观了剧院，让我得以唤醒曾经的记忆。我想，为了公正起见，还是要提一下，自本书描述的事件发生以来，剧院的后台区域已经重新进行了现代化改装。我还要向导演克里斯托弗·诺兰致歉。关于提里安对《信条》的看法，我完全无法苟同，并且借此指出，他显然没有看过最终剧本，因为《信条》并没有在巴黎进行过任何拍摄。

　　在着手创作这本书之前，我和迈克尔·比灵顿吃了一顿饭，至今仍记忆犹新。他给我讲述了很多关于戏剧评论家圈子的见解，并向我保证哈丽特·斯罗索比确实是个异类。我还要感谢帕特森·约瑟夫，他是一位出色的演员（曾与我妻子合作过），正是与他的沟通才让我放下恐惧，勇于直面书中第十五章所讨论的问题。

索菲·科姆尼诺斯并非杀害自己丈夫的那个女人（在第八章提及）的真实姓名。事实上，她是一位慷慨的国家青年剧院的支持者，通过慈善拍卖获得了在这本书中露面的机会。

我和希尔达·斯塔克的关系最近极度紧张，能够继续和这家出版社保持合作，完全要归功于她的助手乔纳森·劳埃德的努力。很高兴，史蒂夫·弗罗斯特（弗罗斯特和朗赫斯特事务所的一位成员）已经同意帮助我处理税务事宜。此外，感谢我的私人助理特丝·卡特勒，因为有了她的安排，我的生活变得井然有序，我的状态变得清醒稳定。如果没有她的支持，就不会有这本书的问世。

我的妻子吉尔·格林一如既往地聪慧能干，不仅能兼顾好经营制片公司、搬家乔迁和照顾家庭，还能抽出时间阅读我的草稿。她已经原谅了我没有坦白被逮捕和审讯的事。我的姐姐卡罗琳·道确实是第一个对《心理游戏》满怀信心的人，因此发生的这一切，她难辞其咎。

最后，感谢我杰出的出版团队——那不仅仅是一家公司，更是一群极富才华的人，他们每个人都值得被铭记，故此在下一页会展现出他们的名字。多说一句，我的终版作品中至少出现了三十处错误，但它们没有一个逃出我亲爱的编辑塞利娜·沃克的法眼！

作家难免时常感觉孤身一人，但其实，每创作一本书，都离不开一个庞大团队的共同努力。

从想法到手稿，到最终完成出版，这漫漫旅程中，一路上收获的全力支持，我视若珍宝，心存感恩。

出版人
塞琳娜·沃克

编辑团队
乔安娜·泰勒
卡罗琳·约翰逊
夏洛特·奥斯蒙

设计团队
格伦·奥尼尔

制作团队
海伦·永利·史密斯
塔拉·霍奇森

英国销售团队
马特·沃特森
克莱尔·西蒙兹
奥利维亚·艾伦
伊维·凯特尔韦尔

国际销售团队
理查德·罗兰兹
艾丽卡·康威
劳拉·里切蒂

宣传团队
夏洛特·布什
克拉拉·察克

市场团队
丽贝卡·伊金
山姆·里斯·威廉姆斯

音频团队
詹姆斯·凯特
梅瑞迪斯·本索

THE TWIST OF A KNIFE by Anthony Horowitz
Copyright © ANTHONY HOROWITZ 2022
Simplified Chinese edition copyright: 2024 New Star Press Co., Ltd.
All rights reserved.
著作版权合同登记号：01-2024-2023

图书在版编目（CIP）数据

一把扭曲的匕首 / (英) 安东尼·霍洛维茨著；高喻鑫译. — 北京：新星出版社，2024.7
ISBN 978-7-5133-5647-3

Ⅰ. ①一… Ⅱ. ①安… ②高… Ⅲ. ①长篇小说－英国－现代 Ⅳ. ① I561.45

中国国家版本馆 CIP 数据核字 (2024) 第 086515 号

午夜文库
谢刚 主持

一把扭曲的匕首
[英] 安东尼·霍洛维茨 著；高喻鑫 译

责任编辑　曹晓雅
责任校对　刘　义
责任印制　李珊珊
装帧设计　hanagin

出 版 人　马汝军
出版发行　新星出版社
　　　　　　（北京市西城区车公庄大街丙 3 号楼 8001　100044）
网　　址　www.newstarpress.com
法律顾问　北京市岳成律师事务所
印　　刷　北京美图印务有限公司
开　　本　910mm×1230mm　1/32
印　　张　9.125
字　　数　213 千字
版　　次　2024 年 7 月第 1 版　　2024 年 7 月第 1 次印刷
书　　号　ISBN 978-7-5133-5647-3
定　　价　59.00 元

版权专有，侵权必究。如有印装错误，请与出版社联系。
总机：010-88310888　　传真：010-65270449　　销售中心：010-88310811